골

내몽골자치구

비 사 막

황 하

오 르 도 스

은천

영하회족자치구

감숙성

산서성

연안

유가협
사

난주

정서

섬서성

농서

위

천수

하

관 중 평 원

부풍

함양 서안

보계

화산

오장원

미현

맥적산

하남성

병

산

농남

맥

한중

호북성

중국 실크로드

우루무치
투르판
쿠차
선선
카슈가르
하
누란
호탄
차말
약강
민풍
돈

나의 문화유산답사기

중국편 1 돈황과 하서주랑

일러두기

1. 이 책에 나오는 중국의 인명·지명은 한자를 우리말로 읽어주고 괄호 안에 한자를 병기했다. 중국 소수민족의 인명·지명은 관용적인 경우 해당 언어의 발음에 가깝게 표기하고 괄호 안에 로마자와 한자를 병기했다.

2. 권말에는 독자의 이해를 돕고 현지답사에 활용될 수 있도록 주요 고유명사의 한자(번체, 간체)와 중국어 발음, 로마자 표기를 병기한 일람표를 실었다.

나의 문화유산답사기

중국편 1 돈황과 하서주랑

명사산 명불허전 鳴不虛傳

유홍준 지음

창비

차례

중국 답사기를 시작하며
동아시아의 일원으로 중국문화를 바라보는 우리의 눈　　6

제1권 책을 펴내며
답사의 로망, 돈황·실크로드　　20

제1부 관중평원

섬서성 너머 감숙성으로
주나라, 진나라의 본거지를 지나며　　29
사로군조상 / 함양 아방궁 / 두목지의 「아방궁부」 /
진령산맥과 관중평원 / 위하 / 왕유의 「위성곡」 /
한무제의 무릉 / 제갈량의 오장원 / 보계시의 주원박물관

감숙성의 첫 도시, 천수
천수에서 만나는 이릉과 사마천, 그리고 이백과 두보　　67
천수의 역사 / 한나라 비장군 이광 / 사마천의 『사기』 /
천수에 온 두보 / 이백의 고향 / 서봉주와 이백의 「월하독작」

맥적산석굴
천 년을 두고 조성된 옥외 불상 박물관　　95
석굴사원의 기원 / 맥적산으로 가는 길 / 중국의 잔도 /
맥적산석굴의 불상들 / 맥적산석굴의 역사 / 만불동의 조상비

제2부 하서주랑

난주 병령사석굴
당나라 불상들이 황하석림을 거니누나　　141
난주로 가는 길 / 황토고원과 황하 / 동굴 주택 야오둥 /
유가협 댐과 황하석림 / 병령사석굴 / 삼굴의 자세 / 제169굴의 불상

하서사군

한혈마와 흉노 이야기 187

난주의 마답비연상 / 하서사군 지명 이야기 /
하서주랑의 유적지들 / 흉노의 역사 /
장건의 서역 개척 / 한무제와 하서사군 / 왕소군과 흉노

만리장성 가욕관

여기가 만리장성의 서쪽 끝이라던가 229

가욕관의 내력 / 가욕관의 관성 구조 / 천하웅관 가욕관 /
정성전 / 장성박물관 / 고비사막 / 위진시대 화상전

제3부 돈황

돈황 잡사(雜事)

인생 백세를 노래한다 265

돈황 유물과 문서 / 돈황벽화 속 한국인 /
우리나라의 돈황학 / 돈황의 역사 / 돈황의 지리적 특징 /
오아시스 도시의 숙명 / 돈황 사람들의 삶과 노래

명사산 월아천

명사산은 명불허전 305

막고굴 천불동 / 소설 『돈황』 / 막고굴 불상 양식의 변천 /
당하 / 명사산과 월아천

부록

답사 일정표 336
중국 역대 왕조·유목민족 연표 340
주요 인명·지명 표기 일람 342

동아시아의 일원으로
중국문화를 바라보는 우리의 눈

1

『나의 문화유산답사기』가 일본편을 네 권으로 마무리하자 많은 분들이 다음엔 중국편을 쓸 것으로 지레짐작하고 몇 권으로 펴낼 것이냐고 기대 어린 질문을 하기도 했다. 그럴 때면 쓰긴 쓰겠지만 몇 권으로 펴낼 것인지는 나도 써봐야 알겠다고 애매하게 대답하곤 했다. 그렇게 대답할 수밖에 없는 것이 중국 답사기는 일본 답사기와 달라도 한참 다르기 때문이다. 일본의 경우는 일본문화의 진수를 보나 우리 역사와의 연관을 보나 규슈와 아스카·나라·교토라는 한정된 지역을 답사하는 것으로 그칠 수 있었다. 그러나 중국은 그 범위가 너무도 넓다. 면적이 한반도의 약 40배, 남한의 약 100배 크기이고 인구는 남북한의 약 20배나 된다. 우리나라로 치면 도에 해당하는 성(省) 하나의 크기가 대개 한반도만 하고 어떤 경우는 2배나 되기도 한다.

중국은 광활한 대지에 전개되는 자연 자체가 우리와는 전혀 다르다. 몇 시간을 달려도 풍광이 변하지 않고 지평선만 바라보이는 평야와 고원과 사막이 있는가 하면 웅장하다는 말로도 표현할 수 없는 거대한 고산준령이 즐비하다.

장엄하게 전개되는 황하석림(黃河石林)과 장강삼협(長江三峽), 깎아지른 화강암 골산으로 첩첩이 둘러싸인 무협지의 고향 화산(華山), 우리의 금강산을 몇 배 크기로 펼쳐놓은 것 같은 황산(黃山), 거대한 산봉우리를 수반 위에 올려놓은 듯한 계림(桂林), 영화 「아바타」의 촬영지로 유명한 신비한 카르스트 지형의 장가계(張家界), 황량함과 처연함으로 이어지는 티베트고원, 끝없이 펼쳐지는 타클라마칸사막, 만년설을 머리에 인 신비스러운 곤륜(崑崙)산맥과 천산(天山)산맥. 중국을 중국답게 이해하고 즐기자면 미상불 이 자연유산만 한 것이 없다.

그러나 이는 나의 답사기 대상이 아니다. 어쩌다 답사가 그곳을 지나게 되면 일별해보기는 하겠지만 답사기의 주제는 어디까지나 문화유산이다. 나의 중국 답사기 첫 번째 대상은 역대 왕조의 수도이다. 한 나라의 문화유산은 뭐니 뭐니 해도 옛 수도에 집중되어 있는 법이다. 따라서 나의 중국 답사기는 고도순례(古都巡禮)가 대종을 이루게 될 것이다. 중국에는 '5대 고도'에 이어 '7대 고도' 그리고 지금은 '8대 고도'를 말하며 해마다 중국고도학회(中國古都學會)가 여덟 도시를 돌아가면서 열리고 있다. 지정 순서대로 말하면 다음과 같다.

5대 고도

1) 북경(北京): 원, 명, 청, 중화인민공화국 / 자금성, 천단, 이화원

2) 서안(西安): 서주, 진, 한, 당 / 진시황릉, 화청지, 대안탑

3) 낙양(洛陽): 동주, 동한, 위·진·북위 / 용문석굴, 향산사, 북망산

4) 남경(南京): 남북조시대 남조 6국, 명초, 중화민국 / 진회하, 중산릉

5) 개봉(開封): 오대십국 중 4국, 북송 / 청명상하원

7대 고도

6) 안양(安陽): 상(은) / 소둔촌 은허

7) 항주(杭州): 남송 / 서호, 영은사

8대 고도

8) 정주(鄭州): 상(은) / 상구

이 8대 고도들은 각 도시마다 뛰어난 문화유산을 자랑하고 있고 성격도 제각기 다르며 그들마다 갖고 있는 역사적·문화적 자부심도 대단히 강하다. 10여 년 전 얘기다. 문화재청장 재임 시절 중국 국가문물국 초청으로 북경, 서안, 남경을 방문했을 때 그들이 외국 손님을 맞이하는 의전에 놀라고 말았다. 5박 6일간 나의 일정은 분 단위로 짜여 있었고, 유적지, 연구소, 박물관을 방문할 때의 동선과 배석자의 명단은 물론이고 유물해설사까지 미리 선발되어 있었다. 나를 엿새간 동행하며 안내한 분이 문물연구소 부소장일 정도였다.

방문하는 도시에선 시장 또는 시인민위원회 위원장이 반드시 오찬이나 만찬에 초대하였다. 만약에 내가 중국에서 온 관리를 이런 식으로 대접했다면 사대주의적 태도라고 맹비난을 받았을 것이다. 지난 2천여 년간 변방의 50여 개 이민족을 혹은 전쟁으로 혹은 외교술로 다스려온 역사적 경험에서 얻은 대국의 의전이 이런 것이었다. 조선시대 연행사신들도 이와 똑같은 경험을 하면서 오직 가진 것이라고는 문자 속 하나로 그들을 상대하며 자존심을 세웠던 것을 생각게 했다.

북경에서는 부시장이 초청한 만찬이 있었다. 안내인이 나를 소개하며 유명한 저술가라고 하자 부시장은 나에게 "유청장님, 북경을 위해 좋은 글 하나 써주십시오"라며 방명록을 내놓았다. 나는 그들 기분 좋으라고 최대의 찬사로 "북경이 중국이다(北京是中國)"라고 적었다. 이에 힘찬 박수를 받으며 만찬을 마쳤다.

그다음 날 서안에서는 시장이 마련한 오찬이 있었다. 안내인은 덕담을 한답시고 내가 "북경이 중국이다"라는 명구를 남겼다고 추켜세웠다. 그러자 시장은 서안을 위해서도 한마디 써달라며 방명록을 내놓았다. 나는 골똘히 생각하다 이렇게 썼다. "서안이 있어서 중국이 있다(西安在中國在)."

남경에서는 시인민위원장이 마련한 만찬이 있었고 안내인은 또 칭찬이랍시고 북경과 서안에서 내가 방명록에 쓴 글을 얘기했다. 그러자 인민위원장이 남경을 위해서도 한마디 남겨달라는 것이었다. 그래서 이렇게 적었다. "남경이 일어날 때 중국이 일어났다(南京興中國興)."

자기 고장에 대한 자긍심은 8대 고도뿐 아니라 다른 역사도시도 마찬가지다. 귀국에 즈음하여 환담을 나누는데 나를 엿새간 안내했던 부소장이 자기 고향인 상해를 위해서도 한마디 써달라고 했다. 나는 서세동점(西勢東漸) 시절 어지러웠던 상해를 생각하며 "상해가 흔들리면 중국이 흔들린다(上海搖中國搖)"라고 적어주었다. 그러자 곁에 있던 학예원은 자기 고향은 산동성 제남이라며 공자가 태어난 곡부 가까이 있다고 했다. 그래서 "제남을 모르면 중국을 모른다(不知濟南不知中國)"라고 써주었다.

2

그렇다고 나의 중국 답사가 여기에 머물 리 만무하다. 내 전공이 미술사인지라 아름다운 문화유산이 있는 미술사적 명소를 즐겨 찾아다녔지만 실제로 답사의 감동은 오히려 사상사·문학사의 고향에서 받은 것이 더 크고 진했다. 내가 어디까지 답사기로 쓸지 알 수 없으나, 그간의 문화유산답사로 발길이 닿은 곳, 그리고 언제고 기회가 되면 다시 가보고 싶은 곳은 다음과 같다.

1) 유학의 고향: 산동성 곡부의 공자묘와 태산(泰山)
2) 강남의 원림(園林): 양주, 소주
3) 대동의 운강(雲崗)석굴과 고대도시 평요(平遙)
4) 주자의 무이구곡(武夷九曲)
5) 동정호(洞庭湖)와 소상팔경(瀟湘八景)

6) 해남도(海南島) 소동파 유배지

7) 『삼국지』의 현장: 무한, 융중, 이릉, 형주성, 백제성

8) 티베트 라싸의 포탈라궁

9) 하서주랑(河西走廊)과 돈황 막고굴

10) 실크로드의 오아시스 도시들

3

우리는 중국과 최소한 2천 년 넘게 국경을 맞대고 교류하였기 때문에 중국 답사는 자연히 우리 역사와 맞물려 있다. 길림성(吉林省), 요령성(遼寧省), 흑룡강성(黑龍江省) 등 이른바 중국 동북3성의 만주 땅은 고조선·부여·고구려·발해 역사가 펼쳐진 곳이니 사실상 우리 역사의 답사가 된다. 특히 길림성 집안(集安)의 고구려 고분·국내성·광개토왕비 답사는 신라의 경주, 백제의 공주·부여와 맞먹는 무게를 갖는다. 또 연변(延邊)조선족자치주에는 일송정을 비롯한 독립운동 유적지가 많다.

장구한 세월을 두고 중국과 교류하면서 우리 선조들이 중국에 남긴 자취 또한 널리 퍼져 있다. 일별해보자면 당나라 때 타클라마칸사막의 오아시스 도시를 누빈 고구려의 후예 고선지 장군, 낙양 북망산에 묻힌 백제 의자왕과 왕자들, 서안 흥교사에 사리탑이 있는 원측대사, 서안 소안탑에 자취가 서린 『왕오천축국전』의 혜초 스님, 양주 당성(當城)에서 벼슬을 한 최치원, 산동반도 신라방의 장보고, 지장보살의 화신으로 추앙받는 안휘성 구화산의 김교각 스님, 항주 관음사의 대

각국사 의천 등등의 유적지는 후손된 자로서 일부러라도 찾아가볼 만한 곳이기에 답사가 그쪽으로 향할 때면 당연히 그분들의 위업을 상기하게 될 것이다.

그리고 일찍이 20년 전에 나는 중국 답사기를 염두에 두고 세 코스를 다녀왔다. 세 곳 모두 보름에 걸친 긴 여로였다.

1) 조선시대 연행(燕行)사신의 길: 단동(丹東)에서 대릉하, 의무려산, 산해관을 지나 북경에 온 다음 연암 박지원이 『열하일기』로 쓴 승덕(承德)의 열하까지 이르는 길이다. 이는 한·중 문화교류사의 현장이다.
2) 대한민국 임시정부 답사: 임시정부가 있던 상해·가흥·항주·중경의 임시정부 청사와 서안 종남산의 광복군 제2지대를 다녀온 것이다. 이는 말할 것도 없이 우리 독립운동사의 현장이다.
3) 국경선: 오늘날 한반도와 경계를 이루는 압록강·백두산·두만강 국경선을 따라가는 길이다. 압록강을 사이에 두고 단동과 신의주, 집안과 만포, 임강과 중강진, 장백과 혜산이 마주 바라보고 있다. 중국 쪽 도시에서 강 너머 북한 도시를 바라보면서 나는 국경선이란 우리의 강토를 보호하는 울타리면서 동시에 밖으로 나아가는 관문이라는 사실을 실감했다.

앞으로 가능하면 이 세 코스는 꼭 쓰고 싶은 마음을 지니고 있다.

4

중국 답사는 여러 면에서 여타 나라와 다를 수밖에 없다. 서양의 로마나 아테네를 여행할 때는 그 유적의 위대함과 아름다움을 있는 그대로 보고 즐기면 그만이지만, 중국의 문화유산을 볼 때는 항시 그때 우리나라의 역사적 상황과 이에 연관된 우리의 유물·유적이 오버랩된다. 그래서 한편으로는 우리 문화의 특질이 더욱 드러나기도 하지만 한편으로는 한국인들의 마음 한쪽에 은연중 자리잡고 있는 중국문화에 대한 열등의식이 일어나기도 한다. 이에 나는 중국 답사기를 본격적으로 시작하기 전에 중국문화를 보는 우리의 시각에 대해 먼저 몇 가지 점을 명확히 짚어두고자 한다.

첫째는 문화의 영향 문제이다. 우리나라는 19세기에 이르기까지 2천여 년간 끊임없이 중국문화의 영향을 받아왔다. 그러나 문화적 영향이란 그냥 흘러들어오는 것도 아니고 공급자가 은혜롭게 내려준 선물도 아니다. 거기에는 수용자의 선택과 소화능력이 작용한다. 우리네 삶을 보다 풍요롭게 할 수 있다고 생각해서 받아들인 것이다. 발달된 문명을 벤치마킹하여 우리의 삶을 윤택하게 하는 것은 슬기로운 선택이다. 이는 예나 지금이나 마찬가지이다. 그 점에서 높은 문화를 영위한 중국을 존경하고 거기에 신세 진 것을 고마워는 할지언정 열등감을 가질 일은 아니다. 그렇게 영향받아 이룩한 문화는 우리 문화이다. 프랑스, 독일 등 유럽 국가들은 그리스·로마와 기독교 문화에 영향받은 것에 열등감을 갖고 있지 않다. 다만 주체적인 선택과 소화를 넘어 과도한 영향이 나타난 경우 문제가 된다. 이에 대해서는 마땅히 역사적 비판을 받아야 하겠지만 이 경우도 불가피했던 측면이 없지 않았다는 이해도 필요하다.

나는 이 문제를 독일의 미술사가 빌헬름 보링거(Wilhelm Worringer)가 제시한 '문화권 이론'으로 이해하고 있다. 어느 시대나 한 문화권에는 주도하는 중심부 문화가 있고 이를 따라가는 주변부 문화가 있다. 그것이 하나로 어울릴 때 그 문화권은 더욱 풍성한 모습을 갖게 된다. 에드윈 라이샤워(Edwin O. Reischauer)가 말한 바대로 우리나라는 중국, 일본과 함께 동아시아(East Asia) 문화권을 형성하고 있다(그는 베트남도 한자 문화권으로 보아 여기에 편입시켰다). 중국의 불상, 한국의 불상, 일본의 불상은 비슷하면서도 다른 모습으로 나타났다. 비슷한 것은 동아시아 불교문화의 보편성이고 다른 것은 각 민족의 특수성이다.

도자기의 경우 중국 도자기는 형태미가 강하고 일본 도자기는 색채미가 뛰어나고 한국 도자기는 선이 아름답다. 그래서 중국 도자기는 멀리 놓고 보고 싶고, 일본 도자기는 옆에 놓고 사용하고 싶고, 한국 도자기는 어루만지고 싶어진다. 이것은 문화의 차이가 낳은 미감의 변화이다. 이렇듯 한·중·일 도자기가 어우러져 동아시아 도자문화의 내용이 되는 것이다.

나는 일본 답사기를 쓸 때 '일본의 고대문화는 죄다 우리가 영향을 준 것이다'라고 말하면서 일본인들이 만들어낸 그들 문화의 정체성을 부정해서는 안 된다고 지적한 바 있다. 마찬가지로 우리가 중국의 영향을 받았다고 해서 우리 문화의 정체성에 의심을 가질 이유가 없는 것이다. 오히려 일본과 달리 중국의 영향에 거의 짓눌릴 정도로 가까이 있으면서 우리 문화의 정체성을 지켜왔다는 것에 자부심을 가져도 좋다고 본다.

둘째로 자연의 차이에서 나오는 것을 문화 역량으로 생각해서 일어나는 불필요한 열등감도 있다. 중국 강소성 소주(蘇州)에는 60여 개의 원림(園林)이 즐비하여 보는 이의 눈을 놀라게 한다. 규모도 크고 사람의 손길이 대단히 많이 들어갔다. 그러나 이들의 원림이란 자기 구역을 울타리로 두르고 그 안에 자연을 재현한 것이다. 이에 비해 우리나라 창덕궁 부용정, 보길도 세연정이나 담양 소쇄원을 보면 자연 속에 인공적인 건축물을 배치하여 원림을 이룬다. 자연과 인공의 관계가 역전되어 있는 것이다.

또 중국에는 돈황석굴, 운강석굴, 용문석굴 등 3대 석굴을 비롯하여 수많은 석굴사원이 있다. 이는 역암·사암이라는 자연조건이 낳은 지형이다. 우리나라는 화강암 지대이기 때문에 석굴사원의 전통이 거의 없지만, 그 대신 경주 석굴암이라는 인류 문화사상 유례를 찾아볼 수 없는 인공석굴을 만들어냈다. 그리고 우리 산천의 자연조건과 어울리는 산상의 마애불이 있고 깊은 산중에 자리잡은 산사(山寺)의 전통이 있다.

셋째는 스케일의 문제이다. 중국의 문화유산은 장대하다는 점에서 우리를 압도하고 주눅 들게 한다. 그러나 스케일이란 그때그때의 필요에 의해 나타난 현상이지 크다고 해서 위대한 것은 아니다. '자금성에 가보니 경복궁은 뒷간만 하다'라고 말하는 자조 섞인 고백이 대표적인 예인데 문화는 그렇게 비교하는 것이 아니다. 원나라나 명나라는 궁궐을 그렇게 거대하게 지어야 했던 필요가 있었던 것이고 조선 왕조는 경복궁 정도로 충분했을 뿐이다.

만리장성은 이민족의 침입을 막기 위해 그렇게 쌓은 것이지 장대함을 자랑하려고 한 것이 아니다. 한양도성은 외적을 막기 위한 성채가 아니라 수도의 품위를 보이기 위한 도시의 울타리로서 두른 것이다. 이는 역사적 상황과 목적의 차이일 뿐이다. 결과적으로 자금성에는 북악산과 인왕산 같은 배경이 없기 때문에 냉랭하고, 경복궁은 자연풍광과 어우러지기 때문에 따뜻하다는 문화적 차이가 있을 뿐이다. 더구나 창덕궁은 중국인들이 따라하기 어려울 정도로 인공과 자연의 조화를 이루고 있다. 이는 주변 자연환경 덕택만이 아니라 자연을 경영하는 발상 자체가 뛰어났음을 말해준다. 답사하면서 그 규모의 장대함에 감탄하는 한편으로 우리 문화유산의 따뜻한 인간미가 그리워지기도 하는 것은 꼭 애국적 감정에서 하는 이야기가 아니라 이런 자연과 문화의 차이를 말해주는 것이다. 그래서 중국 문화유산을 깊이 보면 볼수록 우리 문화의 진정한 가치와 자랑이 새삼 일어나게 된다.

5

우리는 이렇게 동아시아 문화권의 일원으로 중국을 바라보지만 중국의 서북쪽은 사정이 다르다. 오늘날 중국은 90퍼센트의 한족과 10퍼센트의 소수민족으로 구성되어 있고 이들은 대개 중국 서북쪽에 자치구를 형성하여 삶의 터전으로 삼고 있다. 서장(西藏, 티베트)자치구, 신강(新疆)위구르자치구, 영하(寧夏)회족자치구, 내몽골자치구, 광서(廣西)장족자치구 등을 합치면 중국 영토의 반이 넘는다. 거기에다 소수민족 자치주가 있는 운남성(雲南省), 청해성(靑海省), 그리고 동북3성을 합치면 또 반으로 줄어든다. 중국 역사에서 이민족이 지배하던 남북조시대, 원나라, 청나라를 제외하면 진나라, 한나라, 수나라, 당나라, 송나라, 명나라 등 한족이 지배할 당시의 영토는 황하와 양자강 주변으로 국한되어 있다. 그러니까 현재 중국 영토의 3분의 1 정도가 전통적인 한족 왕조의 강토였다.

미국의 초기 중국학자인 오언 래티모어(Owen Lattimore)는 만약에 진시황에 의해 천하가 통일된 역사적 경험이 없었다면, 그리고 한나라에 의해 제국이 성립하지 않았다면 중국은 오늘날 유럽처럼 여러 나라로 나뉘었을 것이라고 했다. 아마도 전국칠웅이라는 한족의 일곱 나라와 주변의 여러 민족국가로 구성되었을 것이다. 통일대국으로 나아간 중국이기 때문에 이민족과의 전란이 그치지 않았는데, 대부분의 유목민족을 중앙아시아로 밀어내고 중국 내에는 55개 소수민족을 끌어안고 있다. 그 결과 모국을 갖고 있는 민족은 몽골족, 베트남족(안남족), 그리고 조선족밖에 없다. 여기에서 우리 민족의 강인한 역사적 생명력을 보게 된다. 동아시아의 일원으로서 중국문화를 바라보는 우리 눈의 초점을 여기에 맞출 때 스스로 대견하고 당당해진다.

더욱이 오늘날의 대한민국은 더 이상 그 옛날 동아시아 문화권의 주변부 국가가 아니다. 지난 반세기 대한민국의 성취는 중국이 더 잘 알고 있다. 지금도 수많은 우리 기업들이 중국에 현지 공장을 갖고 있고 대중문화의 한류가 깊숙이 흘러들어가 있다. 문화적 영향이 역전되었다고까지는 말할 수 없어도, 한 아파트 건설 현장에 '한국식 최신공법 시공'이라는 현수막이 나부끼고 시골 마을에 '한국식 성형수술'이라는 네온사인이 번쩍이는 것이 오늘날 우리의 위상을 말해준다. 북한의 경우 문화면에서는 '동아시아의 일원'에서 배제되고 있지만, 장차 한반도가 창의적으로 재통합됐을 때 우리의 문화적 위상은 말할 수 없이 커질 것이다.

중국은 목하 대국(大國)으로 굴기(屈起)하고 있다. 이미 세계 제2의 경제대국으로 부상하였고 한반도의 미사일 방어체계 문제를 놓고 미국에 강력한 견제구를 던지기도 하고, 과거사 문제를 놓고 일본을 준엄하게 꾸짖기도 한다. 남북한 양쪽 모두에 친선적 제스처를 쓰면서도 적당한 거리를 두는 능숙한 외교술도 보여준다. 왕년의 그 실력이 나타나고 있다.

중국은 우리와 함께 동아시아 문화를 주도해나가는 동반자일 뿐 아니라 여전히 우리 민족의 운명에 깊이 관여하고 있는 막강한 이웃이다. 남북한 문제를 다루는 6자회담에서 중국의 위치는 실로 막중했다. 현재는 무게중심이 일차적으로 남·북·미로 이동했지만 아직도 한반도 통일을 위해서는 중국의 도움이 절대적으로 요구된다. 상황이 이럴진대 우리는 중국을 더욱 깊이 알고 이해할 필요가 있다. 그런 의미에서 나에게 중국은 언제나 즐거운 여행의 놀이터이자 역사와 문화의 학습장이면서 나아가서 오늘날 국제사회 속에서 우리의 좌표를 생각게 하는 세계사의 무대였다. 내가 중국 답사기를 쓴 소이는 바로 여기에 있다.

마지막으로 독자에게 한 가지 부탁이 있다. 중국 답사기는 모름지기 중국 역사의 흐름 정도는 알고 읽어야 할 텐데 일부러 공부하라는 건 무리일 테고 조선족 중학생들이 연대표를 노래로 만들어 외우는 것을 여기에 소개한다. 우리 독자들도 재미 삼아 익혀보시면 좋을 듯하다.

하(夏)·상(商)·서주(西周) 뒤이어
동주(東周)에 춘추전국(春秋戰國)
진(秦)나라 때 통일되고
양한(兩漢)·삼국(三國) 지나면
오호십육국(五胡十六國)이라
서진(西晉)·동진(東晉)·남북조(南北朝)에
수(隋)·당(唐)·오대십국(五代十國) 거쳐서
송(宋)·원(元)·명(明)·청(淸) 끝이라오

2019년 4월
유홍준

답사의 로망, 돈황·실크로드

1

언어란 세월의 흐름 속에 변하고 또 변하여 어원에서 벗어나 새로운 의미로 탈바꿈하는 것이 하나의 생리이다. 프랑스에서 중세 기사의 통속소설을 로망(roman)이라고 부른 것이 영어에서는 연애를 뜻하는 로맨스(romance)가 되더니 최근 우리는 간절히 바라건만 이루어지기 힘든 희망을 '로망'이라고 부르게 되었다. 주유천하하면서 한생을 살고 있는 나에게 오래된 답사의 로망이 하나 있었으니 그것은 돈황(敦煌)·실크로드이다.

돈황은 '살아서 돌아올 수 없는 곳'이라는 뜻의 타클라마칸사막 동쪽 끝자락에 있는 실크로드의 관문으로, 여기에는 아름다운 모래 구릉이 연이어 펼쳐지는 명사산(鳴沙山)과 전설적인 석굴사원인 막고굴

(莫高窟)이 있어 누구나 한 번쯤 가보고 싶은 동경의 대상이다. 나로서는 지난 세월 한국미술사를 가르치면서 불교미술의 원류를 강의할 때 돈황 막고굴을 말하지 않은 적이 없다.

그러나 나에게 돈황과 실크로드는 오랫동안 로망조차 될 수 없었다. 1980년대, 내 나이 30대엔 아직 해외여행이 자유롭게 허락되지 않았고, 더욱이 중국과는 수교가 되지 않았기 때문에 돈황은 꿈도 꿀 수 없는 금단의 길이었다. 중국책은 수입조차 금지된 상태였다. 그래서 돈황에 대한 나의 지식은 주로 일본에서 출간된『돈황의 미술: 막고굴의 변화·소상』(大日本繪畵巧藝美術 1980),『중국불교의 여행』(전5권, 美乃美 1980) 같은 도록에만 의지했을 뿐이었다.

그리고 1984년 KBS에서 방영하여 공전의 히트를 친 일본 NHK 다큐멘터리「실크로드」30부작은 돈황과 실크로드를 향한 동경을 마냥 키워놓았다. 아마도 내 또래 사람들은 거의 다 이 프로그램을 보고 큰 감동을 받았을 것이다. 그 시절은 군사독재가 절정에 달해 있던 때로, 세상사가 캄캄하여 우울한 나날들을 보내면서 금요일 저녁에 이 프로를 보는 것이 큰 낙이었다.

3편 사막의 미술관: 돈황
6편 타클라마칸사막을 넘어
8편 불타는 사막의 오아시스: 투르판
9편 천산산맥을 뚫고

이 프로그램은 일본 NHK가 중국 CCTV와 공동으로 10년에 걸쳐 제작한 것이었지만 우리나라에서 방영될 때는 특히 내레이터(아나운서 우제근 등)의 그리움에 가득 찬 낮은 목소리로 더욱 한없는 동경을 불러일으켰다. 그리고 낙타 방울소리와 함께 어우러지는 아련한 배경음악(기타로(喜多郎) 작곡)은 사막을 건너가는 대상(隊商)들의 고단한 발걸음을 처연하게 전해주었다. 일찍이 스티븐 스필버그 감독이 "눈물을 맺히게 하는 것은 영상이지만, 눈물을 흘리게 하는 것은 음악"이라고 하였다던가. 이후 돈황 답사는 더욱더 답사의 로망이 되었다.

2

그러다 세월이 흘러 해외여행이 자유화되고 또 중국과도 수교하게 되어 마음만 먹으면 얼마든지 갈 수 있게 되면서 나는 돈황과 실크로드에 관한 책을 열심히 찾아 읽으며 답사 계획을 세웠다. '실크로드'(Silk Road)라는 말은 독일의 지리학자 페르디난트 폰 리히트호펜(Ferdinand von Richthofen)이 처음 사용한 것으로, 중국에서는 사주지로(絲綢之路), 줄여서 사로(絲路)라고 부른다. 중국의 비단을 매개로 하여 동서교역이 이루어졌다는 의미에서 비단길이라 이름 지은 것이다.

19세기 프로이센의 지질·지리학자로 베를린대학 교수를 지낸 리히트호펜은 최초로 '지형학적 경관'이라는 관점을 제시하면서 실크로드라는 탁견을 내놓았다. 그는 일찍이 서유럽의 지질을 조사하여 명성을 얻고 1860년 중국의 자원을 조사하려고 왔으나 그때 마침 태평천국의 난이 일어나자 1863년 미국으로 건너가 5년간 지질조사를 하면서 캘리포니아의 금광을 발견했다. 그리고 다시 중국 전역을 답사하고서 1877년에 『중국, 그 여행의 결과와 이를 기초로 한 연구』(China: The Results of My Travels and the Studies Based thereon)를 펴내면서 이 지형의 특징을 실크로드라는 이름으로 규정지은 것이었다.

리히트호펜은 실크로드를 크게 동쪽, 중앙, 서쪽 세 구역으로 나누었는데, 동쪽 구역은 서안에서 돈황까지 이르는 구간이고, 중앙 구역은 돈황에서 타클라마칸사막 남쪽의 곤륜산맥이나 북쪽의 천산산맥을 에돌아 카슈가르에 이르는 지역이다. 그리고 서쪽 구역은 두 갈래 길로 파미르고원을 넘어 아라비아해와 홍해로 들어가서 이집트의 알렉산드리아에 이르는 길과 곧장 서쪽으로 향하여 이란을 지나 지중해와 로마로 이어지는 길이다. 총 길이 6,400킬로미터이다.

여기서 내가 관심 있는 지역은 동쪽과 중앙 두 구역이다. 동쪽 구역은 하서주랑(河西走廊)이라는 넓고 긴 협곡을 따라 이른바 하서사군(무위, 장액, 주천, 돈황)을 관통하는 길이고, 중앙 구역은 중국 사람들이 일찍부터 서역(西域)이라고 불러왔던 곳으로 전설적인 곤륜산맥, 천산산맥, 타클라마칸사막을 아우르고 있다.

나는 몇 차례 뜻 맞는 친구들과 함께 실크로드의 동쪽 구역과 중앙 구역을 두루 답사하기로 마음먹고 딴에는 치밀하게 일정표를 짰다. 내가 계획한 답사 코스는 '꿈도 야무지게' 서안에서 돈황까지 5일, 돈황에서 3일, 돈황에서 투루판을 거쳐 우루무치까지 5일, 우루무치에서 천산산맥을 너머 쿠차까지 3일, 여기서 타클라마칸사막을 가로질러 곤륜산맥 아래의 호탄까지 3일, 호탄에서 카슈가르를 거쳐 파미르고원까지 5일, 그리고 카슈가르에서 서안을 거쳐 서울로 돌아오는 장장 25일에 걸친 대장정이었다. 지금도 여건만 된다면 꼭 그렇게 다녀오고 싶은 꿈의 여로이다.

그런데 이상하게도 나의 돈황·실크로드 답사는 번번이 취소되었다. 한번은 선친의 병환 때문에, 한번은 공직에 불려나가느라고, 한번은 일행이 취소를 해서 뜻을 이루지 못했다. 하나의 징크스였다. 그러나 가만히 생각해보니 나의 답사가 무산된 것은 근 한 달을 잡은 무리한 일정 때문이었다. 그래서 돈황·실크로드 답사는 최소한 세 차례로 나누어 가는 것이 현실적이라는 생각을 갖게 되었고 결국 지난해 6월부터 올해 1월까지 6개월간 3회로 나누어 이 꿈의 여로를 다녀왔다.

첫 번째 답사는 2018년 6월, 서안에서 하서주랑을 거쳐 돈황에 이른 다음, 돈황에서 투루판을 거쳐 우루무치까지 가는 8박 9일 코스였다.

두 번째 답사는 2018년 8월, 우루무치에서 비행기로 천산산맥 너머 쿠차로 간 다음 여기에서 타클라마칸사막을 가로질러 호탄으로 가서 야르칸드와 카슈가르를 거쳐 파미르고원에 이르는 8박 9일 코스였다.

세 번째 답사는 2019년 1월, 만리장성의 서쪽 끝 관성(關城)인 가욕관(嘉峪關)에서 안서(安西) 유림굴(楡林窟)을 거쳐 돈황으로 들어가 막고굴을 한 번 더 답사하고 양관(陽關)과 옥문관(玉門關)을 다녀오는 4박 5일 코스였다.

이렇게 꿈에도 그리던 로망을 이루고 보니 돈황·실크로드 답사는 그야말로 명불허전(名不虛傳)이었다. 그냥 명불허전이라고 말하는 것으로는 부족할 정도로 감동의 울림이 진하다. 명사산 월아천의 누각에 걸려 있는 현판에는 "명사산 명불허전"이라고 쓰여 있는데 이름 명(名)자를 울릴 명(鳴)자로 바꾸어 "명불허전(鳴不虛傳)"이라고 하였던바, 지금도 내 심금을 그렇게 울리고 있다.

나는 아직도 돈황·실크로드 답사가 로망으로 남아 있는 분들이 적지 않고, 로망조차 되지 못하는 분들도 없지 않다는 것을 잘 알고 있다. 그런 분들을 위하여 내가 받은 감동적인 체험과 견문, 그리고 책에서 얻은 유익한 정보들을 어느 때보다도 생생히 기록하여, 한편으로는 길라잡이가 되고 한편으로는 간접 경험이 되기를 바라면서 이 답사기를 썼다. 첫 번째 책에서는 서안에서 출발하여 하서주랑을 거쳐 돈황 명사산에 이르기까지를 실었다.

이 글을 쓰는 데에는 우리나라 중앙아시아학회의 여러 연구자들이 펴낸 유익한 저서들과 정수일 선생의 저서에 큰 신세를 졌다. 그리고 강인욱 교수(경희대)와 최선아 교수(명지대)는 원고를 세심히 읽고 많은 지적과 가르침을 주었다. 이 모든 분들께 감사드린다.

중국이라는 그 넓고 넓은 대륙의 많고 많은 유적지 중에서 내가 왜 돈황·실크로드를 중국 답사 일번지로 삼았는가는 독자들이 이 글을 다 읽고 나면 저절로 동의하리라고 믿으며 굳이 따로 설명하지 않겠다.

"명사산은 명불허전!"

2019년 4월
유홍준

제1부

관중평원

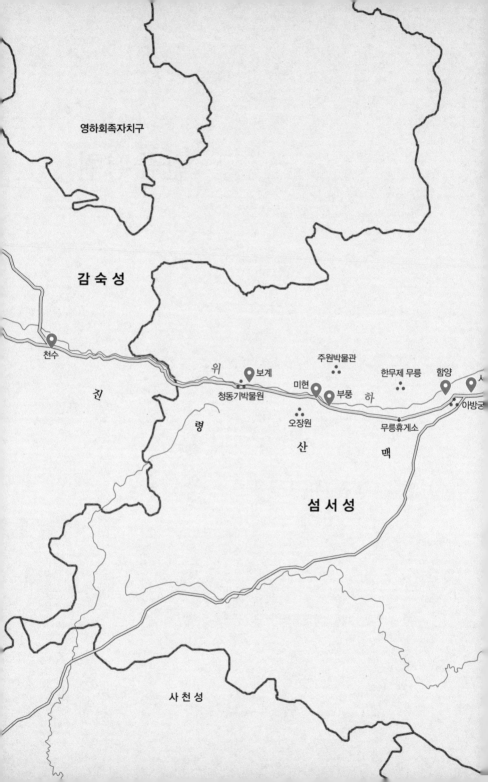

주(周)나라, 진(秦)나라의 본거지를 지나며

사로군조상 / 함양 아방궁 / 두목지의 「아방궁부」 /
진령산맥과 관중평원 / 위하 / 왕유의 「위성곡」 /
한무제의 무릉 / 제갈량의 오장원 / 보계시의 주원박물관

서안 개원문의 사로군조상

나의 첫 번째 돈황 답사는 지난해(2018) 여름이었다. 어느 날 나의
예술적 도반인 작곡가 이건용과 건축가 민현식이 내가 알 만한 벗 열
명과 함께 '열아일기'(열 아이의 여행일기)라는 팀을 꾸려 돈황, 투르판을
거쳐 우루무치까지 간다는 것이었다. 일정표를 보니 돈황에 하룻밤만
머문다는 것이 아쉬웠지만 어차피 돈황은 다시 한번 더 가야 할 것이
기에 만사를 제쳐두고 그들과 합류했다. 마음먹은 지 20년 만에 답사
의 로망 그 첫발을 내디디게 된 것이다.

평생 답사를 인솔만 하다가 남의 답사에 회원으로 참석하니 아무런

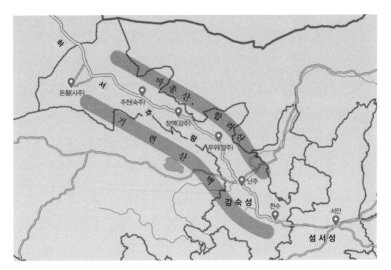

| 하서주랑 | 하서주랑은 난주에서 무위, 장액, 주천을 거쳐 돈황에 이르기까지 장장 900킬로미터에 달한다.

부담이 없고 신경 쓸 일이 없어 몸도 마음도 그렇게 가벼울 수가 없었다. 이 맛에 답사회원들이 나를 따라다녔다는 것을 그때 처음 알았다. 게다가 꿈에도 그리던 돈황과 실크로드였으니 얼마나 즐거웠겠는가. 돈황에 다녀오고 나서 팔순을 훌쩍 넘긴 노은사님(안병주 교수)께 그간의 안부전화를 올렸더니 선생님은 한없이 부러워하셨다.

"선생님, 그간 돈황에 다녀오느라 연락을 못 드렸어요."
"오, 그거 가기 힘든 데 갔다 왔구먼. 난 못 가봤어. 며칠 걸려 어디까지 갔다 왔는가?"
"서안에서 돈황, 돈황에서 투르판 거쳐 우루무치까지 8박 9일요."

| **기련산맥과 하서주랑** | 하서주랑은 기련산맥을 따라 서쪽으로 길게 뻗어 있는 넓은 협곡이 마치 대륙을 연결하는 '달리는 회랑' 같다고 해서 붙여진 이름이다. 기련산맥은 만년설이 있을 정도로 높다.

"암, 그렇게 걸리겠지. 거참 좋은 데 갔다 왔네, 나도 여건만 닿으면 꼭 한번 가보고 싶구먼…"

말끝을 맺지 못하는 선생님의 목소리에는 연세에도 불구하고 돈황 답사를 향한 로망이 여전히 서려 있었다. 이에 돈황에 쉽게 갈 수 있는 방법도 있다고 말씀드렸다.

"돈황 자체만 가자면 비행기 편을 이용해 4박 5일로 편하게 다녀올 수도 있어요."

"그거 좋은 소식이구먼. 그래도 돈황은 모름지기 서안에서 출발해서

가야 제대로 갔다 왔다고 하겠지. 중국의 역대 왕조들이 그 길을 차지하기 위해 유목민족들과 얼마나 많은 전투를 벌였는가. 암, 그렇고말고."

평생 중국의 사상과 문화를 연구해오신 선생님 입장에서는 돈황 자체 못지않게 서안에서 돈황에 이르는 이른바 하서주랑(河西走廊)이 머릿속에 로망으로 그려지는 것이었다. 하서주랑은 기련(祁連)산맥을 따라 대륙을 연결하는 회랑처럼 길게 뻗어 있는 협곡을 일컫는데 마치 '달리는 회랑' 같다는 뜻으로 하서주랑이라고 부른다. 혹은 하서회랑(河西回廊)이라고도 한다. 이 길은 감숙성(甘肅省)의 성도인 난주(蘭州)에서 무위(武威), 장액(張掖), 주천(酒泉)을 거쳐 돈황(敦煌)에 이르기까지 장장 900킬로미터에 달한다. 그러니까 서안부터 하서주랑을 지나 돈황에 이르는 길은 독일의 지리학자 리히트호펜이 실크로드를 세 구역으로 나누면서 동쪽 구역이라 일컬은 곳으로 2천 킬로미터가 넘는다. 실크로드의 전체 길이를 6,400킬로미터라고 하니 거의 3분의 1에 달하는 멀고 먼 여로이다. 우리가 이 길을 버스로, 그리고 야간열차까지 이용하여 돈황에 다다르는 데 꼬박 3일이 걸렸다.

실크로드를 따라 서역으로 가는 출발점은 뭐니 뭐니 해도 서안, 그 옛날의 장안(長安)이다. 중국에서는 실크로드의 출발지를 낙양이라고도 하고, 한국에서는 경주라고 하고, 일본에서는 교토라고 하지만 그것은 서안 그다음의 이야기일 뿐이다. 서안 시내 옛 장안성의 서쪽 대문의 이름은 개원문(開遠門)이라 했다. 서역으로 '멀리 열려 있다'는 뜻이다.

| **서안 사로군조상** | 1987년에 장건의 서역 개척 2,100주년을 기념하여 세워진 이 조형물은 실크로드를 오가던 대상들의 낙타 행렬을 조각으로 표현한 것으로, 실크로드의 출발지가 이곳임을 상징하고 있다.

1987년, 서안시는 한나라 장건의 서역 개척 2,100주년을 맞이하여 이 개원문 자리에 '사로군조상(絲路群彫像)'이라는 거대한 기념 조형물을 세워놓고 실크로드 출발점의 랜드마크로 삼고 있다. 길이 15미터의 이 조형물은 실크로드를 오가던 대상(隊商) 행렬을 조각으로 표현한 것인데 서역 상인 3명, 중국 상인 3명, 낙타 14마리, 말 2마리, 개 3마리가 줄을 지어 있다.

주인공은 대상 대열의 맨 앞에서 낙타의 목줄을 잡고 있는 구레나룻의 서역인이다. 한국인이라면 이를 보는 순간 곧바로 신라 제38대 원성왕의 무덤인 경주 괘릉에 있는 서역인상을 떠올리게 될 것이다. 그런 의미에서 실크로드의 종착지를 신라의 경주라고 말하는 것도 가능한 것이다.

이 사로군조상에서 내가 흥미롭게 본 것은 행렬 가운데 낙타 등 위에 올라앉아 있는 수탉이었다. 내가 지금도 궁금하게 생각하는 것은 대상 행렬의 규모다. 몇 마리의 낙타와 몇 명의 사람으로 꾸려졌는지, 또 상품과 식량과 물을 얼마만큼 갖고 다녔는지 등인데 이에 대한 자료는 찾지 못했고, 다만 서역의 탐사단에 대해서는 정확한 자료가 있어 이 조각상에서 닭이 왜 강조되어 있는지를 알 수 있었다.

1895년 2월, 타클라마칸사막의 호탄강 지역을 탐험한 스웨덴의 스벤 헤딘(Sven A. Hedin, 1865~1952)은 엽성(葉城)이라고도 부르는 야르칸드에서 진행할 한 달간의 탐사를 위한 인원과 식량을 준비했다. 그는 우선 카라반 대장 1명과 길을 잘 안다는 현지인 3명을 고용하고 이들 5명이 한 달간 먹을 식량과 물통을 실을 낙타 8마리를 구했다. 그리고 경비견 2마리와 함께 '움직이는 식량'으로 양 3마리와 암탉 10마리에 수탉 1마리를 데리고 출발했다(닭을 우리 안에서 키울 때 보면 암수의 비율이 암탉 10마리에 수탉이 1마리이다). 낙타는 1시간에 3킬로미터를 가기 때문에 양들은 걸어갔지만 닭은 낙타 등에 싣고 갔다. 그래서 이 사로군조상에서 수탉 1마리가 낙타 등 위에 그렇게 의젓하게 올라앉아 있는 것이다.

그러나 '열아일기' 팀은 서안의 개원문이 아니라 서안공항에서 돈황을 향해 출발했다.

진나라 수도, 함양 땅을 지나며

인천공항에서 서안까지는 비행기로 3시간, 아침 9시에 출발하는 비행기를 타니 정오 무렵에 서안공항에 도착했다. 입국수속을 마친 뒤 우리는 공항 근처 식당에서 간단히 점심을 들고 곧바로 전용버스에 올라 돈황을 향해 떠났다. 오늘 중으로 섬서성(陝西省) 너머 감숙성의 첫 도시인 천수(天水)까지 가야 하는데 그 거리가 약 330킬로미터란다. 휴게소에 들러 두어 차례 쉬어가자면 5시간은 잡아야 하므로 저녁 7시 넘어야 도착할 것이라고 한다. 이미 각오하고 오긴 했지만 일행들 입에서 "어휴!" 소리가 나왔다.

돌이켜보건대 8박 9일간 서안에서 하서주랑, 돈황, 투르판을 거쳐 우루무치까지 가는 길이 무려 3천 킬로미터에 달했다. 돈황까지 가는 데만 3일이 걸렸다. 그러니 차 안에서 보내는 시간이 너무도 길 수밖에 없다. 가이드는 실크로드 답사는 문자 그대로 '로드' 답사로 그 길을 따라가는 것에 의미가 있는 고행의 여행길이니 단단히 각오하라고 했다.

그렇다고 맥없이 길을 따라가는 피곤한 여로는 아니었다. 가다가 볼거리가 있는 곳, 의미있는 곳에서는 쉬어가고 묵어가며 여로의 고단함을 달래며 즐겼다. 그것은 그 옛날의 대상들도 마찬가지였을 것이다. 그리고 달리는 차창 밖의 풍광을 바라보면서 역사의 장면들을 떠올리며 상상의 날개를 펴는 것은 답사의 즐거움이자 작지 않은 배움의 기쁨이다. 지나가는 그곳이 어디인지 알게 되면 그 순간 자연 풍광이 역사의 현장, 전설적인 이야기의 고장으로 바뀐다. 그것은 대상들은 갖지 못했던 우리들만의 즐거움이다. 돈황 답사를 하면서 내가 국내 답사와 다르게 느낀 점은 '아는 만큼 보이는 것'이 아니라 '아는

| **함양 시내로 흐르는 위하** | 서안함양공항이 있는 함양은 진시황의 진나라 수도로, 관중평원의 중심부이자 산과 강의 양(陽)을 다 갖추었다고 해서 함양이라는 이름을 얻었다.

만큼 상상한다'는 것이었다.

서안공항은 함양(咸陽)시에 있어서 우리가 '서울인천공항'이라고 하듯이 '서안함양공항'이라고 한다. 우리의 버스가 길을 잡아 고가도로로 올라타면서 이내 바라보이는 시가지는 서안이 아니라 함양이다. 함양으로 말할 것 같으면 진시황의 진(秦)나라 수도였던 당당한 역사도시이다. 본래 진나라는 우리가 첫날 밤에 묵게 될 감숙성 천수 지역에서 일어나 기원전 677년, 섬서성으로 넘어와 조금 있으면 지나가게 될 봉상(鳳翔)현의 옹(雍) 땅에 도읍을 정했다. 그리고 약 300년 뒤에는 이곳 관중(關中)평원으로 깊숙이 진출한 뒤 기원전 350년, 명재상 상앙(商鞅)의 건의로 함양에 도읍을 정하면서 진나라가 대국으로 가는 기틀을 닦았다. 그러니까 지금 우리가 가는 길은 진나라의 역사를 거슬러올라가는 길이다.

함양은 관중평원의 중심부로 배산임수의 명당이다. 남쪽에는 위하(渭河)가 흐르고 북쪽에는 구준산(九峻山)이 있다. 풍수에서 산의 경우는 남쪽이 양(陽)이고 강의 경우는 북쪽이 양이다. 함양 땅은 산과 강의 양을 다 갖추고 있기 때문에 모두 함(咸), 볕 양(陽), 함양이라는 이름을 얻은 것이다(서울의 강북을 '한양'이라 부른 것도 마찬가지 유래다).

진나라의 수도 함양 하면 먼저 떠오르는 것은 뭐니 뭐니 해도 진시황의 아방궁(阿房宮)이다. 아방궁이 하도 유명해서 사람들은 진시황이 짓고 살던 호화로운 황궁의 이름으로 생각하곤 하지만 아방궁은 미완성 상태에서 불타버렸고 궁궐의 이름도 아니다. 진나라의 궁궐은 함양궁이었다. 사마천의 『사기』 진시황 35년(기원전 212)조에는 이 사실이 다음과 같이 기록되어 있다.

아방궁은 끝내 완성되지 않았다. 완성되면 이름을 선택하여 다시 명명하려고 했다. 아방에 궁전을 지었기 때문에 천하가 그것을 아방궁이라고 했다.

그리고 주석에서 말하기를 아방의 아(阿)는 가깝다는 뜻이고 방(房)은 곁 방(傍)자와 같은 뜻으로, 합쳐서 근방이라는 뜻이다. 즉 함양궁 근방에 있어서 아방궁이라고 불렀던 것이다. 그래서 학자 중에

| 아방궁 테마파크 | 이 테마파크는 2000년 아방궁터에 세워졌지만 지금은 철거해버려 흔적도 없이 사라지고 다시 빈터로만 남아 있다. 아방궁은 예나 지금이나 비극적인 유적지이다.

는 항우가 불 지른 궁은 아방궁이 아니라 함양궁이라는 주장을 하는 이도 있다. 아방궁의 모습에 대해서는 『사기』에 이렇게 쓰여 있다.

〔진시황〕 35년, (…) 진시황은 함양에 인구는 많은데 선왕의 궁전 이 너무 작다고 생각했다.

"내가 듣건대 주나라 문왕은 풍(豐)에 도읍하고 무왕은 호(鎬)에 도읍했다 하니, 풍과 호 사이가 제왕의 도읍지이다."

이에 위수 남쪽 상림원 일대에 궁전을 지었다.

먼저 아방(阿房)에 전전(前殿)을 만들었는데, 동서로 500보(步) 이며 남북으로 50장(丈)으로 위쪽에는 1만 명이 앉을 수 있고, 아래쪽에는 다섯 장 높이 깃발을 세울 수 있었다. 사방으로 말이 달릴 수 있는 길을 만들어 궁전 아래에서부터 곧장 남산(南山)까지 이르게 했다. 남산 봉우리에 궁궐 문을 세워 지표로 삼았다. 다시 길을 만들어 아방에서 위수를 건너 함양까지 이어지게 하여 북극성과 각도성(閣道星)이 은하수를 건너 영실까지 이르는 것을 상징했다. (…)

또 궁형(宮刑)과 도형(徒刑, 유배형)을 받은 70여만 명을 나누어 아방궁을 짓거나 여산에 능묘를 짓게 했다. 북산(北山)에서 석재를 채취하고, 촉과 형 땅에서 목재를 운반해 관중까지 이르게 했다.

이것이 미완성으로 끝난 아방궁 마스터플랜의 앞부분이다. 한때 '말하는 건축가' 정기용이 설계한 '지붕 낮은 집'인 고(故) 노무현 대통령의 고향집을 아방궁이라고 헐뜯은 것은 참으로 터무니없는 헛소리였다. 그리고 또 전하기를 관중에 300채, 함곡관 동쪽에다 400여 채의 궁전을 지었으며 또 진시황이 지배한 한(韓)·위(魏)·조(趙)·제(齊)·초(楚)·연(燕) 6국의 부호 12만 호를 이곳으로 이주시키고 각국의 궁전을 모방한 건물을 짓게 하고 그들이 데려온 비빈과 미녀들이 미를 겨루게 하는 「삼십육궁의 봄」을 공연하게 했다고 한다. 이것이 전설적인 아방궁의 실상이다.

아방궁은 그 옛날에도 비극으로 끝났지만 오늘날에도 비극적인 유적지가 되었다. 지난 2000년, 아방궁터에 2억 위안(약 340억 원)을 투입해 영화 세트장 형태로 만화 같은 건물을 짓고 동상 조각들을 배치했다. 그때만 해도 중국의 문화수준이 낮아 저속하기 그지없는 흉물이었다. 그러다 10여 년 뒤 이에 대한 반성이 일어나면서 이번에는 380억 위안(약 6조 4천억 원)을 투입하여 아방궁을 본격적으로 복원할 계획을 세웠다. 이 또한 중국식의 무지막지한 발상이었다.

그러나 공사에 들어가기 직전인 2014년 1월, '일대일로(一帶一路)'를 기치로 내세운 시진핑 주석은 '호화 아방궁 복원 사업'을 중단하라고 지시를 내렸다. 누구를 위한, 무엇을 위한 복원이냐고 질타했다는 것이다. 그리고 시진핑 주석은 자신의 고향에 이 같은 흉물이 있는 것이 부끄럽다며 철거를 지시했다. 그리하여 2015년 이 거대한 테마파크가 완전히 철거되어 지금은 빈터에 표지판만 남아 있다고 한다.

두목지의「아방궁부」

아방궁은 오늘날 이렇게 빈터로 남아 있지만 이를 노래한 옛 시인의 시가 이 유적에 대한 역사적 회상을 불러일으킨다. 중국의 모든 유적지에는 반드시 명시가 따라붙는 한시의 전통이 있어 문화유산의 가치와 의의가 더욱 드러난다. 한시는 중국이 세계에 대놓고 자랑할 만한 위대한 무형문화유산이다. 아방궁의 명시는 단연코 만당(晩唐, 당나라 말기) 시인 두목지(杜牧之, 803~853)가 읊은「아방궁부(賦)」다.

두목지의 이름은 두목(杜牧)이고 자가 목지이다. 성당(盛唐, 당나라 전성기) 시인 두보(杜甫)에 빗대어 '소두(小杜)', 즉 '작은 두보'라고 불렸다. 목이라는 이름보다 목지라는 자로 더 자주 불렸다. 그는 명문 집안 출신으로 25세에 진사에 급제해 양주(揚州) 절도사의 서기가 되었다.

두목지는 출중한 미남으로도 유명하여 그가 술에 취해 양주 거리를 지날 때면 그를 연모하던 기생들이 잘 보이려고 귤을 던졌는데, 그렇게 던져진 귤이 수레를 가득 채웠다고 한다. 이것이 이른바 '취과양주귤만헌(醉過揚州橘滿軒)'이다. 두목지는 우리와도 인연이 깊다. 그의 문집인 『번천집(樊川集)』에 나오는 「장보고 정년전(傳)」은 장보고(張保皐)와 그의 후배인 정년(鄭年)의 전기를 쓴 것으로 그 내용이 『삼국사기』와 『신당서(新唐書)』에 그대로 실려 있어 우리에게 당나라에서 활약한 장보고의 모습을 생생히 전해준 고마운 자료다.

판소리 「춘향가」에서 이몽룡을 말하면서 "필체는 왕희지요, 풍채는 두목지라"라고 했고 허난설헌은 '두목지 같은 남자와 살고 싶다'며 몽중인(夢中人)이라고 할 정도로 많은 사람들이 사모하는 인물로 회자되었다. 두목지는 잠시 중앙에서 벼슬살이를 하기도 했지만 대체로 지방관직에 머물며 낭만과 풍류의 시인으로 일생을 살았고 세상을 떠나기 전에는 자신의 작품을 거의 다 불태워버렸다고 한다.

두목지가 불과 20대에 지은 「아방궁부」에서 아방궁의 호화로움을 묘사한 것도 절창이지만 마지막에 세상을 향해 던진 대목은 가히 명구로 삼을 만하다.

육국(六國)이 멸망하고 (…) 아방궁이 생겨났다 (…)
다섯 걸음마다 전각이요 열 걸음마다 누각이네 (…)
아침저녁으로 주악과 노래 즐기니 (…)
별이 반짝이는 것은 비빈들의 거울에 비친 빛이요 (…)
위수에 기름기 흘러넘침은 화장 연지 물을 버린 것이었다네 (…)

대들보 받친 기둥은 남쪽 밭의 농부 수보다 많았고
서까래는 베 짜는 여인보다 많았으며
못대가리 번쩍이는 것은 곳간의 곡식 낟알보다 많았고 (…)
악기의 요란한 소리는 길거리 사람들 말소리보다 많았다네 (…)

변방을 지키는 군사(진승)가 소리치며 일어나니 함곡관이 함락되고
초나라 사람(항우)의 한자루 횃불에 가련하게도 아방궁은 초토가
되었구나 (…)

아아!
육국이 멸망한 것은 육국 자신이요, 진나라가 아니며
진나라가 멸족된 것은 진나라 자신이지, 천하가 아니었도다
아아!
육국이 각기 그 나라 사람을 사랑했다면
능히 진나라를 물리칠 수 있었을 것이요
진나라가 다시 육국 사람들을 사랑했다면
2세를 넘어 만세에 이르기까지 누가 멸망시킬 수 있었을까

진나라 사람들은 스스로 슬퍼할 겨를도 없이 망했기에
후세 사람들이 이를 슬퍼하고 있는데
만약에 후세 사람들마저 이를 슬퍼하며 교훈으로 삼지 않는다면

| **진령산맥과 관중평원** | 함양에서 서쪽으로 향하면 남쪽으로는 긴 산맥이 끝없이 이어지고 북쪽으로는 드넓은 들판이 아득히 펼쳐진다. 이 긴 산줄기는 진령산맥이고 넓은 들판은 관중평원이다.

뒤이은 후세 사람들이 그 후세 사람들을 슬퍼하며 말하리라

진령산맥과 관중평원

우리의 버스가 함양 시가를 곁에 두고 왼쪽으로 방향을 틀면서 바야흐로 서쪽으로 머리를 두고 달리기 시작하니 남쪽으로는 긴 산맥이 끝없이 이어지고 북쪽으로는 드넓은 들판이 아득히 펼쳐진다. 이 긴 산줄기는 진령(秦嶺)산맥이고 넓은 들판은 관중(關中)평원이다.

진령산맥은 지금 우리가 가고 있는 감숙성 천수 부근에서 시작하여 섬서성 남쪽을 지나 하남성(河南省)에 이르는 길이 1,600킬로미터의

긴 산맥이다. 내일 우리가 찾아갈 천수의 맥적산 석굴사원, 무수한 시인들이 노래한 장안 남쪽의 종남산(終南山), 중국 오악의 하나인 화산(華山)이 모두 진령산맥 줄기에 걸쳐 있다.

진령산맥은 서쪽이 높고 동쪽이 낮아 관중평원을 지날 때는 해발고도 1~2천 미터의 산봉우리로 이어지며 가장 높은 산은 태백산(太白山)으로 높이가 3,767미터에 달한다. 진령산맥은 길이도 길이지만 폭이 상당히 넓어 100~150킬로미터나 된다. 이렇게 숫자만 제시하면 그런가보다 하고 지나가기 쉽지만 부산에서 신의주까지가 800킬로미터, 인천에서 강릉까지가 200킬로미터인 것을 감안하면 한반도의 3분의 2 크기에 달하는 육중한 산맥이다. 이 깊은 산중에는 수많은 야생동물이 살아가고 있는데, 그중 우리에게 잘 알려진 것이 판다이다.

이 넓고 긴 진령산맥으로 인해 북쪽의 찬 공기가 차단되어 남쪽은 아열대성 기후로 쌀농사 이모작이 가능하고 북쪽은 비교적 날이 차서 밀농사가 주를 이룬다. 그런 이유로 이 진령산맥은 장강(長江), 혹은 회하(淮河)와 함께 중국을 남북으로 나누는 기준이 된다. 한때 중국과학원 고(古)척추동물 및 고인류연구소에서는 진령산맥을 경계로 중국의 남방인과 북방인을 구분할 수 있다며 "북방인은 이마가 넓고 눈자위가 튀어나오고, 남방인은 코 부위가 넓고 이마가 좁으며, 그 중간지대 사람들은 두 요소가 혼재돼 있는 것이 중국인 외모의 특징"이라는 연구결과를 내기도 했다.

진령산맥 북쪽의 넓은 들판을 관중평원이라고 부르는 것은 네 개의 관문(關門) 한가운데 있기 때문이다. 북쪽은 소관(蕭關), 남쪽은 무관

(武關), 서쪽은 대산관(大散關), 동쪽은 험하기로 유명한 함곡관(函谷關)이다. 또 이 함곡관을 경계로 하여 서쪽의 관중평원과 동쪽의 화북(華北)평원이 북중국의 양대 평원을 이루고 있다.

관중평원은 고도가 해발 500미터나 되기 때문에 평야라 하지 않고 평원이라고 한다. 그리고 관중평원은 관중분지라고 불릴 정도로 사방이 산으로 둘러싸여 천연의 요새를 이루고 있는데 그 중심부가 바로 서안, 함양이다. 관중평원은 넓이도 넓고 토양이 비옥하여 일찍부터 사람이 살기 시작하여 전기 구석기시대인 80만 년 전의 남전(藍田) 유적지, 신석기시대인 6천 년 전의 반파(半坡) 유적지가 서안 언저리에 있고, 3천 년 전부터는 주나라·진나라가 농업생산을 기반으로 천하를 호령하고 통일할 수 있는 물적 토양이 되었으며, 한나라·당나라도 여기에 도읍을 두었다. 지금도 관중평원 옥야천리(沃野千里)에는 철마다 밀과 유채가 번갈아가며 온 들판을 푸르고 노랗게 물들인다.

역사의 강, 위하

진령산맥과 관중평원이 만나는 곳에 위하(渭河)라는 강이 흐른다. 위하는 관중평원의 젖줄이다. 위하는 감숙성에서 발원해 동쪽으로 흘러 함곡관 가까이 있는 동관이라는 곳에서 북쪽으로부터 내려오는 황하와 합류한다. 황하의 지류라지만 전체 길이가 약 800킬로미터로 우리의 한강보다 길다.

위하는 역사책에서 위수(渭水)라고 부른 역사의 강이다. 함양과 서안 시내를 흐르는 강이 바로 위수이며 우리가 지금 가고 있는 천수 시내를 흐르는 강도 위수이다. 우리의 버스가 왼쪽으로 진령산맥에 바짝 붙어 관중평원을 멀찍이 두고 달릴 때 분명 위수를 따라가는 길이겠건만 강물은 제방 너머로 낮게 흘러 한 번도 모습을 보이지 않았다. 혹시 나타날까 하여 차창에서 눈을 떼지 않았지만 길은 뚝방 아래쪽으로 나 있고 산자락만이 멀찍이 따라올 뿐이다.

옛길은 언제나 강을 따라 생겼다. 우리도 위수를 거슬러 서역으로 향하는데 그 옛날에도 서안에서 서역으로 가는 이는 위수를 따라갔고 이별할 때면 함양의 위수 강변에서 배웅했다고 한다. 그래서 나온 명시가 왕유(王維, 699?~761?)의 「위성곡(渭城曲)」이다.

위성의 아침 비, 거리를 적시니	渭城朝雨浥輕塵
객사의 봄버들은 푸르고도 푸르르네	客舍青青柳色新
그대에게 또 한잔 술 비우길 권하노니	勸君更盡一杯酒
서쪽 양관으로 나아가면 아는 이가 없다네	西出陽關無故人

왕유는 당나라 3대 시인으로, 이백을 시선(詩仙), 두보를 시성(詩聖)이라고 했을 때 왕유는 시불(詩佛)이라 했다. 왕유의 「위성곡」은 과연 시불의 노래답게 조용한 선미(禪味)가 흐른다. 양관은 돈황에서 서남쪽 60킬로미터 떨어진 곳에 있는 관문으로 여기부터 본격적으로 타클라마칸사막이 전개된다.

몇 해 전부터 나는 이건용, 민현식 등 가까운 벗들과 김병기 전북대 교수에게 『당시 삼백수』 강의를 듣고 있다. 우리가 돈황의 양관을 간

| **위하의 상류** | 진령산맥은 관중평원의 남쪽 경계를 이루는 높고 깊고 넓은 산맥으로, 진령산맥과 관중평원이 만나는 곳에 위하가 흐른다. 위하는 감숙성에서 발원해 동쪽으로 흘러 관중평원의 젖줄 역할을 한다.

다고 하니까 선생님은 특별히 책 맨 뒤쪽 칠언절구 악부(樂府)편에 실려 있는 이 「위성곡」을 먼저 풀이하며 가르쳐주었다. 이 시의 원제목은 원이(元二)라는 사람이 안서도호부(현 투르판)에 사절로 가는 것을 송별하면서 쓴 「송 원이 사안서(送元二使安西)」이다. 그런데 이것이 하도 절창이어서 이별가의 한 상징이 되어 이후 사람들이 이별할 때면 양관이 아니라 어디로 가든 이 시를 곡조에 맞추어 부르기 시작했고, 한 번으로는 만족하지 못하여 세 번을 불렀다고 한다. 이를 '양관삼첩(陽關三疊)'이라고 한단다. 우리 선생님이 시범 삼아 시에 곡조를 넣어 중국어로 직접 불러주는데 나도 따라 부르고 싶을 정도로 처연했고 세 번은 불러야 직성이 풀리겠다 싶었다.

한무제의 무릉을 지나며

지금 우리가 마냥 지나고 있는 진령산맥, 관중평원, 위하는 주나라·진나라의 고향일 뿐 아니라 한나라·당나라의 본거지이기도 했다. 그래서 우리가 지나는 도로변의 커다란 입간판에는 '한풍당운(漢風唐韻)'이라는 네 글자가 쓰여 있다. '한나라의 풍격과 당나라의 운취'가 있노라고 대서(大書)·특서(特書)한 것이다.

우리는 서안에서 출발하여 1시간쯤 지난 오후 2시 반, 무릉(茂陵) 휴게소에서 잠시 쉬어가기로 했다. 무릉은 한무제의 무덤이다. 이 지역은 한나라와 당나라의 황제 무덤들이 즐비하게 퍼져 있어 '동방제왕곡(東方帝王谷)'이라 불리기도 한다. 한무제의 무릉을 비롯하여 한고조의 장릉(長陵), 당태종의 소릉(昭陵), 당고종과 측천무후의 건릉(乾陵) 등이 모두 여기에 있어 서안 답사 때마다 한 곳씩 들러 보아왔는데 능마다 그 규모의 방대함에 놀라지 않을 수 없다.

그래서 아마도 수십 년은 걸렸지 싶은 이 능묘 공사를 어떻게 했을까 궁금했는데, 중국 황제는 죽은 뒤에 묘를 만드는 것이 아니라 즉위 2년차부터 자신의 능을 조영했다는 것을 나중에 비로소 알게 되었다. 이를 수릉(壽陵)이라고 한다. 백성들을 동원하여 조성하는 능묘의 공사와 부장품에 투입하는 비용은 해마다 국민총생산의 거의 3분의 1에 달했다고 한다. 그래서 황제릉은 규모가 어마어마하고 특히 한무제는 재위 기간이 54년이나 되어 한나라 황제릉 중에서도 가장 규모가 큰 것이다.

| **한무제의 무릉** | 한무제가 묻힌 무릉은 규모가 어마어마하다. 한나라 황제는 재위 2년차부터 자신의 묘를 수축했는데 재위기간이 긴 만큼 그 규모 또한 방대해졌다.

　돈황 가는 길에 한무제의 무릉 가까이서 쉬어간다니 이것도 어쩔 수 없는 인연의 끈인가보다. 이제 천수를 지나 하서주랑으로 들어가게 되면 우리는 한무제 시절 전설적인 장수인 위청(衛靑)과 청년대장 곽거병(霍去病)이 이곳에서 흉노를 정벌할 때 이야기와 유적지를 무수히 만나게 된다. 한무제의 무릉 곁에는 위청과 곽거병의 딸린무덤이 있다.

　한무제는 기원전 108년 위만조선을 멸망시키고 낙랑(樂浪)·진번(眞蕃)·임둔(臨屯)·현도(玄菟)의 한사군(漢四郡)을 설치하여 우리 역사에서도 익숙한 인물이다. 그러나 한사군은 한반도 북서쪽 요동지방에만 있었던 것이 아니다. 이보다 10여 년 앞서 한무제는 지금 우리가 가고 있는 하서(河西) 지방의 흉노를 정벌하고 한사군을 설치했다. 이를 '하서사군' 또는 '하서 한사군'이라고 한다. 하서는 황하의 서쪽이라는 뜻이며, 하서사군은 무위·장액·주천·돈황 네 도시이다.

또한 한무제는 중국의 남쪽, 광동성(廣東省)에서 하노이에 이르는 지역에는 한구군(漢九郡)을 설치했다. 이렇게 형성된 동쪽 요동의 한사군, 서쪽 하서의 한사군, 남쪽 광동성 아래의 한구군은 한나라 변경의 전진기지이자 완충지대 역할을 했다. 그 안쪽이 바로 한족들이 확보하고자 한 그네들의 영토이다. 역사적으로 보면 한족들이 세운 한나라·수나라·당나라·송나라·명나라 등 역대 왕조들은 한사군과 한구군의 울타리 안쪽을 강역으로 삼았다. 오늘날 중국의 영토가 그때보다 3배나 더 넓어진 것은 아주 예외적이고 최근 일이다. 이는 만주족의 청나라가 한족의 울타리를 벗어나 변강민족과의 동질성을 내세우며 티베트를 흡수하고 위구르 지역에 신강성을 설치한 것을 중화민국이 그대로 계승한 결과이다. 오늘날 중국이 소수민족 문제로 골치 아파하는 것은 이들을 자율적으로 살도록 하지 않고 직접 통치하면서 생긴 문제이다.

이렇게 보면 우리는 그동안 우리나라의 역사를 너무 '한반도에서 일어난 사건·사고사'로만 인식하고 동아시아의 역사 전체에서 바라보지 않았다는 생각이 든다. 한사군이라고 하면 낙랑·진번·임둔·현도만 알고 하서의 한사군, 광동의 한구군과의 연관 속에서 이해하지 않은 면이 있다. 그리고 동아시아의 역사를 중국 역대 왕조사 중심으로만 인식하여 한무제, 위청, 곽거병만 생각하고 흉노, 돌궐, 위구르, 티베트, 서하의 입장은 개념 속에 두지 않은 혐의가 있다.

한족의 위치에서 보면 우리도 변강민족의 하나였다. 그럼에도 우리는 다른 변강민족의 삶은 염두에 두지 않고 한족의 입장에서 중국사를 인식하고 있었던 것이다. 훗날 동쪽의 한사군은 400년 뒤 고구려가 되찾았고, 900년 뒤 남쪽의 한구군 중 하노이 지역을 베트남이 차지했다. 그러나 하서의 한사군 땅은 원래의 유목민족인 흉노와 치열하게 일진일퇴의 쟁탈전을 벌였다. 결국 흉노가 망하고 한나라 차지가 되었지만 한나라가 망한 뒤 이 땅은 다시 유목민족의 차지가 되어, 이들이 세운 단명 국가가 명멸하는 오호십육국시대(304~420)의 복잡한 양상을 띠게 된다.

그리고 오호십육국시대가 끝나고 남북조시대, 수나라, 당나라, 송나라로 이어지는 동안 이 지역은 흉노의 뒤를 이은 유목민족인 돌궐(突厥)제국(552~657), 위구르(回鶻, 회홀)제국(744~840), 탕구트족의 서하(西夏)제국(1038~1227) 등과 끊임없이 쟁탈전을 벌였다. 유목민족들로서는 유목문화에 농사를 짓는 정주(定住)문화를 확보하기 위함이었다. 그러나 그들은 결국 스스로의 운명을 스스로 지킬 수 있는 자기 강토를 확보하는 데 실패했다. 이에 반해 우리 민족은 끊임없이 3천 년간 민족국가를 이어왔다, 얼마나 대단한 일인가. 여기에 우리 민족의 정체성과 자랑이 있다. 내가 중국 답사 일번지로 하서주랑 길을 택한 것은 이곳에 오면 우리의 역사가 그렇게 보이기 때문이다.

| **오장원** | 제갈량이 최후를 맞은 곳으로 알려진 오장원에는 제갈량의 의관총과 사당이 있다. 의관총은 옷과 모자를 묻어 고인을 기린 무덤이다.

제갈량의 오장원

무릉 휴게소를 떠난 지 1시간쯤 되었을 때 이번에는 미현(眉縣) 휴게소에서 쉬어가기로 했다. 나는 휴게소마다 들러주는 버스기사와 가이드가 무척 고맙기만 했는데 나중에 알고 보니 우리의 휴식보다도 중요한 것이 두 가지 있었다. 하나는 버스기사가 담배를 피우기 위함이었고, 또 하나는 중국의 고속도로엔 구간 단속이 있어서 과속으로 걸리지 않기 위해서 버스가 쉬어가야만 한다는 것이었다.

미현은 보계(寶鷄)시의 작은 현으로 우리에게 낯선 이름의 고을이지만 여기에서 남쪽으로 30킬로미터 떨어진 곳에는 제갈량이 죽은 오장원(五丈原)이 있어 고속도로변에 그쪽으로 안내하는 표지판이 계속

| 오장원에서 내려다본 전경 | 오장원에서 위수를 건너 기산으로 나아가면 곧장 장안(현 서안)으로 쳐들어갈 수 있었다. 그래서 제갈량은 중원으로 쳐들어가기 위해 '육출기산'을 감행할 때 전초기지로 삼았던 것이다.

보였다. 내가 가이드에게 오장원에 가보았느냐고 물으니 거기에는 제갈량의 의관총(衣冠塚)과 사당이 있고 조각상과 그림이 있지만 교수님이 가보면 실망할 것이라고 한다. 의관총이란 시신을 매장한 것이 아니라 옷과 모자를 묻어 고인을 기린 무덤이다. 제갈량의 실제 무덤은 촉나라 수도였던 사천성(四川省) 성도(成都)에 자리한 황제 유비의 능곁에 있다.

실제로 중국을 답사하면서 『삼국지 연의』 현장이라는 곳을 가보면 관광객을 유치하기 위한 테마파크식 건물과 저속한 조각상이 난무하여 차라리 안 가느니만 못한 것을 여러 번 경험했다. 특히 심한 곳이 당양(當陽)의 장판교 유적이었다. 유비가 조조에게 쫓겨 백성을 이끌고 형주(荊州)로 피난 가는 과정에서 조자룡은 단기필마로 아두를 품에 안고 겹겹의 포위망을 뚫고 나아가고, 장비는 장판교 다리 위에 홀로 서서 조조의 대군을 허세로 막았다는 그 현장인데, 젠장! 다리는 어디에도 보이지 않고 언덕배기에 근래에 세워놓은 장비와 조자룡의 유치찬란한 기마조각상만 있었다. 그 황당하고 허망함이란 차라리 안 가고 상상하느니만 못했다.

오장원은 진령산맥의 산중 해발 약 750미터의 높고 넓은 고원으로, 여기에서 위수를 건너 기산(祁山)으로 나아가기만 하면 곧장 장안으로 치고 들어갈 수 있었던 곳이다. 살날이 얼마 남지 않은 것을 안 제갈량은 '그 글을 읽고도 눈물을 흘리지 않는 자는 충신이 아니다'라고 하는 유명한 출사표를 전후 두 차례 못난 황제에게 제출하고 여섯 번이나 기산으로 나아가는 '육출기산(六出祁山)'을 감행했다. 미현 위쪽이 기산현으로 여기가 바로 육출기산의 현장인 것이다.

사실 제갈량의 중원 회복은 제1차 출전 때 거의 다 성사된 것이나 마찬가지였다. 그때 제갈량은 위수를 바로 건너지 않고 후방을 확보하기 위해 지금 우리가 가고 있는 감숙성의 천수부터 공략하고 여기를 전진기지로 하여 낙양으로 치고 들어가고자 했다. 그런데 천수에서 섬서성으로 넘어가는 고갯마루의 가정(佳亭) 전투에서 아끼던 재사인 마속이 제갈량의 작전 지시를 따르지 않아 처참하게 패배하여 할 수 없이 철수하고 만다. 이때 제갈량은 눈물을 흘리며 마속을 참수하는 읍참마속(泣斬馬謖)을 단행했다. 지금도 천수시로 들어가는 초입에는 가정을 가리키는 표지판이 있다.

그러고 보면 지금 우리가 가고 있는 이 길은 『삼국지 연의』 제91회부터 104회까지 제갈량의 신출귀몰하는 전술과 안타까운 실패, 그리고 그가 사마의와 머리싸움을 벌인 흥미진진한 전투의 현장인 것이다. 그런데 근래에 중국 CCTV에서 방영된 사극 「대군사 사마의 2: 최후의 승자」를 보면서 나는 『삼국지 연의』는 제갈량 입장에서 본 것이고 사마의 입장에서 보면 여러 면이 다르다는 것을 알았다.

제갈량이 읍참마속을 하고 군사를 철수하면 누구나 당연히 안전한 한중(漢中)으로 퇴각할 것으로 예상했다. 그러나 제갈량은 서성(西城)이라는 작은 고을로 갔고 사마의는 그것을 정확히 예측했다. 그 이유는 제갈량이 쳐들어왔을 때 서성은 저항하지 않고 항복했기 때문에 만약에 사마의의 군대가 그곳에 오면 위나라를 배반한 주민들은 모두 죽임을 당할 수밖에 없었다. 그래서 제갈량은 이들을 데리고 철수하기 위해 온 것이었다. 사마의는 제갈량의 그런 애민정신 때문에 그가 서성으로 갈 것을 예측했던 것이다.

아닌 게 아니라 제갈량은 서성으로 와서 백성들을 모두 피난시키고 그 뒤를 따라가려던 참이었다. 그때 사마의 군대가 떼로 몰려왔다. 꼭 죽을 상황이 된 제갈량은 성문을 활짝 열어두고 문루에 올라 느긋이 거문고를 켰다. 들어올 테면 오라는 식이었다.

이때 사마의는 진군을 멈추고 제갈량의 허허실실(虛虛實實) 전술을 따져보며 머뭇거리고 있었다. 그러자 그의 총명한 작은아들 사마소가 저것은 거짓 위장술이니 쳐들어가자고 했다. 그러나 사마의는 "아니다. 거문고 가락에 심리적 불안기가 하나도 없다"라며 퇴각 명령을 내렸다. 이리하여 사마의 군대가 물러가는 것을 본 순간 진땀을 흘리며 거짓 의연한 채 연주하던 제갈량의 거문고 줄이 '탕' 하고 끊어졌다. 이것이 신출귀몰하는 제갈량 전술의 명장면으로 꼽힌다.

「대군사 사마의 2」는 사마의 군대가 멀리 퇴각한 다음 숨을 돌리기 위해 바위에 앉아 쉬면서 부자간에 나눈 이야기로 이어진다. 아들 사마소는 아버지의 퇴각 명령에 의심을 품으면서 이렇게 말했다.

"아버지는 성 안에 군사가 하나도 없는 줄 알면서도 일부러 쳐들어가지 않은 것이지요. 지금 우리가 제갈량을 죽이면 조예 황제에게 아버지는 쓸모없게 되기 때문이겠죠."

사마의는 말조심하라고 입술에다 검지손가락을 가져다 대고는 아들의 뺨을 냅다 후려친다. 그러고는 이내 아들의 머리를 가슴에 끌어안고 이렇게 말했다.

"너, 어디 가서 그런 얘기 했다가는 우리 사마씨 집안 망한다."

결국 사마의는 최후의 승자가 되었고, 사마의의 손자 사마염이 위나라를 폐하고 진(晉)나라를 세우게 되었다.

답사객들과 중국을 답사하다보면 중국 역사와 문화에 대한 지식 정도에 따라 자연풍광에서 인문풍광으로 옮겨가는 강도가 다른 것을 알 수 있는데, 경험적으로 말해서 『삼국지 연의』를 읽은 사람과 아닌 사람은 차이가 많다. 나는 『삼국지 연의』 '광팬'이어서 일찍이 중고등학생 시절에 박태원의 『삼국지』, 요시카와 에이지(吉川英治)의 『삼국지』도 읽었고 만화가 고우영의 『삼국지』와 중국 CCTV에서 1994년에 만든 드라마 「삼국연의(三國演義)」도 보았다(국내에는 「삼국지」라는 제목으로 소개되었다). 그중 최고로 나는 이 「삼국연의」를 꼽는다.

나뿐 아니라 아내도 『삼국지』를 좋아하여 동네 비디오 대여점에서 이 「삼국연의」를 빌려다 봤다. 아내는 처음에는 첫 편과 마지막 편을 보더니, 잘 만들었다며 다 봐야겠다고 하고는 이튿날부터 두 편씩 빌려 보는데, 이상하게도 30편부터 보다가 일주일 뒤에는 다시 10편부터 보는 것이었다. 그래서 왜 이렇게 왔다 갔다 하느냐고 물으니 처음부터 보면 스토리를 다 알기 때문에 싱거워서 복잡하게 재편성해서 보는 것이라고 한다. 그 바람에 나도 재미있게 보기는 했다. 그러나 각 전투의 순서가 왔다 갔다 하는 혼동이 일어나니 남에게 절대로 권할 사항은 아니다.

보계시의 주원박물관

미현 휴게소를 떠나 여로에 오르니 우리의 버스는 다시 진령산맥과 관중평원 사이를 달리며 창밖으로는 똑같은 풍광이 계속 이어진다. 길이 낮은 곳으로 나 있어 여전히 위수는 보이지 않고 들판은 길가의 나무로 가려져 지금 우리가 넓은 들판을 지나고 있다는 것을 실감할 수 없다. 다만 진령산맥 긴 산자락만이 우리를 따라오며 이 길이 섬서성 너머 감숙성으로 가는 길임을 알려준다. 그러다 얼마만큼 지나니

| **주원박물관** | 보계시의 주원 유적지는 1982년에 전국중점문물보호단위로 지정되었다. 1987년에는 주원박물관을 개관하여 여기에서 출토된 유물들을 전시하고 있다.

건물들이 하나둘 보이면서 다시 도시의 냄새가 일어난다. 이제 곧 보계시가 나올 모양이다.

　여간한 경우가 아니고는 우리에게 보계시는 낯선 이름으로, 많고 많은 중국의 지방도시 중 하나로 생각될 수 있다. 또 역사도시로 이름을 얻은 것도 아니기 때문에 그냥 그런가보다 하고 지나치게 된다. 그러나 보계시는 섬서성에서 서안 다음가는 큰 도시로 3천 년 전, 중국 역사의 서장을 연 주(周)나라의 본거지가 바로 여기였다.

　주나라는 낙양으로 천도한 기원전 771년을 기준으로 서주(西周, 기원전 1046~기원전 771)와 동주(東周, 기원전 771~기원전 256)로 나뉘는데, 이 일대에는 서주시대의 궁실과 종묘가 있었을 뿐 아니라 주공(周公), 소

| **보계시 청동기박물원** | 보계시는 3천 년 전 중국 역사의 서장을 연 주나라의 본거지다. 여기에서 출토된 서주시대 말기의 청동기를 본격적으로 전시하기 위하여 보계시 청동기박물원을 개관했다.

공(召公) 등 대신들의 봉토가 있던 곳으로 보계시의 미현, 부풍(扶風)현, 기산(岐山)현, 봉상현 일대를 주원(周原)이라고 부른다.

이 주원 들판에서는 일찍부터 서주시대 말기의 청동기가 어마어마하게 출토되어 '청동기의 저장고'(窖藏, 교장)라고 불리고 있다. 그런데 신기하게도 드문드문 출토되는 것이 아니라 구덩이마다 적게는 몇 십 점, 많게는 200여 점이 나왔다. 이렇게 발견된 청동기 저장고는 30여 곳에 이르며 앞으로 또 얼마나 더 나올지 모른다. 현재까지 출토된 청동기는 1천 점이 넘는다.

주원에서 이렇게 청동기 매장 구덩이가 많이 발견되는 것은 기원전 771년, 주나라가 유목민족인 융(戎)족의 침입을 받아 황급히 낙양으로 쫓겨 가면서 왕실과 가묘에서 지내던 청동제기들은 무거워 가져가지 못하고 집 근처에 구덩이를 파고 매장해두었기 때문이다. 그러나 주나라 사람들은 끝내 다시 고향으로 돌아오지 못했고, 청동제기들은 주인을 잃은 채 그대로 파묻혀 있게 되었던 것이다. 그리고 주원 들판은 밀이 풍요롭게 자라는 밭이 되었다.

한나라 때부터 주원 들판에서 간간이 청동기들이 출토되었고 고증학이 일어난 청나라 때 와서는 주나라 청동기에 대한 관심이 어느 때보다 높아져 발굴이 아니라 도굴이 성행했다. 그중 가장 유명한 것이 중국미술사에 반드시 나오는 '모공정(毛公鼎)'이다. 1843년 기산현에서 출토된 모공정은 높이 53.7센티미터, 무게 35킬로그램에 달하는 세 발 달린 솥으로, 이를 만든 사람의 이름이 모공이다. 이 모공정에는 약 500자의 글자가 새겨져 있는데, 이는 중국의 청동기 명문(銘文) 중 가장 긴 것으로 그 내용과 서체는 중국 금석문의 압권으로 꼽히며 현재는 대만 국립고궁박물원에 소장되어 있다.

1949년 이후에는 이곳에서 정식으로 많은 청동기 구덩이가 발굴되었고 서주시대 궁궐터도 발견되었다. 청동기에 새겨진 명문에는 주나라 왕의 책봉을 받고 파견된 일, 제후가 전쟁에 참여한 일, 왕이 하사한 것, 토지의 교환, 소송 판결 등의 정치·경제·문화 각 방면이 언급되어 있다. 300개에 달하는 갑골문도 발견되었다. 특히 2003년 미현 양가촌(楊家村)에서는 문왕과 무왕을 받들어 주나라 건국에 큰 공을 세운 단공(單公)의 후손 집 구덩이에서 아름답고 희귀한 청동제기가 다량으로 발견되어 학계의 큰 주목을 받은 바 있다. 그리하여 주원은 '주

| 주원에서 출토된 주나라 청동기 |

| 2. 모공정(毛公鼎) | 세 발 달린 솥으로 고기를 삶는 데 사용한 제기. 모공(毛公)이 만들었음. 높이 53.7cm.

| 1. 절가(折斝) | 제사 때 사용하던 나팔모양 입구에 세 발 달린 술그릇. 높이 34.1cm.

| 4. 우준(牛尊) | 제사 때 희생으로 삼은 소 모양으로 만든 술그릇. 높이 24cm.

| 3. 단오부방호(單五父方壺) | 단(單)씨 집안 가묘에서 나온 네모난 술그릇. 높이 59cm.

| 5. 타화(它盉) | 술을 데워서 따르는 주전자. 부풍(扶風) 제(齊)가촌 출토. 높이 37.6cm.

| **주공묘** | 주공은 주무왕의 동생으로, 이상적 봉건국가로서의 주나라를 만드는 데 큰 역할을 했다. 주공묘는 근래에 주원에서 발견되어 복원되었다.

나라 청동기의 보고'라고 칭송되고 있다.

보계시의 주원박물관과 보계시 청동기박물원에는 주원 유적지에서 출토된 약 1만 점의 유물이 소장되어 있으며, 상설전시실이 꾸며져 있다.

중국문화의 원천으로서 주원

내가 이렇게 관중평원의 주원을 바라보면서 어찌 보면 답사의 주제인 돈황·실크로드와 관계없는 주원의 청동기에 대해 이야기하는 것은 중국 문화유산에 대한 우리, 최소한 나의 편식성에 대한 반성 때문이다. 그간 나의 중국 역사와 문화에 대한 공부는 언제나 우리 역사와의 연관 속에서만 이루어지곤 했다. 그러나 진정한 학인이라면 그 나라의 역사와 문화는 그 나라 입장에서 먼저 이해하고 그다음에 우리와의 연관에서 탐구하고 기술하는 것이 마땅하다.

중국 청동기에 대한 나의 지식은 지금도 아주 기초적인 것에 불과하지만, 사실 중국이 세계에 내놓고 자랑할 수 있는 위대한 무형유산이 한시(漢詩)라면 유형유산은 도자기와 청동기다. 몇 십 년 전에 뉴욕 메트로폴리탄 미술관이 소장하고 있는 중국 청동기 특별 전시회 이름이 중국의 '위대한 청동기시대'(The Great Bronze Age of China)였다.

그리고 주나라로 말할 것 같으면 중국문화의 뿌리이고 원천이다. 공자님도 정치의 이상으로 생각한 것이 주나라였다. 공자가 태어난 노(魯)나라는 주나라 주공(周公)의 후예들이다.

고조선시대까지만 해도 우리는 중국과 역사의 맥을 달리하고 있었지만 삼국시대, 고려시대, 조선시대 제기(祭器)의 원형은 모두 주나라 청동기에서 비롯한 것이다. 내가 서울 답사기에서 예찬한 종묘의 제기도 따지고 보면 주나라 제기의 조선적인 세련미였다. 어디 그뿐인가. 경복궁 건설의 모델로 삼은 「고공기(考工記)」는 『주례(周禮)』 마지막 편에 나오는 것이다.

주나라의 성립과정을 보면 시조는 후직(后稷)이고 그의 12대손인 고공단보(古公亶父) 때 기산으로 도읍을 옮겨 기틀을 갖추었으며 고공단보의 손자인 창(昌)이 서백(西伯)이라는 벼슬을 하고 있던 시절에 상나라의 폭군 주왕(紂王)이 주지육림(酒池肉林)에서 애첩 달기(妲己)와 온갖 못된 짓을 하며 백성을 도탄에 빠뜨렸을 때 그를 폐위시키고 주나라를 세웠다. 훗날 문왕(文王)으로 추대된 서백은 낚시하던 강태공을 태공망(太公望)이라 부르며 재상으로 맞이해 나라의 기틀을 세웠다. 그의 큰아들 무왕(武王)은 동생인 주공(周公)의 도움을 받아 정치제도와 사상, 음악, 제례 등 모든 분야를 확립해 나라를 반석 위에 올려놓았다. 중국 사상의 처음과 끝이라고 할『주역(周易)』도 문왕이 감옥살이하던 시절에 64괘를 만들었고 주공이 여기에 괘사(卦辭)를 붙인 것이다. 이것이 이상적인 봉건국가 주나라의 탄생과정이다. 근래에 주원에서는 주공의 묘를 발견해 복원해놓았다고 한다.

위수 상류를 따라가며

내가 계속 위수가 보이지 않는 것을 아쉬운 듯 말하고 있는 것은, 주나라의 기틀을 세운 강태공이 낚시하던 곳이 위수 강변이라고 했기 때문이다. 그런저런 생각을 하며 졸며 깨며 차창 밖을 망연히 바라보는 사이 버스는 육중한 산을 마주하고 긴 터널 속으로 깊이 빨려들어간다. 그렇게 터널을 몇 개 지나면서 점점 진령산맥을 깊숙이 파고들며 바야흐로 섬서성에서 감숙성으로 넘어가고 있는 것이었다.

터널을 빠져나온 버스가 산자락 한굽이를 돌아서면서 갑자기 풍광이 변했다. 거대한 협곡 사이로 장엄한 강물이 산봉우리에 바짝 붙어 맴돌아 흘러간다. 내가 그렇게 보고 싶어하던 위수다!

강물 양옆의 산봉우리는 소리치면 들릴 정도로 아주 가깝고 물길의 앞을 막고 있는 앞산도 지척에 있어 첩첩 산봉우리로 이루어진 협곡의 길이를 가늠할 수 없다. 험하고 장한 이 강물이 이제까지 관중평원을 관통하여 느릿하게 따라오던 그 강물인가 싶을 정도다. 과연 중국

| **감숙성으로 넘어가는 길의 위수** | 위수 상류는 중국 대륙의 장엄함을 상징하듯 험하고 장하게 흘러내린다. 강물을 감싼 산봉우리는 푸르름으로 가득해 황하와는 사뭇 다른 느낌을 준다.

대륙의 강다운 장엄한 모습이다. 황하도 상류로 가면 이처럼 산봉우리 사이의 비좁은 공간을 헤집고 나아가지만 황하는 풀 한 포기 없는 메마른 황토고원을 맴돌아 가는 데 비해 이곳 위수의 산봉우리는 푸르름으로 가득하여 서정이 일어나고 역사적 향기가 풍겨 나온다.

그렇게 위수를 따라 굽이굽이 S자를 그리며 한없이 돌아가던 우리의 버스가 긴 다리를 건너 산굽이 하나를 훌쩍 넘어가니 시야가 갑자기 넓게 펼쳐지면서 산자락 아래로 집들이 나타나기 시작했다. 오늘 우리가 묵어갈 감숙성 천수시 문턱에 다다른 것이다. 때는 해가 이미 진령산맥을 넘어간 오후 7시였다.

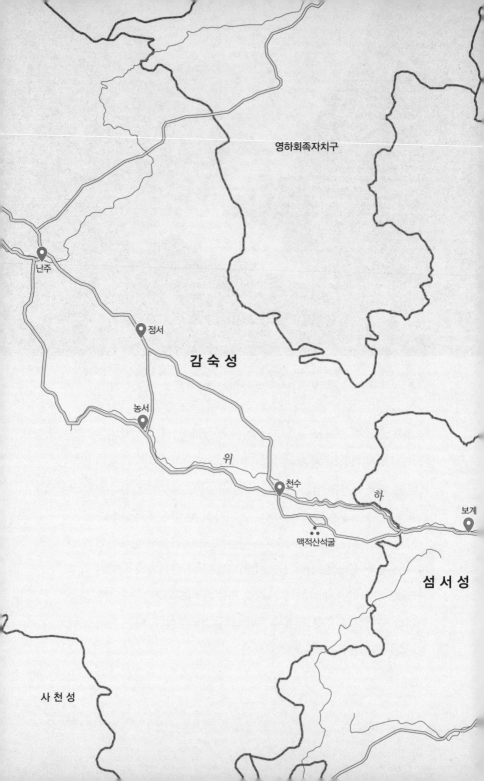

천수에서 만나는 이릉과 사마천, 그리고 이백과 두보

천수의 역사 / 한나라 비장군 이광 / 사마천의 『사기』 /
천수에 온 두보 / 이백의 고향 / 서봉주와 이백의 「월하독작」

돈황 답사 8박 9일: 4막 2장

우리의 돈황 답사 일정은 8박 9일이었다. 지나고 나서 생각해보니 돈황 답사는 고행과 감동이 계속 교차하는 꿈결 같은 여로였다. 그 전 과정은 마치 프롤로그와 에필로그가 곁들여진 전4막의 장막극을 보는 듯했다. 인천공항을 떠나 감숙성의 첫 고을 천수에서 보낸 하룻밤까지는 돈황 답사의 프롤로그였다.

그리고 제1막은 중국의 4대 석굴 중 하나인 맥적산석굴을 답사하고 이튿날은 감숙성의 성도인 난주(蘭州)에 머물며 황하의 유가협 댐에 있는 병령사(炳靈寺)석굴을 답사하는 여정으로 중국의 위대한 석굴사원 전통을 향유하는 것이다. 그 점에서 돈황 답사는 사실상 석굴사원 답사라 할 수 있다.

제2막은 난주에서 돈황까지 하서주랑을 달리는 긴 여정이다. 지도를 펴보면 바로 알 수 있듯이 감숙성 서북부는 남쪽의 기련산맥과 북쪽의 마종산(馬鬃山), 합려산(合黎山), 용수산(龍首山) 사이로 난 좁고 긴 고원지대로 그 폭은 좁게는 20킬로미터, 넓어야 80킬로미터밖에 안 되지만 그 길이는 무려 1천 킬로미터에 이르러 마치 중원과 서역을 잇는 거대한 회랑처럼 생겼다. 중국에서는 이를 '달리는 회랑' 같다고 해서 하서주랑(河西走廊)이라고 부른다.

하서주랑은 원래 흉노의 땅이었으나 기원전 119년, 한무제가 이 지역을 정벌하고 무위·장액·주천·돈황에 '하서사군'을 설치했다. 이로써 중국은 비로소 실크로드로 가는 길목을 확보했다. 그러나 이 지역이 언제나 중국의 영토인 것은 아니었다. 흉노에 이어 등장한 돌궐, 위구르, 서하(탕구트) 등 유목민족들과 중국의 역대 왕조는 이 지역을 두고 치열하게 영토 싸움을 벌였다. 하서사군에는 중국과 중앙아시아 제민족의 역사가 맞물려 있다.

이 하서사군의 도시들을 모두 들러 유적지를 돌아보고 가려면 도시마다 하루 이상이 더 필요한데, 우리는 그 모든 역사적 회상을 야간열차에 싣고 새벽녘에 만리장성의 서쪽 끝인 가욕관(嘉峪關)에 도착하여 이를 둘러본 뒤 돈황으로 들어갔다. 이 하서주랑에 얽힌 많고 많은 이야기가 제2막이다.

제3막은 우리의 목적지이자 답사의 하이라이트인 돈황이다. 돈황

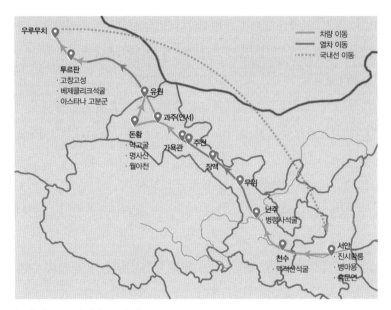

| 돈황·실크로드 1차 답사 코스 지도 |

에서 우리는 오전엔 아름다운 명사산(鳴沙山)과 월아천(月牙泉) 오아
시스를 답사하고 오후에는 천불동 막고굴의 벽화와 불상을 감상했다.
명불허전(名不虛傳)이었다. 월아천 옆에 있는 누각인 월천각(月泉閣)
에는 그 감동을 울릴 명(鳴)자로 바꿔 '명사산 명불허전(鳴沙山 鳴不虛
傳)'이라고 쓴 현판이 걸려 있었다. 사흘 밤낮을 달려온 고행의 피로가
한순간에 씻겨나가는 감동이었다.

　제4막은 투르판이다. 우리는 돈황에서 투르판으로 가는 기차를 타
기 위해 버스로 유원(柳園)역까지 갔다. 여기서 밤 9시 반에 야간열차
를 타고 새벽 5시에 투르판 못미처 선선(鄯善)역에 도착했다. 여기에

있는 쿰타크사막을 체험하기 위해서였다. 지프차를 타고 사막의 모래 언덕을 마치 파도타기하듯 오르내리면서 바라본 광대한 사막은 여기 아니면 경험할 수 없는 대자연의 경이로움이었다.

투르판은 실크로드의 대표적인 오아시스 도시로 사실상 서역 답사의 꽃이다. 여기에는 '아름다운 장식'이라는 뜻의 베제클리크 천불동 석굴사원과 『서유기』에 나오는 화염산, 옛 고창(高昌)왕국의 성터, 그리고 교하고성(交河古城)이 있다. 지금도 도시 인구의 90퍼센트가 위구르인인 투르판에는 그네들만의 풍속이 그대로 남아 있다. 우리는 포도농원을 방문하고, 카레즈라는 슬기로운 지하수로를 보면서 왠지 동정이 가는 위구르인들의 역사와 삶을 느껴보았다. 일행 중 한 사람은 돈황 답사의 하이라이트는 오히려 투르판이라고 말했다.

이튿날 비행기로 귀국하기 위하여 신강위구르자치구의 주도인 우루무치로 간 것이 에필로그였다. 투르판을 출발하여 5시간에 걸쳐 버스로 가는 동안 만년설을 머리에 이고 있는 천산산맥을 원 없이 바라보았고, 우루무치에 도착해서는 전통 야시장인 바자르에서 쇼핑하고 위구르족의 민속공연을 감상했다. 이것이 돈황 답사의 여운이었다.

귀국하는 비행기를 타기 위해 서안으로 다시 와서 하루를 묵으면서 진시황릉 병마용과 『초한지』의 클라이맥스인 「홍문연(鴻門宴)」의 무대를 찾아가본 것은 긴 답사의 보너스였다.

이렇게 8박 9일간 답사하면서 가장 고생스러웠던 것은 단 하루도 같은 호텔에 묵지 못하고 계속 가고 또 가고 심지어는 야간열차에서 이틀 밤을 보낸 것이었다. 그러나 그러지 않고서는 9일 안에 마칠 수

| **천수 시내** | 천수는 중국 고대 삼황오제의 한 분인 복희의 고향으로 알려져 있다. 위수를 끼고 있는 도시의 수려한 모습 덕에 그 옛날에는 '소강남'이라 불렸지만 지금은 현대도시로 공간에 여유가 없다.

없는 긴 여로였다. 서안에서 우루무치까지의 거리가 서안에서 서울까지의 거리와 비슷하다는 사실을 답사 후에야 깨달았다.

그런 고행의 여로였지만 우리가 답사한 유적 중 유네스코 세계유산에 등재된 곳만도 6군데였다. 2014년 제38차 세계유산위원회 총회는 실크로드 천산남로 5천여 킬로미터 구간과 그 길에 남겨진 고대 유적 33곳을 일괄하여 세계문화유산으로 이름을 올렸다. 33곳은 중국의 22곳, 카자흐스탄 8곳, 키르기스스탄 3곳이다. 이중 맥적산석굴, 병령사석굴, 베제클리크석굴, 고창고성, 교하고성 등 5곳, 그리고 일찍이 1987년에 등재된 돈황 막고굴까지 합쳐 6곳을 답사한 것이다.

천수의 옛 이름은 옹과 진주

천수시는 20여 년 전만 해도 인구 30만 명 정도였는데 지금은 약 380만의 대도시로 성장하여 감숙성에서 성도인 난주에 이어 두 번째로 큰 도시가 되었다. 나라에서 소수민족이 많은 서북지방에 계속해서 한족을 이주시킨 정책의 결과이며 그리하여 오늘날 천수시 주민은 거의 다 한족이라고 한다.

고갯마루에서 시내를 내려다보니 아파트 건물들이 오밀조밀하게 들어서 있고 여기저기에서 타워크레인이 새 건물을 올리고 있다. 도시 공간이 아주 비좁아 보이고 잿빛 건물들의 모습에는 음습한 분위기가 서려 있어 낙후된 지방도시라는 인상을 면치 못한다. 그러나 이는 도시의 무리한 확장이 낳은 결과이고 원래는 사방이 산으로 둘러싸인 가운데 위수를 끼고 있는 자리 앉음새의 풍광이 수려해서 그 옛날에 천수는 소강남(小江南)이라 불렸다.

오늘날 천수시는 감숙성에 속하지만 오히려 섬서성과 관련된 중국 고대사와 깊숙이 연결되어 있다. 중국식 과장법에 따라 '뻥'부터 치자면 천수는 삼황오제(三皇五帝)의 한 분인 복희(伏羲)의 고향이다.

지금도 천수 시내 위수 강변 한쪽에는 아주 번듯한 복희묘(伏羲廟)가 있다. 복희묘는 원나라 때 처음 세워지고 명나라 때 재건된 것이라 하며 해마다 정월이면 제사를 올리고 있다고 한다. 복희묘 주변은 희황고리(羲皇故里)라는 전통 거리가 조성되어 있다. 우리가 갔을 때는 마침 단오 하루 전날이어서 축제를 알리는 배너가 희황고리에 나부끼

| **복희묘 입구** | 천수 시내의 위수 강변 한쪽에 복희묘가 있다. 복희묘 주변으로는 희황고리라는 전통 거리가 조성되어 있다.

고 있었다.

복희묘는 전설이라고 쳐도 4천 년 전, 중국 역사에서 처음으로 등장하는 세습왕조인 하(夏)나라를 세운 우(禹)임금이 천하를 하천, 산맥 등 자연 경계에 따라 9개 주로 나눈 중국 최초의 행정구역인 '우공구주(禹貢九州)'에서 말하는 옹(雍) 땅이 바로 이곳 천수에서 서안에 이르는 지역이었다. 참고로 우공구주란 기(冀)·연(燕)·청(靑)·서(徐)·양(揚)·형(荊)·예(豫)·양(梁)·옹(雍)으로 지금도 각 지역에선 이 이름을 별칭으로 사용하고 있다. 중국의 22개 성(省)에는 각기 한 글자로 부르는 약칭이 있는데 예를 들어 하북성을 기(冀), 하남성을 예(豫)라고 부르는 것이 여기서 유래한 것이다. 지금도 중국 자동차의 번호판 앞

머리에는 지역 이름을 이 약칭으로 쓰고 있다.

3천 년 전, 주(周)나라는 천수를 포함한 옹 땅에서 일어났다. 명재상인 강태공의 본관이 바로 천수 강씨이다. 천수의 옛 지명은 옹에서 진주(秦州)로 이어졌다. 진시황의 진(秦)나라 선조들이 바로 이곳에서 일어났기 때문에 얻은 이름이다. 진나라는 기원전 677년, 옹 땅에 도읍을 정했고 약 300년 뒤 관중평원으로 진출하여 서안 동쪽에 있는 약양(櫟陽)으로 옮겼다가 기원전 350년에는 명재상 상앙의 건의로 함양을 도읍으로 정하면서 대국이 되는 기틀을 닦았다. 진령(秦嶺)산맥이라는 이름도 이런 연유에서 비롯했다.

그러다 세월이 흐르면서 관중평원의 비중이 서안 동쪽 낙양 방면으로 이동하면서 옹은 천수 지역을 가리키는 것으로 좁혀졌다. 그래서 『중국고금지명대사전』에는 "옹주(雍州)는 감숙성 천수시와 농서현(隴西縣) 일대를 말한다"고 되어 있다.

농 지방

천수 일대에는 농서·농남·농동·농상·농우 등 농(隴)자가 들어가는 이름이 많다. 이는 섬서성과 감숙성의 경계가 되는 농산(隴山)의 동서남북, 상하좌우를 나타낸 것으로, 농산은 오늘날의 육반산(六盤山)을 말하는 것이다. 그래서 감숙성을 한 글자로 표기할 때는 감(甘)자와 함께 농(隴)자를 사용한다.

고사성어에서 사람의 욕심은 끝이 없다는 의미의 '득롱망촉(得隴望蜀)'이 바로 여기서 나왔다. 후한의 광무제가 천하통일을 앞두고 있을 때, 각지에 할거하던 장수들이 모두 복속해 왔는데 농서의 외효(隗囂)와 촉의 공손술(公孫述)만 강력히 저항했다. 마침내 외효가 병으로 죽어 농 땅을 손에 넣게 된 광무제가 "인간은 만족할 줄 모른다더니, 이미 농 땅을 얻고도 다시 촉을 바라는구나"라고 했다는 데서 나온 말이다.

여기에 덧붙여, 농은 당나라가 고구려 유민을 집단으로 이주시킨 땅이다. 『구당서(舊唐書)』에는 669년 고구려 지배층을 중심으로 28,200호(약 20만 명)를 집단 이주시켰다고 했다. 이때 끌려간 고구려 유민은 주로 산서성 위쪽 오르도스 지역과 이곳 감숙성 농 땅으로 왔다고 한다. 그래서 하서 지역엔 훗날 당나라 장수로 이름을 날린 고구려 후예가 많이 나왔다. 고선지(高仙芝) 장군의 아버지 고사계(高舍鷄)는 하서사군의 첫 도시인 무위에 있던 하서군(河西軍)의 사진교장(四鎭校將)이었다가 쿠차의 안서도호부 장수로 나갔다. 그리고 투르판의 아스타나 고분에서는 북정부도호를 지낸 고요(高耀)라는 장수의 묘비가 발굴되기도 했다. 농은 우리나라 재외동포 이주 지역의 이른 사례였던 셈이다.

천수(天水)라는 이름은 기원전 114년, 한무제 때 천지가 진동하며 땅의 갈라진 곳에 하늘에서 물이 내려와서 호수가 되었다고 하여 얻은 이름이라고 하지만 당나라·송나라·명나라·청나라 때는 모두 진주(秦州)라고 했다. 그러다 중화민국이 들어선 이듬해인 1912년, 진주가 현으로 강등되어 고을 주(州)를 버리게 되면서 천수현이라는 새 이름을 갖게 된 것이다. 그리고 1950년에 천수가 다시 시로 승격되어 두 개의 구로 나뉘면서 북동쪽은 맥적구, 남서쪽은 진주구라는 이름을 얻었고 시내 번화가는 진성(秦城)으로 불리며 여기가 진나라의 고토(古土)임을 말해주고 있다.

그러니까 천수는 옹, 진주, 농서, 성기(成紀) 등으로 불렸던 역사의 고장으로 주나라·진나라 모두 관중평원으로 들어가 자리잡기 전에 힘을 비축하던 곳이었다. 그리고 우리 고구려 유민들이 강제 이주하여 정착한 지역이기도 했다. 이런 사실은 책으로 읽을 때는 별 의식 없이 지나간 것인데 막상 천수에 오니 여기가 중국 상고사의 동맥이 흐르는 대단히 중요한 곳임을 새삼 깨닫게 된다. 이번 돈황 답삿길에 천수라는 곳의 역사지리적 의의를 알게 된 것은 개인적으로 망외의 소득이었다.

한나라 비장군 이광

천수는 서쪽의 유목민족과 경계를 맞댄 국경도시였던 만큼 한나라 때부터 많은 장수를 배출했다. 『삼국지 연의』의 앞부분에 나오는 포악한 장수 동탁이 여기 출신이고, 뒷부분에서 제갈량이 육출기산할 때 얻은 강유도 여기 출신이다. 그중 천수가 낳은 가장 유명한 장수는 한무제 때 '비장군(飛將軍)'라 불린 이광(李廣)이다. 천수에는 이광의 의관묘가 있다. 사마천의 『사기』 열전에 나오는 「이장군 열전」은 바로 이광과 그 후손들의 일대기이다.

이광은 농서 사람으로 장수 집안에서 태어난 활쏘기의 명수였다. 17세에 군에 들어가 흉노와의 전투에 70여 차례나 참전하여 사로잡거나 참수한 적군이 헤아릴 수 없이 많았다. 흉노는 그를 '비장군(飛將軍)', 즉 날아다니는 장군이라 했다.

| **이광 의관묘** | 천수에는 한무제 때 '비장군', 즉 날아다니는 장군이라 불린 이광을 기리는 의관묘가 있다. 이광은 그 용맹으로 이름을 떨쳤지만 비극적인 최후를 맞았다.

사석위호(射石爲虎), '돌을 호랑이로 알고 쏘다'라는 고사성어는 바로 이광의 이야기이다. 하루는 이광이 사냥하러 나갔다가 숲속에서 번쩍이는 눈빛을 보고 호랑이라고 여겨 온 힘으로 활시위를 당겼다. 그런데 아무런 움직임이 없어 확인하러 가보니 화살촉이 바위에 깊숙이 박혀 있는 것이었다. 그래서 다시 제자리에 가서 활을 쏘아보았으나 이번에는 그런 절박함이 없었기 때문에 화살촉이 바위에 박히지 않고 튕겨났다고 한다.

그러나 이광은 비운의 장수였다. 이광은 농서를 비롯하여 여러 고을의 태수를 지내다 한무제가 즉위하면서 황제의 가족이 머무는 미앙궁(未央宮)의 호위대장을 겸하게 되었다. 이때 이광은 흉노와 싸우기 위해 출병했는데 그만 사로잡히고 말았다. 흉노의 왕중왕(王中王)은 선우(單于)라고 하는데 평소 선우는 "만약 이광을 잡거든 반드시 산 채로 데려오라"고 했다. 그래서 흉노 병사들은 부상당한 이광을 두 필의 말 사이에 그물을 이어 썰매로 끌고 갔다. 이에 이광은 죽은 척하고 10리쯤 끌려가다가 길가에 한 흉노 소년이 좋은 말을 타고 가는 것을 보고는 그물에서 뛰쳐나가 소년의 말과 활을 빼앗았다. 빼앗은 말을 타고 달리면서 뒤쫓아오는 흉노의 병사들을 뒤로 돌아보며 활로 쏘아 모두 사살하고 한나라 외곽부대 요새로 돌아왔다.

그러나 황제는 이광이 전투에서 많은 부하를 잃었고, 적에게 생포되었다며 참수형에 처하라는 명을 내렸다. 다행히 속죄금을 내고 평민으로 강등되어 목숨을 건질 수 있었다. 그리고 얼마 후 흉노가 재차침입해 장군마다 나서서 싸웠지만 모두 대패하자 황제는 다시 이광을 불러들여 흉노를 정벌케 했다.

비장군의 안타까운 최후

이광은 부하를 무척 사랑했다. 행군 중에 좋은 물이나 좋은 풀이 있는 곳이 나오면 병사들을 맘껏 쉬게 하고 냇물을 만났을 때는 모든 병사들이 물을 실컷 마실 때까지 이광은 냇가에 가까이 가지 않았다. 이렇게 부하에게 관대했기 때문에 병사들이 그를 위해 기꺼이 목숨을 바칠 수 있었던 것이다. 이처럼 이광은 흉노 정벌을 시작한 이래로 단한번도 참가하지 않은 적이 없었는데 작은 공훈조차 없었다. 이광은 성품이 청렴해 상을 받으면 항상 부하들에게 나누어주어 죽을 때까지

집에는 쌓아둔 재산이 없었다고 한다.

그러나 이광의 최후는 매우 안타깝다. 위청(衛靑)을 대장군으로 삼아 대대적으로 흉노 정벌에 나설 때 이광은 종군하기를 청했으나 황제는 그가 연로하다는 이유로 허락하지 않았다. 그러다 이광이 거듭 요청하자 위청 휘하의 장군으로 참전케 했다. 변방 요새에서 흉노 선우의 행방을 알아내어 추격할 때 이광은 선봉장이 되겠다고 자원했으나 대장군 위청은 받아들이지 않고 동쪽 길로 나아가라고 명했다. 동쪽 길에는 물과 풀이 적어 행군하기 힘든 지세였다. 게다가 길 안내자가 없어 여러 번 길을 잃어 대장군보다 뒤처졌다.

대장군 위청은 결국 흉노의 선우를 사로잡지 못하고 돌아오다가 남쪽 사막지대를 지나고 나서야 이광의 군대를 만나게 되었다. 위청은 엄하게 질책하며 이광에게 왜 늦게 도착했는지 심문을 받으라고 했다. 이에 이광은 '내 부대의 모든 교위들은 아무런 죄가 없다. 길은 내가 잃은 것이니, 내가 직접 진술서를 올리겠다'라고 하고는 자신의 군영으로 돌아와 부하들을 모아놓고 이렇게 말했다.

"나 이광은 젊은 시절부터 흉노와 70여 차례 크고 작은 싸움을 했다. 이제 다행히도 대장군을 따라 출전하여 선우의 군사와 맞서 싸우려고 했는데 대장군이 내 부서를 옮겨 길을 멀리 돌아가게 하였고, 더욱이 길을 잃기까지 하였으니, 어찌 천명이 아니겠는가? 하물며 내 나이 예순이 넘었으니 지금에 와서 도필리의 심문에 대답할 수는 없다."

그러고는 칼을 빼어 들고는 자신의 목을 찔러 자결하고 말았다. 이에 이광 부대의 문무관리와 전 병사들이 통곡했다. 또한 이 소식을 들은 백성들은 이광을 알건 모르건 남녀노소를 불문하고 모두 눈물을 흘렸다. 사마천은 「이장군 열전」 끝에 "태사공은 말한다"라며 이렇게 기록해두었다.

전해오는 말에 '자기 몸이 바르면 명령하지 않아도 시행되며, 자기 몸이 바르지 못하면 명령해도 따르지 않는다'라고 하는데 아마 이 장군을 두고 하는 말인가? 나는 이 장군을 본 적이 있는데 시골 사람처럼 투박하고 소탈하며 말도 잘하지 못했다. 그가 죽던 날 그를 알든 모르든 세상 사람 모두가 슬퍼했으니, 그 충실한 마음씨가 정녕 사대부의 신뢰를 얻은 것인가? 속담에 '복숭아나 오얏은 말을 하지 않지만 그 밑에는 저절로 샛길이 생긴다'라고 하였다. 이 말은 사소한 것이지만 큰 이치를 설명할 수 있으리라.

이릉에 대한 옹호와 사마천의 『사기』

사마천의 「이장군 열전」은 이광에 이어 그의 세 아들과 손자인 이릉(李陵)의 이야기로 이어진다. 사마천이 이광의 삶과 죽음에 이처럼 남다른 애정을 보인 것은 그의 손자인 이릉 때문에 더했던 것으로 생각되고 있다. 사마천이 궁형에 처해진 것이 다름 아닌 이릉을 변호하다 겪은 참변이었으니 어찌 남다른 소회가 없었겠는가.

이릉은 어려서부터 궁술이 뛰어나 궁술을 가르치는 교위가 되었다.

한무제 때 또 다른 명장인 이광리(李廣利)가 기병 3만 명을 거느리고 흉노를 공격할 때 이릉에게 보병 5천 명을 주어 북쪽으로 1천 리를 진격하게 했다. 이는 군사를 분산시켜 흉노가 이광리 장군에게만 몰리지 않도록 하기 위해서였다.

그런데 흉노 선우가 8만 명의 군사로 이릉을 포위하고 공격하여 죽은 병사가 절반이 넘었다. 이릉 부대가 죽인 흉노 병사도 1만 명이 넘었다. 이릉의 군대는 식량도 떨어졌고 구원병은 오지 않은 상태에서 이렇게 8일을 버티다 결국 항복하고 말았다. 흉노의 선우는 이릉의 명성을 익히 들었던 터라 존중해주며 자신의 딸을 시집보내 살게 했다. 그러자 한나라에서는 이 정보를 접하고 이릉의 모친과 처자를 모두 참수했다.

기원전 99년, 한무제는 조정 대신들을 불러 모아놓고 이릉에 대한 처분을 논의했다. 한무제의 화를 눈치 챈 대신들은 침묵으로 일관했다. 그러나 태사령으로 있던 사마천은 이릉을 비호했다.

"이릉은 흉노족 토벌에서 패전했다고 볼 수 없습니다. 5천의 군사로 8만의 적군을 상대했고, 화살과 군량미가 제때 공급되지 않았음에도 분투했습니다. 살아남은 부하들의 목숨을 가벼이 여기지 않고 그들의 목숨을 살리기 위해 투항한 것일 뿐, 단순히 자신의 목숨을 보전하고자 함이 아니라 지금 목숨을 지킨 후에 기회를 얻어 흉노를 멸하고자 한 것입니다."

한무제는 사마천의 진언에 분노하였고 이듬해에는 사마천을 파면시키고 감옥에 가두었다. 그런데 이릉이 흉노에서 벼슬까지 받았다는 소문이 나자 사마천에겐 사형이 언도되었다. 당시 한나라에서 사형을 언도받은 자들은 세 가지 중 한 가지를 선택할 수 있었다. 첫째는 허리가 잘리는 요참형으로 죽는 것, 둘째는 50만 전의 벌금을 내고 죄를 사면받는 것, 마지막으로 궁형(宮刑), 즉 거세되어 살아남는 것이었다.

사마천에겐 50만 전의 돈이 없었다. 그는 치욕을 감수하고 궁형을 선택했다. 집안 대대로 이어온 『사기』를 저술하기 위해서였다. 그리고 1년 뒤 이릉에 대한 오해가 풀리면서 사마천은 사면령을 받고 다시 중서령이라는 벼슬을 얻었다. 이에 사마천은 다시 궁궐 내부를 마음대로 출입하며 문헌을 조사할 수 있었다. 그리고 한무제를 수행하여 각지를 다니면서 『사기』 저술에 필요한 답사를 겸할 수 있었다. 『사기』의 완성 연도는 불분명하나 대략 기원전 91년경으로 생각되고 있다.

이런 사연이 있었으니 사마천이 『사기』 열전에서 이광과 이릉에 대한 남다른 애정을 보이지 않을 수 있었겠는가. 사람들은 결국 궁형이 사마천으로 하여금 『사기』를 저술케 했다고 말한다. 그래서 세상 사람들은 자신의 불우한 처지를 오히려 인생의 자산으로 삼은 이들을 이야기할 때면 꼭 사마천을 빼놓지 않고 말해왔다.

주나라 문왕은 구금 중에 『주역』의 64괘를 풀이하였고,
공자는 진(陳)과 채(蔡) 사이에서 액을 당하고 『춘추』를 펴냈고,

| **섬서성 한성시에 있는 사마천의 묘** | 이릉을 옹호하는 진언으로 한무제의 노여움을 산 사마천은 궁형이라는
치욕을 감수하면서까지 목숨을 보전하여 집안 대대로 이어온 숙원이었던 『사기』를 완성했다.

굴원은 방축되고 『이소』를 지었고,

손빈은 다리가 잘리고 『손자병법』을 썼고,

쿠마라지바는 18년간의 유폐 중 한문을 배워 불경을 번역했고,

사마천은 궁형을 당하고 『사기』를 펴냈다.

사마천의 묘소는 그의 고향인 섬서성 한성(韓城, 서안 북쪽)시 한쪽
언덕에 있다. 동쪽으로는 황하가 흐르고 남쪽으로는 만리장성이 지나
가고 북쪽으로는 지천(芝川)이 바라보이는 양지바른 곳이다. 묘소 앞
에는 그를 추모하여 세운 아담한 사당이 있다.

천수에 온 두보

　이런 긴 역사를 갖고 있는 천수이기에 여기에도 명시가 따라붙지 않을 수 없다. 천수의 시인으로 지목되고 있는 분은 이 고을이 낳은 시인이 아니라 천수를 노래한 시성 두보(杜甫, 712~770)다. 우리나라 전라도 강진이 유배 온 다산 정약용으로 인해 향토의 인문적 가치가 높아졌듯이 천수는 두보가 가난을 피해 이곳으로 와서 머물며 「진주잡시(秦州雜詩)」 20수를 읊음으로써 중국 문학사에서 잊을 수 없는 고장이 되었다.

　불우했던 시인 두보는 안사의 난 이후 잠시 관직을 얻었으나 이에 적응하지 못하고 먹고살 길을 찾아 47세 때인 759년, 이곳 천수에 와서 반년간 지냈다. 그때 지은 「진주잡시」 20수 중 제2수에는 그 시절 두보의 처량한 마음이 절절히 서려 있다.

진주성 북쪽에 절이 있고　　　　　　　秦州城北寺

명승의 자취는 외효궁에 서려 있다　　　勝跡隗囂宮

이끼 낀 절집의 문은 오래되어　　　　　苔蘚山門古

단청 바랜 전각은 허전하구나　　　　　丹青野殿空

나뭇잎에 맺힌 이슬에 달빛이 반짝이고　月明垂葉露

계곡을 넘는 바람에 구름이 따라간다　　雲逐度溪風

맑은 위수는 이다지도 무정하게 날 버리고　清渭無情極

시름겨워하며 홀로 동으로 흐르네　　　愁時獨向東

| 남곽사 | '농우제일명찰'로 불리는 남곽사는 두보가 「진주잡시」 20수에서 제12수를 읊은 천수의 명소이다.

여기서 북쪽에 있다는 절은 숭녕사(崇寧寺)이고, 외효궁(隗囂宮)은 후한 광무제 때 끝내 버틴 '득롱망촉'의 그 외효이다. 사실 나는 두보의 시를 크게 좋아하는 편이 아니다. 지금도 수강하고 있는 김병기 교수의 한시 강좌 시간에 내가 이백과 소동파의 시는 미치도록 좋아하며 무릎을 치면서 두보의 시는 무덤덤하게 지나가는 감상 태도를 보이니, 모두들 이상하게 내 성격과 다르다고 말한다.

시는 읽는 자의 몫이라고 했다. 독서인으로서 그 이유를 말하자면 이백의 시는 첫 구부터 장쾌하다. 예를 들어 「춘야연 도리원서(春夜宴桃李園序)」의 첫 구를 보면 "대저 천지란 만물의 여관이요, 세월은 대대로 이어가는 나그네라네(夫天地者萬物之逆旅, 光陰者百代之過客)"하고 나오는데 어찌 무릎을 안 치겠는가.

한편 소동파 시는 끝부분에 가서 폐부를 찌르는 반전이 있어 솜방망이로 뒤통수를 얻어맞은 듯한 충격이 있다. 소동파는 「제서림벽(題西林壁)」에서 "여산의 참모습을 알 수 없는 까닭은 단지 이내 몸이 여산 속에 있기 때문이라네(不識廬山眞面目 只緣身在此山中)"라고 했으니 시를 읽고 나서 잠시 입을 다물고 고개를 뒤로 젖히고 말게 한다. 평생 유배객 신세를 면치 못했던 소동파는 「세아희작」(洗兒戱作, 아이를 씻기며 장난 삼아 짓다)에서 이렇게 읊었다.

사람들은 자식을 키우며 총명하기를 바라지만	人皆養子望聰明
나는 그놈의 총명함 때문에 일생을 그르쳤다네	我被聰明誤一生
이에 원하노니 우리 아이는 어리석고 미련하여	惟願孩兒愚且魯
아무 탈 없이 무난하게 정승판서(공경) 되거라	無災無難到公卿

이에 비해 두보의 시적 이미지는 서서히 고양되고 그 분위기가 쓸쓸하고 왠지 슬퍼서 무릎을 칠 일이 없다. 명랑하게 살면서 신나게 노는 것을 좋아하는 내 성격에 그런 고독의 분위기는 잘 맞지 않는다.

그렇다고 두보 시의 절묘함을 내가 모르는 바는 아니다. 시의 기승전결을 두고 말하자면 이백은 처음의 '기'가 웅장하고, 소동파의 시는 마지막의 '결'이 절묘함에 반하며 두보는 세 번째 '전'에 이르러 시적 이미지가 한껏 고양된다. 그래서 두보의 시에는 제3연에 절창이 많다. 「진주잡시」 제4수의 셋째 연을 보면 그 서정이 너무도 아련하다.

| **남곽사 두보 조각상** | 두보가 가난을 피해 온 천수는 「진주잡시」 20수를 통해 중국 문학사에서 잊을 수 없는 고장이 되었다. 우리나라 강진에서 다산을 기리듯 천수 곳곳에서 두보를 기리고 있다.

무성한 나뭇잎 속의 매미는 울지 않아 고요한데　　　抱葉寒蟬靜

산으로 돌아가는 외로운 새는 느릿느릿 날아가네　　　歸山獨鳥遲

또 두보의 「진주잡시」 제12수는 천수 시내 남쪽 '농우제일명찰(隴右第一名刹)'로 불리는 남곽사(南郭寺)에서 읊은 것으로 이 시 역시 세 번째 연에서 가을날의 절집 정경이 그림처럼 펼쳐진다.

가을꽃은 위태로운 바위 아래에 있고　　　秋花危石底

저녁 햇빛은 누워 있는 종 곁을 비춘다　　　晩景臥鐘邊

지금도 남곽사 절 한쪽에는 대밭을 배경으로 삼고 비스듬히 앉아 있는 두보의 조각상이 세워져 있어 그가 천수에 다녀간 것을 기리고 있다.

이백의 고향, 천수

그런데 천수에 대한 자료를 찾아볼 때나, 천수에 왔을 때나 이상스러운 것은 시선 이백(李白, 701~762)이 천수에 대해 아무런 언급도 없고 자취도 남기지 않았다는 것이다. 전설적인 시인 이백의 출신지에 대해서는 아직도 설이 분분하지만 시인이자 역사학인 곽말약(郭沫若)은 이백이 어린 시절을 천수에서 보낸 것으로 확신하고 있다. 곽말약은 그의 명저 『이백과 두보』(임효섭·황선재 옮김, 까치 1992) 첫머리에서 이백의 최초 시집인 『초당집(草堂集)』에 그의 작은아버지인 이양빙(李陽冰)이 쓴 서문을 끌어와 이렇게 말했다.

공의 이름은 백이며, 자는 태백으로 그의 선조는 농서(隴西) 성기 사람이다. 후손이 끊어진 가문이어서 족보를 구하기가 힘들었다.

천수는 한때 성기현으로 불렸다. 그리고 곽말약은 고증하기를 이백이 죽은 지 55년 뒤(817)에 세운 이백의 묘비를 근거로 이백은 701년 중앙아시아의 쇄엽성(碎葉城, 현 키르기스스탄)에서 출생했다고 했고, 또 이어서 이백의 선조는 수나라 말기에 서역에서 나와 농서현에 살았고 이백은 천수에서 어린 시절을 보냈다고 했다. 이백의 아버지는 서역

| 양해의 「이백음행도」, 81.1×30.5cm |
송나라 양해가 감필법으로 시를 읊는 이백을 그린 명화이다. 곽말약은 이백이 천수에서 어린 시절을 보냈다고 하였으나 천수에는 이백의 자취가 하나도 없어 다소 의아했다.

에서 장사를 하던 상인이었다는 설도 있는데, 이런 출신배경 때문에 이백은 정규교육을 받지 못했다. 그러나 일찍부터 타고난 시재(詩才)로 이름을 날렸다. 곽말약은 젊은 시절 이백의 천재적인 재능을 보여주는 시로 그가 20세에 쓴 「대렵부(大獵賦)」를 들었다.

천검을 높이 뽑아들고	擢倚天之劍
월궁에 활시위를 먹인다	彎落月之弓
곤륜산이 무너지도록 소리치니	崑崙叱兮可倒
아, 우주에 영웅 또 있어라	宇宙噫兮增雄
황하와 한수를 거꾸로 흐르게 하고	河漢爲之卻流
강물과 산악에 바람을 일으키도다	川嶽爲之生風
깃발을 날리니 구천이 내려앉고	羽旄揚兮九天降
사냥불을 밝히니 천산이 붉어진다	獵火燃兮千山紅

과연 타클라마칸사막을 오가는 상인의 아들로 농서 지역 천수 사람다운 기상이 있다. 지난번 돈황 답사 때 내가 천수로 가는 버스 안에서 이백의 고향 이야기와 함께 이 「대렵부」를 읊어주자 앙코르가 쏟아졌다. 그래서 나는 이제 저녁 후 한잔하지 않을 수 없을 테니 이백의 술 권하는 시를 하나 읊겠다고 했다. 그러자 모두들 「장진주(將進酒)」를 읊겠거니 했지만 내가 읊은 것은 「월하독작」(月下獨酌, 달빛 아래 홀로 술을 마시며) 제4수 중 두 번째 노래였다.

하늘이 만약 술을 사랑하지 않았다면 주성이 없었을 것이고

> 天若不愛酒, 酒星不在天

땅이 만약 술을 사랑하지 않았다면 응당 주천이 없었겠지

> 地若不愛酒, 地應無酒泉

천지가 술을 사랑했으니 술 사랑하는 것 하늘에 부끄러울 것 없네

> 天地旣愛酒, 愛酒不愧天

듣건대 청주는 성인에 비길 만하고 탁주는 현자와 같다 하니

> 已聞淸比聖, 復道濁如賢

성현들도 이미 마셨거늘 굳이 신선이 되길 바라겠는가

> 賢聖旣已飮, 何必求神仙

서봉주와 이백의 「월하독작」 제1수

그날 돈황 답사의 첫날밤을 천수에서 보내면서 일행 중 이백의 추종자들은 민현식의 호텔방에 마련한 '민가주점'에서 주태백(酒太白)을 열심히 본받았다. 그들은 술맛을 아는 술꾼들인지라 가는 곳마다 그 지역 특산 술을 마시는데 서안의 명주는 저 이름 높은 서봉주(西鳳酒)다. 나는 술을 좋아하지 않아 친구들 사이에서 술을 안 마시는 사람으로 되어 있지만, 마치 두보의 시를 좋아하지 않는다고 그 묘미를 모르는 것이 아니듯 그 정도의 술맛은 안다.

서봉주의 한자를 모르면 막연히 상서로운 봉황의 서봉(瑞鳳)을 떠올리겠지만, 서봉주는 우리가 조금 전에 지나온 관중평원의 섬서성·봉상현의 특산인지라 섬서성의 서(西)자와 봉상현의 봉(鳳)자를 붙여

만든 이름이다. 서봉주의 주원료는 수수와 샘물이며, 누룩은 보리와 완두로 만든다. 양조방법이 일반 백주와 다른데, 대형 숙성용기인 주해(酒海)를 이용한다. 주해는 싸리나무 가지로 엮어 만들어 거대한 바구니처럼 생겼다. 그 내부에 밀랍·유채기름 등을 발라서 서봉주의 고유한 짙은 풍미를 낸다. 이것이 서봉주를 만드는 노하우다.

중국술을 고고학적으로 말하자면 갑골문과 청동기에도 술 주(酒)자가 새겨져 있으니 그 유래가 오래된 것을 알 수 있는데, 1983년에 역시 우리가 오늘 지나온 섬서성 보계시 미현의 양가촌(楊家村)에서 신석기시대 앙소문화(仰韶文化)의 술 전용 도기가 출토되었다. 그렇다면 대략 6천 년 전부터 이미 술을 빚었다는 얘기다.

그리고 문헌기록으로 말하자면, 사마천의 『사기』「하(夏)나라 본기」에서 우임금 시절 어느 날 의적(儀狄)이라는 사람이 처음으로 술을 빚어 우임금에게 바쳤는데 우임금은 술을 맛보고는 "후세에 반드시 술 때문에 나라를 망칠 자가 있으리라. 나는 안 마신다"라고 했다고 한다. 아닌 게 아니라 하나라의 마지막 왕인 걸(桀)은 애첩 말희(妹喜)와, 상나라의 마지막 왕인 주(紂)는 애첩 달기(妲己)와 주지육림(酒池肉林)으로 노닐다 망했다.

내가 술을 멀리하는 것은 그런 거창한 세상사와 관계된 것이 아니고 우선 몸에 잘 받지 않음도 있지만 그보다도 내 '글'을 보존하기 위해서다. 나로서는 내 몸이 상하는 것은 견딜 수 있지만 내가 술 때문에 글을 쓰기 힘들어지거나 글이 망가지는 것은 참을 수 없다. 오랜 친구들은 내가 술좌석에선 무슨 술이든 건배주로 한잔만 마시고 2차는 죽어도 가지 않는다는 것을 잘 알고 있다.

그날도 나는 민가주점에 가지 않았고 내일 우리가 답사할 맥적산석굴 자료를 뒤적이고 메모해두며 긴 시간을 보냈다. 그리고 그만 불을 끄고 커튼을 닫으러 창가로 가니 그날따라 천수의 하늘에 얼굴을 내민 초승달이 예뻐 보였다. 나는 이백의 「월하독작」 첫 수를 음미하며 잠자리에 들었다.

꽃 사이 놓인 한 동이 술을 친한 이 없이 혼자 마신다

花間一壺酒 獨酌無相親

잔 들어 밝은 달을 맞이하고 그림자를 대하니 셋이 되었구나

舉杯邀明月 對影成三人

달은 전부터 술 마실 줄 모르고 그림자는 부질없이 흉내만 내네

月旣不解飲 影徒隨我身

(…)

내가 노래하니 달은 거닐고 내가 춤을 추니 그림자는 어지럽네

我歌月徘徊 我舞影凌亂

(…)

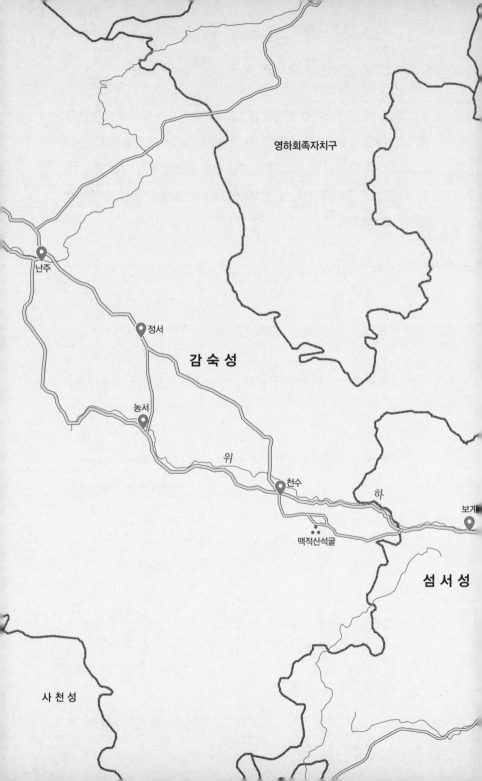

천 년을 두고 조성된 옥외 불상 박물관

석굴사원의 기원 / 맥적산으로 가는 길 / 중국의 잔도 /
맥적산석굴의 불상들 / 맥적산석굴의 역사 / 만불동의 조상비

석굴사원의 기원과 맥적산석굴

천수에 와서 잠만 자고 떠난다는 것은 미안한 일이었다. 그러나 오늘 일정은 맥적산(麥積山)석굴을 답사하고 점심식사 후엔 오후 내내 5시간 차를 타고 난주까지 가야 한다니 어쩔 수 없다. 복희묘, 옥천관(玉泉觀), 남곽사, 이광묘(李廣墓), 수렴동(水簾洞)석굴 등 이름난 유적지들을 두루 둘러보자면 미상불 하루를 더 묵어가야 하는데 그럴 수 없었다. 그렇게 아쉬움을 남기고 버스에 오르니 때마침 희황고리의 복희씨 사당 앞에서는 축제 준비가 한창이건만 위수 다리도 단숨에 건너갔다. 차창 밖으로 유유히 흐르는 위수 강물을 보고 있자니 못내 서운

하여 두보가 「진주잡시」 제2수에서 읊은 쓸쓸한 마음이 젖어든다.

맑은 위수는 이다지도 무정하게 날 버리고   淸渭無情極

시름겨워하며 홀로 동으로 흐르네   愁時獨向東

맥적산은 천수 시내에서 남동쪽 약 45킬로미터, 우리가 서안부터 줄곧 따라온 진령산맥 서쪽 끝자락의 소농산(小隴山) 한쪽에 홀로 떨어져 있는 높이 142미터의 거대한 암봉(岩峯)이다. 붉은 기운을 띠고 있는 이 암봉은 바윗결이 수평으로 차곡차곡 포개져 있어 마치 보릿단을 쌓아놓은 것처럼 보인다고 하여 보리 맥(麥)자, 쌓을 적(積)자 맥적산이라는 이름을 얻었다.

맥적산은 절벽의 높이만 80미터에 달하는데 동쪽과 서쪽 벼랑에 4세기부터 1천 년을 두고 석굴사원이 굴착되어 크고 작은 석굴과 감실이 221개, 암벽에 새긴 마애불과 석굴에 봉안된 불상이 약 7,800상(像), 벽화가 약 1천 제곱미터 남아 있다(자료마다 숫자가 달라 안내책자에 나온 대로 제시했다). 그래서 맥적산석굴은 '중국 역대 왕조 불상조각의 전시장'이라고 칭송되고 있다. 흔히 중국의 3대 석굴로는 대동의 운강석굴, 낙양의 용문석굴, 돈황의 막고굴을 말하지만 4대 석굴이라고 할 때는 반드시 맥적산석굴을 꼽는다.

불교가 인도에서 중국에 전래될 때는 건축보다 불경과 불상이 먼저 들어왔고, 이와 함께 석굴사원 형식이 실크로드를 타고 그대로 중국으로 전해졌다. 석굴사원은 인도에서 불교 이전부터 만들어졌다. 본래

| **맥적산석굴 전경** | 맥적산석굴은 '중국 역대 왕조 불상조각의 전시장'이라는 칭송을 받으며 중국 4대 석굴의 하나로 꼽힌다.

인도에서는 힌두교, 자이나교 등 토속종교의 수도사들이 석굴을 파고 여기에서 명상과 요가를 했다. 인도는 아열대지역인지라 수도하기에 석굴이 적격이었던 것이다. 불교는 이 석굴의 전통을 이어받아 사원으로 조성하여 현재 인도에 남아 있는 약 1,200여 기의 석굴 중 900여 기가 불교 석굴사원이라고 한다.

　인도의 석굴사원 중 가장 오래된 것은 바라바르힐(Barabar Hill)에 위치한 로마스리시(Lomas Rishi)석굴이며, 아잔타(Ajanta)석굴과 엘로라(Ellora)석굴이 가장 유명하다. 불교가 중앙아시아를 거쳐 실크로드를 따라 중국으로 전래되면서 오아시스 도시마다 석굴사원이 세워

| 맥적산석굴의 가을 | 바윗결의 생김새가 마치 보릿단을 쌓아놓은 것처럼 보인다고 하여 '맥적(麥積)'이라는 이름을 얻었다.

져 쿠차의 키질석굴, 투르판의 베제클리크석굴, 돈황의 막고굴을 낳았고 하서주랑을 통과하면서 난주의 병령사석굴, 천수의 맥적산석굴로 이어지며 마침내 관중평원을 통과하여 낙양의 용문석굴, 대동의 운강석굴까지 다다르게 된 것이다. 마이클 설리번(Michael Sullivan)은 그의 명저인 『중국미술사』에서 그 과정을 이렇게 말하고 있다.

석굴사원의 풍습은 인도에서 시작되어 호탄, 쿠차 등 중앙아시아의 도시국가로 퍼져나갔는데 그곳에서 그리스-인도적인 회화와 조각의 양식적인 혼합이 이루어졌다. 타클라마칸사막을 우회하는 길은 중국으로 들어가는 관문인 돈황에서 합류한다. 336년 순례자들

| **맥적산석굴의 겨울** | 맥적산 지역은 사계절이 분명하고 철마다 각기 다른 풍광을 볼 수 있어 5성급 '국가 중점 풍경 명승구'로 지정되어 있다.

이 이 지대의 암벽에 석굴(막고굴)을 조영한 이후 1천 년 동안 거의 500개에 달하는 석실과 감실을 만들어 소조불상과 벽화로 장식했다. 이 순례의 길을 따라 중국 안쪽으로 더욱 깊숙이 들어가면 난주의 병령사 석굴사원에 도달하고, 다음에는 천수의 맥적산석굴에 이른다. (…) 이 장대한 두 석굴의 불상조각은 질과 양의 풍부함에 있어서 주로 그림 때문에 명성을 떨치고 있는 돈황 막고굴을 능가하고 있다.

지금 우리가 맥적산석굴을 답사하는 것은 돈황 가는 길에 있어 들르는 것이 아니라, 사실 이를 보기 위해 답사 첫날 밤을 천수에서 보낸 것이다.

맥적산으로 가는 길

위수를 건너간 우리의 버스는 천수 시내를 벗어나면서 삭막한 민둥산 산자락을 맴돌듯 헤치고 지나간다. 곳곳에 인공조림한 키 작은 묘목이 줄지어 있지만 과연 잘 살아날까 걱정스럽고 안쓰럽기만 하다. 그렇게 얼마를 더 가더니 갑자기 제법 육중한 산이 가로막으며 나타나고, 우리의 버스는 지체 없이 산을 뚫고 터널 속으로 빨려들어갔다. 터널은 직선이 아니라 커브를 급하게 지으며 돌아가는데 잠시 빠져나왔다가는 또 다시 S자로 방향을 바꾸어 휘어진 터널 속으로 들어갔다. 그렇게 연이어 3개의 터널 10여 킬로미터를 통과하여 밖으로 빠져나오자 풍광이 바뀌어 온 산이 푸르름으로 가득하다. 그사이 진령산맥 산중으로 깊숙이 들어온 것이었다.

이 산간 지역은 천수 시내 쪽과는 달리 연간 강우량이 800밀리미터이고 습도도 높아 사계절이 분명하다고 한다. 그래서 맥적산은 봄날의 꽃, 여름의 녹음, 가을의 단풍, 겨울날의 눈으로 철마다 모습을 달리하여 5성(星)급 '국가 중점 풍경 명승구(國家旅游景區)'로 지정되어 있음을 자랑으로 내세우고 있다.

나는 초행길이었지만 일행들에게 문명대 교수가 일찍이 『중국 실크로드 기행』(한국언론자료간행회 1993)에서 맥적산석굴이 바라다보이는 지점에 차를 세우고 사진을 찍은 것은 '잘한 일'이었다고 했다며, 이렇게 가다가 창밖에 맥적산석굴이 '홀연히' 나타날 것이라고 알려주었

| **맥적산석굴 가는 길** | 맥적산 주차장부터는 일반차량이 통제되고 경내에서 운영하는 전기 셔틀버스를 타고 이동해야 한다. 이런 문화재 관람 시스템은 아주 본받을 만하다.

다. 모두들 차창에서 눈을 떼지 않고 버스가 산자락 한 굽이를 돌 때마다 이번에 나오려나 다음에 나오려나 기대하고 있는데 그런 기미는 전혀 보이지 않고 옥란촌(玉蘭村), 협문촌(峽門村) 같은 마을 입구 알림판과 함께 조용한 산마을로 이어진다. 그 풍광이 어딘지 우리나라 강원도 산골과 많이 닮았다고 생각하며 '홀연히' 나타나기를 기다렸지만 그만 맥적산 주차장에 당도하고 말았다. 어디서 놓쳤을까? 낭패까지는 아니었지만 아쉬웠다. 그러나 뒤집어 생각하자면 그 '홀연히' 때문에 창밖을 뚫어져라 응시하여 천수 지역 산마을의 모습을 관찰할 수 있었던 것은 큰 득이었다.

주차장부터는 일반차량이 통제되고 경내에서 운영하는 전기 셔틀

차를 타고 이동해야 한다. 셔틀버스에 오르니 고개 너머로 한참을 간 다음 우리를 맥적산석굴 초입에 내려놓고는 거기부터는 걸어가라고 한다. 중국의 문화재 관리에서 이런 관람 시스템은 아주 배울 만했다. 우리는 관람객의 편의를 생각한다고 되도록 유적지 가까운 곳에 주차장을 마련하는데 중국의 유명한 명승지는 거의 다 이처럼 경내에서만 다니는 셔틀버스를 마련해두었다. 돈황 막고굴, 투르판의 고창고성 관람도 이런 시스템이었다. 그렇게 함으로써 유적지 주변의 자연환경도 해치지 않았고 관람객은 이동하는 것이 힘들지 않았다.

셔틀버스에서 내려 석굴로 가는 길은 울창한 가로수 길이었다. 길가에는 재미 삼아 타고 가라고 말과 낙타가 손님을 기다리고 있고 특산 과일들을 바구니에 담아 내다파는 행상들이 줄을 지어 손님을 부른다. 잣을 한 봉지 사서 나눠먹으며 비탈길을 오르는데 한 모롱이를 돌아서자 '홀연히' 맥적산석굴의 암봉이 나타났다. '아!' 하는 감탄사가 절로 나왔다. 맥적산석굴의 서쪽 면으로, 북위시대의 거대한 삼존불을 중심에 두고 그 양옆과 위아래로 잔도가 겹겹이 뻗어 있다. 문명대 교수가 차를 세우고 찍었다는 곳이 여기가 분명했다.

가만히 생각해보니 25년 전, 그 시절에는 셔틀버스가 없었고 맥적산석굴 앞까지 차로 들어갈 수 있었을 것이다. 바로 그런 보존 환경의 문제점 때문에 맥적산석굴뿐 아니라 실크로드 유적의 유네스코 세계유산 등재가 번번이 실패하다가 지금처럼 좋은 관람 시스템을 갖추게 된 2014년에야 등재되었던 것이다.

맥적산석굴 입구에 당도하여 돌계단을 오르자 한때 주차장으로 쓰

| 맥적산석굴 전경 | 가로수 길을 걷다가 맥적산석굴의 서쪽 면이 홀연히 나타났다. 북위시대의 거대한 삼존불을 중심으로 잔도가 겹겹이 뻗어 있다.

였던 제법 넓은 마당이 나오고 그 왼쪽으로 붉은색 담장을 두른 사찰 지붕 너머로 장대한 맥적산석굴이 우뚝 솟아 있다. 아까 올라오면서 사진을 찍은 곳은 서쪽 면이고 여기서 보이는 것은 동쪽 면이다. 맥적산석굴은 당나라 때(734) 큰 지진이 발생하여 절벽의 중간 부분이 소실되고 이렇게 동과 서로 나누어졌다고 한다.

중국의 위대한 토목기술, 잔도

석굴로 들어가는 출입구는 사찰 담장을 끼고 옆으로 나 있었다. 사찰의 솟을대문에 현판이 걸려 있어 다가가 보니 서응사(瑞應寺)라고 쓰여 있었다. 대문이 굳게 닫혀 있어 문틈으로 빠끔히 안을 들여다보았으나 아무런 인기척을 느낄 수 없었다. 중화인민공화국이라는 사회주의 국가에서 불교의 전통은 거의 다 사라졌다 해도 과언이 아니다. 그래서 중국 대부분의 유적지 절들은 우리나라 산사의 절집처럼 스님이 수도하는 공간이 아니라 하나의 관리소 같다는 인상을 준다. 이 점은 북한도 마찬가지다.

입장권을 끊고 안으로 들어가자 현지 가이드가 나와 안내를 시작하는데 첫 번째 주의사항은 고소공포증이 있는 사람은 올라가지 말라는 것이었다. 수직으로 80미터나 되는 절벽에 무려 14층에 이르는 잔도(栈道)를 따라 올라가야 하는데 폭이 비좁아 일방통행이므로 중간에 되돌아올 수도 없다는 것이었다. 실제로 맨 위층인 제4굴에 오르자 천길 낭떠러지 아래로 잔도가 첩첩이 펼쳐진 광경이 너무도 아찔하여 오금이 저려왔다.

잔도, 그것은 중국인의 슬기와 정교한 토목기술이 낳은 위대한 전통 문화유산이다. 사람이 다닐 수 없는 벼랑에 선반을 매듯 인공 오솔길을 만들어 절벽 전체를 석굴로 굴착했다는 사실 자체가 놀랍기도 하거니와 아주 아름다웠다. 사실 내가 맥적산석굴에 와서 크게 감동받은 것은 불상보다도 잔도였다.

중국의 잔도 건설은 2천여 년 전, 진·한시대에 전란을 치르면서 시작했다. 삼국이 쟁패를 다투는 내전으로 전국이 싸움터로 변했던 『삼국지』의 전투 현장에서 절정에 달하여, 검각도(劍閣道)에는 그야말로 아슬아슬한 잔도가 가설되었다. 잔인한 전쟁이 낳은 유산인 셈인데,

| **맥적산석굴 잔도** | 사람이 다닐 수 없는 벼랑에 선반을 매듯 인공 오솔길을 만들어 절벽 전체를 석굴로 굴착했다. 잔도는 중국인의 슬기와 정교한 토목기술이 낳은 위대한 문화유산이다.

이것이 나중엔 험준한 산길을 닦는 데 이용되어 전국의 유명한 명산엔 다 잔도가 가설되어 있다.

지금 관람로로 조성된 잔도는 콘크리트로 보강하여 1984년부터 일반에게 공개한 것이고 그 이전 1950년대까지 남아 있던 잔도는 목재로 이루어져 있었다. 지금도 맥적산 절벽에 개미굴처럼 작고 네모난 구멍들이 줄지어 숭숭 뚫려 있는 것은 그 옛날 나무 잔도의 흔적이다.

1953년에 '맥적산 감찰(勘察, 조사) 공작단'에 참여한 현대중국화의 대가 오작인(吳作人)은 보고서에 그림을 그려가며 잔도 가설의 공정을 자세히 설명했는데, 잔도 아래쪽 바위에 구멍을 뚫고 여기에 각목을 끼운 다음 이를 받침대로 하여 그 위로 설치하는 방식으로, 그 구조가 상상을 초월할 정도로 정교하다고 했다.

맥적산석굴의 대표적인 불상들

이리하여 바야흐로 우리는 잔도를 따라 본격적으로 답사에 들어가게 되는데 221개 석굴의 7,800구 불상 중 과연 어느 굴의 어느 불상을 눈여겨볼 것인가. 이런 경우엔 답사의 요령이 필요하다. 『나는 빠리의 택시운전사』(창비 1995)에서 홍세화는 파리를 처음 온 사람이 효율적으로 관광하는 방법의 하나로, 일단 관광명소를 찍은 사진엽서를 사서 이를 택시운전사에게 주고 이 사진을 찍은 장소로 데려다달라고 부탁하라고 했다. 그것이 파리 관광의 하이라이트라는 것이다. 마찬가지로 맥적산석굴에서도 사진엽서가 좋은 길라잡이가 된다. 이에 덧붙여 또 하나의 길라잡이가 되는 것은 주차장부터 매표소 입구까지 상점 안팎에 걸려 있는 사진 패널들로, 이는 맥적산석굴이 자랑하는 베스트 오브 베스트다.

그래서 나는 맥적산석굴 입구부터 계속 이 패널의 사진들을 스마트폰으로 찍어두었다. 제121굴(북위)의 고개를 마주하고 있는 두 보살상, 제123굴(서위)의 동남동녀(童男童女)상, 제133굴(북위)의 사미승상, 제165굴(북송)의 공양여인상 등이었다. 한결같이 어여쁘거나, 맵시 있거나, 아련한 미소를 띠고 있는 조각상들이다. 이를 보면 일반인들에게 감동을 주는 불상은 미술사적, 종교적으로 의미있는 도상보다도 인간미 넘치는 조각상들이다.

| 제121굴 보살상 | 북위시대

| 제133굴 사미승상 | 북위시대

| 제123굴 동남상 | 서위시대

| 제165굴 공양여인상 | 북송시대

그러나 이보다 더 중요한 것은 답사하기 전에 알아두는 예비지식임은 말할 것도 없다. 무엇을 어쩌자고 하나의 절벽에 1천 년을 두고 그렇게 많은 석굴을 조영했는지 시대마다 불상의 모습이 어떻게 다른지를 알고 가야 제대로 감상할 수 있다. 그러지 않으면 그 불상이 그 불상으로 보여 나중에 머릿속에 남는 것이라곤 '불상 한번 많구나!'라는 인상뿐이다. 이럴 때는 아는 만큼 보이는 것이 아니라 아는 것이 힘이라고 할 수 있다.

어젯밤에 내가 '민가주점'에 가지 않은 것은 맥적산석굴의 내력과 관람 포인트를 다시 한번 체크하기 위해서였다. 본래 공부에는 장소성과 시간성이 따른다. 연구실에서 도록을 보며 공부하는 것과 달리 현장에 와서 내일 볼 것을 점검해보면 시험에 임박해 초읽기로 공부하는 것처럼 몇 배나 큰 학습 효과를 얻을 수 있다. 더욱이 맥적산석굴은 내가 생전 처음 보는 것이고, 또 언제 다시 오겠느냐 싶어 내게는 마지막 입시를 치르는 수험생 같은 절박함이 있었다.

오호십육국시대의 맥적산석굴

맥적산에 석굴이 조영되기 시작한 것은 중국에 불교가 본격적으로 전파되는 4세기, 오호십육국시대(304~420)부터이다. 오호십육국시대란 3세기 한나라가 멸망한 뒤 『삼국지』의 삼국시대, 조조의 위(魏)나라, 사마의 후손들의 진(晉)나라로 이어지면서 중원이 혼란에 빠진 틈을 타서 북쪽에 있던 유목민족인 흉노(匈奴), 선비(鮮卑), 저(氐), 갈(羯), 강(羌) 등, 이른바 5호(五胡)가 중국 북부를 지배하며 100여 년

동안 무려 16개의 단명 왕조가 일어났던 시기를 말한다.

오호십육국시대의 16왕조가 태어나고 멸망하는 과정은 대단히 복잡하다. 그중 우리가 답사하고 있는 섬서성과 감숙성 일대의 상황을 간단히 요약해보면 감숙성 쪽에서는 전량·후량·남량 등 량(涼)자가 들어가는 나라가, 섬서성 쪽에서는 전진·후진·서진 등 진(秦)자가 들어가는 나라가 명멸했다. 그 시절 이곳 천수 지역을 가장 먼저 지배한 나라는 저(氐)족의 전진(前秦, 351~394)이었다. 전진의 강력한 왕이었던 부견(苻堅)은 372년 고구려에 순도(順道)라는 스님을 보내 불교를 전파하여 우리 역사에서도 익숙한 왕이다. 그는 불교를 열렬히 신봉했지만 아직 맥적산에서 전진시대의 석굴은 보이지 않는다.

전진이 망한 후 이 지역을 지배한 강(羌)족의 후진(後秦, 384~417)과 선비족의 서진(西秦, 385~431)은 모두 불교를 신봉한 나라였다. 후진은 33년밖에 이어가지 못한 단명 국가였지만 중국에 불교가 정착할 수 있게 한 나라였다. 후진은 황제가 요(姚)씨여서 요진이라고도 하는데 황제 요흥(姚興)은 불교를 맹렬히 신봉하여 전설적인 서역승 쿠마라지바를 국사(國師)로 모시어 산스크리트어로 된 300권의 불경을 한문으로 번역하게 한 인물이다. 요흥은 수도 장안에 승관(僧官)을 설치하고 불교 사무를 관장케 했을 정도였다.

맥적산석굴은 바로 요흥의 후진시대에 조영되기 시작한 것으로 생각되고 있다. 명확히 알려주는 물증은 없지만 남북조시대에 편찬된 『고승전(高僧傳)』에서 현고(玄高) 스님은 16세 때인 417년에 맥적산으로 수도하러 왔는데 그때 이미 여기에는 100여 명의 승려가 있었다고 했다. 그리고 장안에서 천수에 온 승려 담홍(曇弘)은 이 지역의 고 승들이 맥적산에 은거한다는 사실을 알고 찾아와 여러 승려들과 교유 했다고 했다. 이와 같이 불교가 성행하면서 스님들의 수행과 예불 공 간이 필요했고 황실과 제후들은 이를 적극 후원하면서 맥적산석굴이 계속 굴착되었다. 이것이 맥적산석굴의 기원이다.

불교미술사가들은 불상 양식으로 보아 제74굴을 최초로 굴착된 석 굴로 추정하고 있다. 이 석굴의 불상을 보면 얼굴에는 어딘지 서역인 의 인상이 남아 있고, 의상은 법의를 왼쪽으로 걸치고 오른쪽 어깨를 드러낸 인도식 착의 방식인 편단우견(偏袒右肩)을 하고 있다. 이 양식 은 제78굴과 같은 여러 북위시대 초기 석굴에서 찾아볼 수 있다.

북위시대 불상의 보고, 맥적산석굴

선비족계의 탁발씨가 세운 북위는 북량마저 멸망시키고 439년에 마 침내 북부 중국을 통일함으로써 오호십육국시대를 마감하고 장강 이 남으로 내려간 한족의 나라와 대립하면서 남북조시대를 열었다. 남북 조시대는 수나라에 의해 다시 통일될 때까지 150여 년간 계속되었다.

북위는 유례 없는 강력한 불교국가로 수많은 불교 유적을 남기며 중국 불교미술의 제1차 전성기를 맞이했다. 그 유명한 운강석굴, 용문 석굴이 모두 북위시대에 굴착되기 시작했다. 이때 맥적산에서도 석굴 이 대대적으로 조영되었다. 맥적산석굴의 반이 북위시대 석굴이다. 황 족과 지방의 호족, 그리고 이 지역을 관할하는 절도사들이 맥적산석 굴의 재정적 지원자들이었다. 그중 제115굴에는 대좌 정면에 502년

| **제78굴 삼불상** | 제78굴은 북위시대 초기 석굴로 서역 양식이 남아 있다. 불상의 얼굴은 어딘지 서역인의 인상이고, 의상은 인도식 착의 방식인 편단우견으로 법의를 왼쪽으로 걸치고 오른쪽 어깨를 드러내고 있다.

(경명 3년)이라는 묵서 제기(題記)가 있어 조성 연대를 명확히 말해주고 있다.

북위시대 불상들은 처음에는 후진시대의 서역 양식에 의지하다가 점차 벗어나 마침내는 중국 불상으로 토착화되었다. 그래서 북위시대 불상을 보면 부처님의 얼굴이 서역인이 아니라 중국인의 모습을 하고 있고, 법의도 남쪽 인도의 얇은 사라를 걸친 편단우견이 아니라 북부 중국의 기후에 맞는 두툼한 옷을 양 어깨에 통으로 걸치고 있으며 옷자락의 주름이 겹겹이 흘러내린다. 신체는 이 시대의 미인관에 따라 호리호리한 편이고 목이 군센 듯 길고 얼굴에는 엷은 미소를 띠고 있

| **제44굴 불상** | 중국 불교 조각 사상 명작의 하나로 꼽히는 이 서위시대 불상에서는 '수골청상'의 아름다움을 여실히 느낄 수 있다.

다. 그래서 중국미술사가들은 북위와 서위시대 불상을 묘사할 때 수골청상(秀骨淸像)이라는 표현을 쓰고 있다. 빼어난 몸매에 해맑은 인상의 얼굴이라는 뜻이다. 이러한 양식은 서위시대까지 그대로 이어진다. 그 대표적인 석굴이 제44굴로 나는 불교미술의 흐름을 강의할 때이를 북위와 서위시대 불상의 수골청상을 대표하는 예시로 들어왔다.

이는 중국 불교미술의 제2차 전성기인 당나라 시대의 불상이 풍만하고 역강한 육체미를 자랑하는 것과 크게 구별된다. 북위시대 불상엔 소박하고 진솔한 고졸미(古拙美)가 있고 당나라 시대 불상엔 화려하고 역동적인 사실미가 있다. 그리고 무엇보다 중요한 것은 당나라 시대 불상에는 절대자(부처)의 위엄이 강조된 반면 북위시대 불상엔 절대자의 친절성이 나타나 있다는 점이다.

맥적산 서쪽 벽에 있는 삼존상 대불이 북위시대 불상이며, 맥적산 석굴 입구에 패널 사진으로 내세워져 있는 제133굴의 사미승상, 제 121굴의 고개를 마주하고 있는 두 보살상, 그리고 석가모니의 일대기를 새긴 제133굴 '불전도 조상비' 모두 북위시대 유물이다. 그래서 맥적산석굴은 '북위시대 불상의 보고(寶庫)'라는 찬사를 받고 있다.

서위시대와 을불황후

534년 북위가 멸망하면서 동위와 서위로 나누어지는데, 이 지역을 지배한 서위(西魏, 535~557)는 불과 20여 년밖에 지속되지 못했음에도 맥적산에 12개의 석굴을 남겼다. 그중 제43굴에는 서위를 건국한 문제(文帝)의 황후였던 을불(乙弗)황후의 시신을 모신 슬픈 사연이 있다.

을불황후는 비운의 여인이었다. 당시 지금의 몽골 초원에는 우리에게는 매우 낯설기만 한 유연(柔然, 4~6세기)이라는 강력한 나라가 있어 서위를 침공해왔다. 유연은 동호족 계열의 유목민족이 세운 나라로 한동안 위세가 막강했다. 서위의 황제는 538년, 그들의 요구대로 유연에서 보낸 14세 여인을 황후로 삼고 을불황후는 출가시켜 비구니가 되게 했다. 그런데 새로 들어온 유연의 새 황후가 계속해서 을불황후를 질투하자 황제는 마침내 을불황후에게 자살을 명해서 죽게 하니 그때 나이 31세였다. 이에 이곳 진주(秦州)의 대도독을 지내던 그녀의 아들 무도왕은 어머니의 시신을 맥적산에 모셨다. 그 자리가 제43굴이다. 한편 유연 출신의 새 황후는 2년 뒤 출산하다 산고 끝에 죽었다. 이에 을불황후의 시신은 석굴을 떠나 능묘 형식을 제대로 갖춘 적릉(寂陵)으로 이장되었다.

서위시대의 대표적인 석굴은 제123굴로, 입구의 패널에서 본 정말로 아름답고 조형적으로 뛰어난 동남동녀(童男童女)상이 이 석굴에 있다. 그리고 역시 패널에 많이 나오는, 제127굴의 손을 앞으로 내민 매력적인 보살상도 서위시대 불상으로 추정되고 있다.

서위는 20년 만에 멸망하고 북주(北周, 557~581)가 그 뒤를 이어 약 25년간 지속되었는데 이때 맥적산에는 무려 44개의 석굴이 조영되었다. 해마다 2개꼴로 석굴을 조성한 셈이다. 이곳을 다스리는 황족 출신의 진주자사들이 경쟁적으로 석굴을 만들었다고 한다. 특히 맥적산 가장 높은 곳에 칠불각(七佛閣)으로 지은 제4굴은 이때 진주대도독이었던 이윤신(李允信)이 돌아가신 아버지를 위해 지은 것으로 맥적산 석굴 중 가장 규모가 크다.

북주시대 불상은 북위와 서위시대 불상 양식을 서서히 벗어나 점점 장대해지는 경향을 보여준다. 신체 비례가 4등신·5등신의 앳된 모습이 아니라 등신대에 가까워지고 목이 굳세고 힘이 들어간다. 그래도 아직 부처님의 친절성을 나타내는 미소는 여전한데, 뒤이은 수나라 시대 불상에 오면 미소마저 사라지면서 경직될 정도로 완력이 강조된다. 그것은 동쪽의 북제(北齊)도 마찬가지여서 불교미술사에서는 '제주(齊周) 양식'이라고 한다.

| 제5굴 삼존불상 | 수나라 시
대로 들어오면 불상들이 점점 장
대해지는 경향을 보인다. 그래서
부처님의 친절성은 사라지고 근
엄한 모습으로 변하기 시작한다.

수·당시대의 석굴

남북조시대 150년을 마감하고 천하를 통일한 수(隋, 589~618)나라
때도 맥적산에는 여전히 석굴이 굴착되었다. 그뿐 아니라 맥적산 서
쪽 벽면을 상징하는 제13굴의 삼존대불 같은 거대한 마애불도 조성
했다. 수나라는 고구려를 침공하다 세 차례 모두 실패한 뒤 불과 30년
만에 망한 나라다. 수나라가 30년간 한 일은 대운하의 착공과 고구려
와의 전쟁뿐이었다고 하지만, 맥적산에는 이 같은 거대한 마애불을
조성하고 제94굴 같은 우수한 석굴도 열었다. 수나라 불상은 아주 장
대한 거구의 인상을 주며 불상의 배치에서 삼존불이나 오존불 형식을

취하는 것이 큰 특징이다. 그리고 이러한 수나라 불상 양식이 당나라에 들어와 훨씬 세련되고 사실적인 모습으로 발전해간 것이 중국 불교미술사의 큰 흐름이다. 제5굴은 수나라 때부터 개착되어 당나라 때 완성한 것으로 이런 변모를 잘 보여준다.

맥적산에는 당나라 시대 석굴이 거의 없다. 734년에 천수 지역에 맥적산을 동서로 갈라놓는 천재지변이 일어났고 뒤이어 막강한 티베트족 토번(吐蕃)국의 침략을 받으면서 맥적산엔 석굴이 더 이상 조성되지 않았다. 성역으로서 그 옛날의 명성도 퇴색해갔다. 당시 두보가 맥적산을 읊은 「산사(山寺)」라는 시는 마치 축제가 끝난 뒤의 무대 같은 스산함을 느끼게 한다.

야사에는 몇 안 되는 스님만 남아 있고　　　野寺殘僧少
산원으로 가는 길은 좁고 높기만 하네　　　山園細路高

송나라 이후의 맥적산석굴

당나라가 망한 뒤 오대십국(五代十國)의 혼란기를 거쳐 송나라 시대로 들어오면서 맥적산은 다시 활기를 띠게 된다. 입구의 패널에서 본 제165굴의 인간적인 풍모를 지닌 매력적인 공양인상이 송나라 때 조각이다. 그리고 제133굴엔 중후한 인상의 석가여래상 오른손 아래로 그의 아들인 라훌라가 공손히 합장하고 수기(授記, 제자가 되는 맹세)

| 제133굴 송대 불상 | 제133굴엔 중후한 인상의 석가여래상과 함께 그의 아들인 라훌라가 공손히 합장하고 수기를 받는 명장면이 연출되어 있다. 왼쪽으로 비상이 보인다.

를 받는 명장면이 연출되어 있다.

송나라 시대엔 지진 이후 퇴락한 맥적산석굴이 대대적으로 보수되었다. 송나라는 새로 석굴을 굴착하는 대신 기존 석굴에 새 불상을 많이 모셨다. 그러나 송나라 때의 보수로 앞 시대 불상들 모습에 치명적인 변형이 일어나기도 했다. 송나라 이후 명나라·청나라 때도 일부 석굴을 만들었으나 크게 주목받을 만한 것은 아니었고 역시 박락된 불상들을 보수하는 정도에 그쳤다. 그러다 청나라 말기에 와서는 외세의 침탈, 중화민국으로 들어와서는 국민당과 공산당의 내전으로 사실상 잊힌 채 누구 하나 주목하는 일이 없었다.

그런 맥적산석굴이 다시 세상에 알려진 것은 1952년에 와서의 일이다. 중국 정부는 그 이듬해인 1953년 8월에 '맥적산 문물보관소'를 설립하고 본격적인 조사와 복원에 착수했고, 1961년에 전국중점문물보호단위로 지정했다.

1976년부터 약 8년이라는 기간 동안 옛 잔도를 수리하고 새로 콘크리트 잔도를 설치하여 1984년부터 일반인에게 공개함으로써, 지금 보는 바와 같은 거대한 옥외 불교미술 박물관으로 다시 태어나 '동방의 조각관'이라는 명성을 얻었다. 2014년에 유네스코 세계유산에 등재되었고, 인류의 문화유산으로 확고히 자리잡고 있다. 이것이 어젯밤 내가 호텔방에서 정리한 맥적산석굴의 내력이다.

맥적산 양대 대불 유감

맥적산석굴 현장에 막상 와서 보니 책에서 본 것과는 달라 실망까

| 제98굴 서벽 마애불 | 이 마애삼존상은 북위시대의 불상이지만 후대에 수리하면서 원래의 모습을 많이 잃어 수골청상의 아름다움이 보이지 않는다. 그래서 대불의 모습에서 큰 감동을 받지 못했다.

지는 아니어도 당황스러웠던 것이 하나 있다. 그것은 모름지기 석굴의 상징적 이미지라고 할 수 있는 동벽과 서벽의 양대 대불의 모습이 전혀 아름답지도 않고 감동스럽지도 않다는 점이었다. 서쪽 벽의 마애삼존상(제98굴)은 북위시대의 불상으로 높이 12미터에 달하는 대불이다. 본래 북위시대 불상의 매력이자 가장 큰 특징은 앳된 얼굴에 엷은 미소를 띠고 있는 수골청상이다. 이 불상도 신체 비례가 6등신 정도밖에 안 되는 것으로 전형적인 북위시대 불상의 모습이다. 그러나 이마가 넓게 튀어나와 앳되어 보이지 않고 미소도 사라진 채 표정이 딱딱하다. 그래서 불교미술 전문가가 보면 어색하고, 일반인이 보면 무언가 언밸런스하다는 인상을 받게 된다.

| **제13굴 동벽 마애삼존입상** | 수나라 불상은 신체가 우람하고 장대한 인상을 주는 것이 특징인데, 이 마애삼존입상은 후대에 수리하면서 많이 변형되어 둔중하고 얼굴도 원만한 상이 아닌지라 조형적으로 어색해 보였다.

또 동쪽 벽의 높이 15.7미터에 달하는 마애삼존입상(제13굴)은 수나라 시대의 대불이다. 수나라 불상은 신체가 우람하고 장대한 인상을 주는 것이 특징인데 누가 보아도 둔중하고 얼굴도 원만한 상이 아닌지라 보는 이에게 어떤 감동을 주지는 못하고 있다. 그러나 이 두 대불은 본래 그러했던 것이 아니라 송나라 때 보수하면서 이와 같은 모습으로 변형된 것이다. 맥적산의 불상들은 대개 돌로 기본 모양을 만들고 그 위에 지푸라기를 섞은 찰흙으로 형상을 표현한 '석태니소(石胎泥塑)' 기법으로 되어 있다. 석태니소 기법은 돌을 모태로 하면서 진흙으로 조각한 것으로 디테일을 섬세하게 나타낼 수 있는 장점이 있다.

그러나 석굴 안이 아니라 마애불처럼 외부로 노출되어 있을 경우

풍우에 약하다는 약점이 있다. 그래서 동서 양벽의 두 삼존대불상은 세월이 흐르면서 박락되어 송나라 때 보수를 했는데, 그때 이미지에 큰 변화가 생긴 것이다. 불상을 보수하면서 원형에 충실하지 않고 보수하던 시기인 송나라 양식과 취향이 들어가버렸다. 눈꺼풀과 입술에 깊은 음각을 새겨넣어 원래의 조용한 모습이 사라졌다.

그렇다고 나는 이를 그때 잘못 수리한 것이라고 생각하지 않는다. 송나라 때 불상을 보수한 것은 문화재의 복원이 아니라 쇠락한 석굴사원의 부흥이었다. 박락한 불상의 얼굴에는 그때의 모습이 전혀 없었을 것이다. 이런 상태에서 재생시키자니 인체 비례만 원형으로 남고 얼굴과 디테일에는 보수 당시인 송나라 시대의 정서가 들어갈 수밖에 없었던 것이다. 그러나 결과적으로 이 불상들은 원형이 갖고 있던 본래의 아름다움을 잃었다. 이 점은 맥적산석굴의 예술적 가치에 치명상이 되었다. 중국의 3대 석굴사원으로 꼽히는 대동의 운강석굴에는 북위시대의 명작 담요오굴(曇曜五窟), 낙양의 용문석굴에는 당나라 시대의 명작인 봉선사 노사나불(盧舍那佛)이 있어 보는 이의 눈을 놀라게 하면서 거의 숨을 멈추게 하는데, 아쉽게도 맥적산석굴을 상징하는 양대 대불에는 그런 황홀경이 없는 것이다.

돈황 막고굴의 경우 당나라 시대에 제작된 높이 35미터의 대불이 있는데 이 불상 또한 조형적인 감동을 주는 것은 아니지만 외부로 노출된 것이 아니라 9층 누각으로 보호되어 오히려 그 누각 건물이 막고굴의 상징이 되고 있다. 맥적산석굴에 관한 자료를 자세히 살펴보니 서벽의 북위시대 불상 주위에는 목조건물을 세웠던 가구(架構)들이 있었다고 한다. 만약에 그 목조 보호각이 복원된다면 맥적산석굴은 돈황 막고굴과 같은 이미지를 갖게 될 것이라는 생각이 들기도 했다.

잔도를 따라가는 동쪽 석굴 감상

맥적산석굴은 서쪽에서부터 굴착되기 시작하여 동쪽으로 확대되었다. 그러나 관람 동선은 동쪽 벽으로 들어가 서쪽 벽으로 돌아 내려오게 되어 있다. 안으로 들어가 본격적으로 관람을 시작해서 제13굴 대불을 곁에 두고 계단을 오르면 그 위로 다시 잔도가 길게 이어지며 모두 14단에 이른다. 잔도를 따라가면 계속 일련번호가 쓰여 있는 석굴이 나오는데 현재 개방된 것은 10퍼센트도 안 되고 대개는 보존을 위해 닫아두거나 철망으로 막아두었다. 중요한 석굴 앞에는 간단한 안내판이 붙어 있다. 제37굴 안내문은 다음과 같이 쓰여 있다.

수나라 불상, 석굴의 평면은 말발굽 모양이고 천장은 아치형이다. 현재 불상과 보살상이 각 1구씩 있다. 불상의 모습은 원만하면서 윤택하고 단정하면서도 실로 순박하다. 팔뚝에는 탄력이 있고 피부에서는 육질감이 느껴진다.

자세히 들여다보니 아닌 게 아니라 목에 삼도(三道)를 표현한 것은 사실적이고 육감적인 당나라 불상으로 가는 과정이 엿보이며 옷자락의 표현 또한 좌우대칭이 아니라 비스듬히 걸친 자연스런 모습이어서 매력적이었다.

| **맥적산석굴 관람 잔도** | 맥적산석굴 관람 잔도는 모두 14단으로 겹겹이 이어진다.

제35, 34, 33굴을 건너뛰어 제32굴에 다다르니 철창 사이로 보이는
부처님이 대단히 현세적인 인상이어서 불상이 아니라 가부좌하고 수
도하는 미남 스님을 보는 듯한 편안함을 느낄 수 있었다. 아마도 송나
라 때의 인간적인 모습의 불상이 아니었을까 싶었다. 계단을 올라 위
쪽 잔도를 지나는데 제27굴 앞에 다음과 같은 안내판이 걸려 있었다.

북주시대(557~581). 3벽(壁) 7감(龕) 7불굴(佛窟). 불상은 송나라
때 다시 만들었지만 보살상은 원작이다. 온화하면서도 중후한 풍격
을 띠고 있으며 동굴 정수리 부분에 『법화경』을 그린 벽화가 일부
남아 있다.

| 제9굴 중칠불각 내부 | 천불회랑 아래쪽의 제9굴에는 불, 보살, 나한을 모셔놓은 7개의 감실이 줄지어 있어
장관을 이루고 있다.

안내문에 쓰여 있는 대로 불상을 찬찬히 감상하고 다시 발길을 옮
기니 제13굴 대불 옆으로 제9굴이 나타난다. 제9굴은 불, 보살, 나한
을 모셔놓은 7개의 감실이 줄지어 있어 '중칠불각(中七佛閣)'이라는
별칭을 갖고 있다.

'중칠불각' 위로는 맥적산석굴이 자랑하는 천불회랑(千佛回廊)이
장대하게 펼쳐진다. 이 천불회랑은 총 6단으로 이루어져 회랑의 벽면
에 2단, 회랑의 아래쪽으로 4단이 있고 불상의 수는 총 297구에 이른
다. 비록 천불(千佛)은 아니지만 잔도를 따라 이 불상들을 헤아리며
지나가는 것은 어쩌면 맥적산석굴에서 가장 인상에 남는 명장면으로
기억될 것이다.

| **천불회랑 전경** | 천불회랑은 총 6단으로 이루어져 회랑의 벽면에 2단, 회랑의 아래쪽으로 4단이 있고 불상의 수는 총 297구에 이른다. 조형적으로 말하자면 단일 불상의 아름다움이 아니라 집체미가 구현된 것이다.

상칠불각의 장엄한 전망

천불회랑에서 계단을 오르면 이윽고 맥적산석굴에서 가장 크고 가장 높은 곳에 있는 제4굴에 이른다. 여기가 동편 석굴 답사의 클라이맥스다. 맥적산의 높이는 142미터이고 제4굴은 84미터 지점에 있다.

여기에 오면 사람들은 석굴보다도 눈앞에 첩첩산중으로 이어지는 진령산맥의 장관에 눈길을 빼앗기게 된다. 내가 관중평원을 지나면서 그렇게 보고 싶어했던 진령산맥이다. 길이도 길이지만 폭이 150킬로미터나 된다는 진령산맥의 산봉우리들이 드넓게 펼쳐지는데, 맥적산의 해발고도는 1,742미터란다. 아래를 내려다보면 수십 미터의 절벽에 차곡차곡 붙어 있는 잔도의 회랑과 계단이 아찔하게 펼쳐져 다리

제4굴의 감실 양옆에는 눈이 부리부리하고 근육이 박동하는 금강역사상이 지키고 있어 더욱 장엄해 보인다. 돌로 뼈대를 만들고 진흙으로 조각한 '석태니소' 기법으로 만들어져 디테일이 아주 섬세하다.

가 후들거린다. 그래서 굴 입구에는 누군가가 쓴 '맥적 기관(奇觀)'이라는 글씨가 새겨져 있고, 또 '시무등등(是無等等)'이라고 부처님을 찬미한 현판도 걸려 있다. 맥적산은 과연 그런 불국토를 재현할 만한 명당이라는 생각이 절로 든다.

입구의 패널에는 항공사진으로 찍은 맥적산의 모습이 걸려 있었는데 이를 보면 맥적산 뒤편으로는 위수의 지류가 산자락을 헤치며 흘러가는 것이 아주 인상적이다. 쿠차의 키질석굴, 투르판의 베제클리크석굴, 돈황의 막고굴, 난주의 병령사석굴, 그리고 천수의 맥적산석굴 등 중국 석굴사원의 공통된 특징은 모두가 첫째로 실크로드 위에 있

| 제4굴에서 본 풍경 | 제4굴에서 바깥을 보면 첩첩산중으로 이어지는 진령산맥의 장관이 펼쳐진다. 산자락이 겹겹이 펼쳐져 있어 웅장한 산세를 느끼게 해준다.

고, 둘째로 주변에 강이 있으며, 셋째로 풍광이 수려하고 신령스런 기운이 있는 곳이라고 했는데 맥적산석굴은 정녕 그런 곳이었다.

제4굴은 북주시대 "진주대도독 이윤신이 (…) 암벽면의 남쪽에 굴을 파고 부모님을 위해서 칠불감(七佛龕)을 조성했다"는 명문이 발견된 석굴이다. 정면의 벽에는 7개의 감실 모두 불상이 안치되어 있어 일명 '상칠불각(上七佛閣)'이라고 부른다. 감실 양옆에는 높이 4.5미터에 눈이 부리부리하고 근육이 박동하는 금강역사상이 있어 더욱 장엄해 보인다.

제5굴에 이르면 누구든 발을 멈추게 된다. 수나라부터 당나라에 걸

| 제5굴 우아당 | 관을 쓰고 갑옷을 입은 천왕상이 소의 등을 밟고 있어 우아당이라고도 불린다.

| **제5굴 「극락변상도」** | 제5굴의 외벽에 남아 있는 「극락변상도」 벽화는 석굴의 예스러운 분위기를 한껏 고조
시킨다. 그러나 벽화의 보존 상태는 양호하지 못하여 아쉬움을 자아냈다.

쳐, 7세기부터 10세기까지 300년에 걸쳐 조성된 곳이다. 3개의 감실
에 모두 15구의 불보살상이 모셔져 있는데 수나라 불상의 중후함에
당나라 불상의 육감적인 사실성이 가미되어 아주 독특한 분위기를 띠
고 있다. 그리고 외벽에는 「극락변상도」 벽화가 남아 있어 예스러운
분위기가 한껏 고조되는 명굴이라고 할 만하다. 그중 가장 큰 중앙 감
실의 입구에는 관을 쓰고 갑옷을 입은 천왕상이 소의 등을 밟고 있어
우아당(牛兒堂)이라고도 불린다고 한다.

서쪽 벽의 북위시대 불상들

지진으로 갈라진 동벽과 서벽 사이에는 좁은 굴로 통로를 만들어

| 제43굴 입구 | 제43굴은 비운의 황후인 을불황후의 시신이 모셔져 있던 곳이다.

관람 동선을 서쪽 절벽으로 이어지게 했다. 서쪽 벽의 석굴은 특히 북
위시대에 조성된 것이 많아 미술사적으로 더욱 주목되는 곳이다. 제
131굴부터 제160굴까지는 거의 다 북위시대 석굴들인데, 특히 제
146굴과 바로 곁에 있는 제148굴에는 전형적인 북위시대 불상이 있
다. 서역인 인상이 약간은 남아 있는 갸름한 얼굴에 입가에 미소를 머
금고 있으며 법의를 멋스럽게 걸치고 있는 데다 채색이 많이 남아 있
어 북위시대 불상 중에서도 고졸한 불상을 보는 반가움이 있었다.

  그리고 가련한 여인이었던 을불황후의 능묘가 있었던 제43굴에 잠
시 발길을 멈추었다. 석굴의 이름은 '서위 문제 원배황후 을불씨 묘굴
(西魏文帝原配皇后乙弗氏墓窟)'이라 쓰여 있고, 입구에 우람한 체구에

| 제44굴 불상 | 전형적인 수골청상으로 본
존불에는 엷은 미소가 서려 있다. 특히 이 불
상은 측면관이 아름답다.

서 불거져나온 검은 눈동자를 하고 있는 당나라 때의 금강역사상이
서 있는데 아주 인상적이었다.

나는 개인적으로 당나라 시대 불상보다 북위시대 불상에 더 많은
호감과 정을 갖고 있다. 우리나라로 치면 삼국시대 불상은 북위 스타
일이고 통일신라 불상은 당나라 스타일이다. 고구려의 금동연가7년
명여래입상이 전형적인 북위 양식이고 '미스 백제'라 불리는 부여 규
암리 금동관음보살입상도 남조 양나라 풍에서 유래한 것이지만 넓게
는 북위 양식이라고 해도 틀리지 않는다. 중요한 것은 북위시대 불상
에서는 화려하고 사실적인 것이 아니라 소박하고 고졸한 가운데 불상
이미지에 상징성이 있어 사람의 마음을 차분히 가라앉혀주는 깊고 은

은한 울림이 있다는 점이다.

조형적으로 말하자면 당나라 불상이 북위시대 불상보다 훨씬 뛰어나다고 말할 수 있다. 기교로 보아도 그렇고 미적 성취와 세련됨을 따져도 그렇다. 그럼에도 내가 북위시대 불상을 더 좋아하는 것은 석가탑의 완벽한 균형미보다 감은사탑의 내재미를 좋아하고, 그리스미술에서 우아한 후기 고전주의의 프락시텔레스(Praxiteles)보다 강인한 전기 고전주의의 페이디아스(Pheidias)를 좋아하는 것과 같다. 하나의 양식이 절정에 도달한 것보다 절정에 도달하기 위한 내재적 에너지가 속으로 응축되어 있는 것을 높이 사는 것이다.

제133굴 만불동의 조상비

제133굴에 이르면 여기가 맥적산석굴 답사의 하이라이트라고 할 만하다. 제133굴은 북위시대에 조성한 크고 작은 불상이 많아 일명 만불동(萬佛洞)이라고도 불린다. 그중 사미승은 살짝 고개만 기울인 채 미소 짓는 얼굴이 너무도 아름다워 '동방의 미소'라고 부른다. 원래 불상은 누런 흙색이었지만 전쟁 때 굴로 대피한 사람들이 밥을 지어 먹으면서 생긴 그을음에 검은색으로 변색됐다고 한다.

이 굴은 특히 18기의 조상비(造像碑)가 남아 있어 일명 비동(碑洞)이라고도 부른다. 조상비란 불상을 조각한 비석이다. 제1번 비석은 '천불비(千佛碑)'라고 불리는 것으로 1,300여 개의 불상이 조각돼 있

| 제133굴 불전도 조상비 | 조상비는 불상을 조각한 비석이다. 특히 불전도 조상비에는 부처님의 탄생, 고행, 득도, 열반 등의 과정이 애니메이션처럼 새겨져 있다.

고 제10번 비에는 부처님의 탄생, 고행, 득도, 열반 등의 과정이 세밀하게 새겨져 있어 불전도(佛傳圖) 조상비라고 부른다. 나는 이 복잡한 구성을 도저히 독자들에게 쉽게 설명할 수 없어 참고할 만한 서적을 찾아보니 어떤 불교미술사가의 해설보다도 마이클 설리번이 『중국미술사』에서 설명한 것이 가장 간명했다.

맥적산의 제133굴에는 18개나 되는 석비들이 신심이 깊은 시주자들이 벽면에 세워둔 바로 그 자리에 아직도 그대로 서 있다. 그중 3기는 6세기 중엽의 양식을 보여주는 훌륭한 본보기들이다. 그 가운데 하나는 참다운 '빈자의 성전'으로 위쪽 가운데 부분에 석가모니가 설법의 힘으로 머나먼 과거의 부처인 다보불을 그의 곁에 나타나게 했다는 『묘법연화경』에 나오는 사건을 표현한 것이고, 가운데와 아래쪽에는 양쪽에 두 보살을 거느린 삼존불이 있는데 이것은 극락의 주제를 간단하게 표현한 것이다.

왼쪽 측면은 돌아가신 어머니에게 설법한 후 도솔천에서 내려오는 석가, 태자 시절의 석가, 모든 것을 단념한 석가, 녹야원에서의 최초의 설법 등을 보여주고 있다. 오른쪽 측면은 나무아래에서 명상하고 있는 보살, 대열반, 코끼리를 타고 있는 보현보살, 마왕(魔王) 마라의 유혹, 문수보살과 부채를 들고 있는 유마거사의 이론적 논쟁을 보여준다.

이 복잡한 조상비를 한바퀴 삥 돌려가며 빠짐없이 해설한 것에서 나는 같은 미술사가로서 그에게 한없는 존경을 보내게 된다. 역시 대가의 문장은 간명하고 알아듣기 쉽다.

이로써 맥적산석굴 답사를 다 마쳤다. 이제 잔도를 따라 내려오자니 작은 숲길이 우리를 출구로 인도한다. 출구에서 밖으로 나가기 전에 상점이 있어 도록을 사기 위해 들렀는데 뜻밖에도 내가 감탄해 마지않았던 불전도 조상비 탁본을 팔고 있었다. 정교한 탁본이었다. 하나만 사기엔 아까웠다. 나는 3부를 구입하여 하나는 동행한 스님에게, 하나는 중국 불교미술사를 전공하는 우리 미술사학과 교수에게 선물하고, 하나는 고풍스럽게 족자로 만들어 내 연구실에 걸어놓고 이를 보면서 이 글을 쓰고 있다.

중국에 석굴이 있다면, 우리나라엔 산사가 있다

나는 유적지를 둘러본 다음에는 반드시 함께한 답사객들에게 감상을 묻는다. 내 나름의 여론조사를 답사기에 반영하기 위해서다. 맥적산석굴을 보고 난 소감을 말하라니 한결같이 평생 본 불상보다 더 많은 불상을 보았다는 감동을 말한다. 그러고는 은근히 약간의 문화적 열등감까지 포함하여 왜 우리나라엔 이런 석굴이 없는가라는 질문을 해온다. 그래서 나는 아주 진지하게 이렇게 대답했다.

"맥적산석굴을 보았으면 중국엔 참으로 위대한 석굴문화가 있었구나라고 감동하면 그것으로 되는 것이지 왜 우리나라에 이런 전통이 없냐고 기가 죽어야 합니까. 이는 자기 문화에 대한 자신감 내지는 이해가 부족하기 때문입니다.

문화란 그 나라의 자연환경에 맞추어 구현되는 법입니다. 불교는 인류가 낳은 위대한 종교로 이를 이데올로기로 받아들임으로써 동아시아의 민족들은 고대국가로 나아갈 수 있었습니다. 여기서 중요한 것은 교리였고 신앙의 형태는 그 나라 그 시대, 그리고 자연환경에 맞게 만들어져갔습니다.

인도와 중국에 석굴사원이 유행한 것은 이 지역의 자연환경 때문이었습니다. 인도는 건조한 아열대성 기후 때문에 일찍부터 석굴이 적격이었죠. 인도의 석굴사원은 굴착이 용이한 사암(砂岩) 절벽에 조성된 것이었습니다. 불교가 실크로드를 타고 들어오면서 중국에는 자연스럽게 석굴사원 형식이 전래되었습니다. 쿠차의 키질석굴, 돈황의 막고굴 또한 사암입니다.

맥적산도 바위의 석질이 모래가 굳어서 이루어진 역암(礫岩)이기 때문에 가능했던 것입니다. 역암은 붉은 기운을 띠고 있다고 하여 홍사암(紅砂岩)이라도 부르는데, 아주 연질이어서 곡괭이질만으로도 얼마든지 파고들어갈 수 있습니다 또한 견고하여 잘 무너지지 않는다는 성질을 갖고 있어 석굴 조영에 제격이었던 것이죠.

이에 반해 한국과 일본에는 사암이 거의 없기 때문에 석굴사원의 전통이 없습니다. 그 대신 우리나라는 화강암의 나라답게 석굴사원 대신 마애불을 조성했습니다. 백제의 서산 마애불, 신라의 골굴암 마애불, 통일신라의 해남 대흥사 북미륵암의 마애불, 고려시대의 북한산 승가사 마애불과 영암 월출산 마애불 등 전국 명산에 많은 마애불을 새겼습니다. 경주 남산은 아예 마애불로 불국토를 재현했습니다.

그래도 전통적인 불교사원인 석굴사원을 하나 갖고 싶어한 소망에서 자연석굴을 이용한 것이 군위 팔공산의 석굴사원입니다. 그리고 이를 아예 인공석굴로 만들어 완벽하게 부처님의 세계를 구현해낸 것이 불국사 석굴암입니다. 그런 의미에서 석굴암은 인도와 중국에서 전혀 볼 수 없는 인공 석굴사원의 백미입니다.

그러면 인도나 중국의 석굴사원에 필적할 만한 우리 자연에 맞는 불교의 신앙 형태를 구현한 것이 있느냐는 물음이 나올 만합니다. 있습니다. 그것은 우리나라의 산사(山寺)입니다. 우리나라 산천 어디에나 절이 있고 또 있었습니다. 전국에 있는 산사의 수는 헤아릴 수 없을 정도이고, 심심산골의 폐사지가 4천 곳이나 확인되고 있습니다. 우리나라는 국토의 3분의 2가 산이고, 그 산은 황량한 산이 아니라 어디든 계곡이 흐르고 사람이 살 수 있는 곳입니다. 그래서 전 국토 곳곳 산중의 계곡과 명당자리에는 절이 있어 역사와 문화와 종교가 숨 쉬고 있습니다.

인도에 가서 산사가 있느냐고 물어보십시오. 중국과 일본에 가서 우리나라처럼 아늑하고 운치 있는 산사가 얼마나 되느냐고 물어보십시오. 2018년 6월 바레인에서 열린 제42차 세계유산위원회 총회에서 우리나라 산사 7곳, 부석사·통도사·마곡사·법주사·봉정사·대흥사·선암사를 유네스코 세계유산으로 등재시키며 인류의 문화유산으로 공인한 것은 이런 고유 가치를 인정한 것입니다. 한편 일본 교토의 14개 사찰과 3개의 신사가 유네스코 세계유산에 등재된 것은 그네들의 독특한 정원문화가 있기 때문이었습니다. 일본의 아름다운 사찰정원은 중국에도 인도에도 우리나라에도 없는 그네들의 자랑입니다.

이제 우리는 남의 문화를 볼 때 그 자체의 생성과 발전과정을 보면서 세계사적 견문을 넓혀야지 그것이 우리나라에 있나 없나를 생각할 필요도 이유도 없습니다. 나는 꼭 민족적 자존심을 세우는 것이 올바른 생각이라고 주장하지도 않지만 공연히 민족적 자괴심을 갖는 것은 진실로 부질없는 일이라고 생각합니다. 이제 인류의 문화유산으로 중국의 석굴사원을 찾아가고, 일본의 사찰정원을 감상하고, 한국의 산사를 답사하는 보편적 시각을 가져도 좋을 만큼 우리는 문화적으로 성숙해 있다고 믿고 있고, 또 그만한 국제적 위상을 갖고 있다고 생각합니다."

제2부

하서주랑

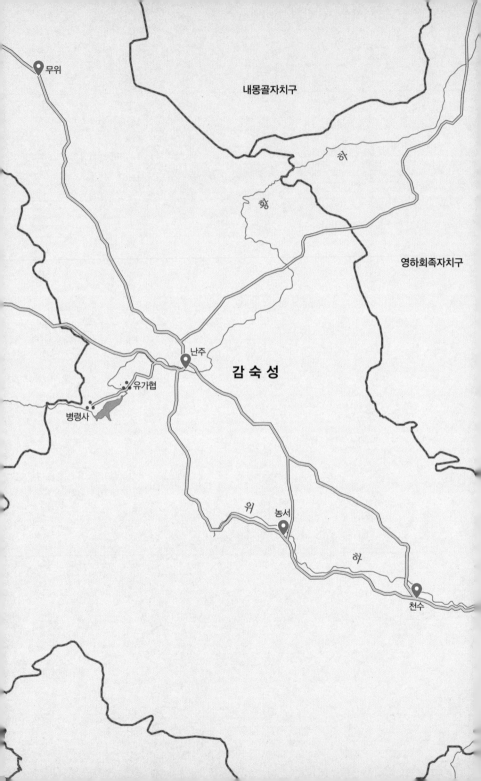

당나라 불상들이 황하석림을 거니누나

난주로 가는 길 / 황토고원과 황하 / 동굴 주택 야오둥 /
유가협 댐과 황하석림 / 병령사석굴 /
삼굴의 자세 / 제169굴의 불상

천수에서 난주로 가는 길

맥적산석굴 답사를 마친 우리는 아랫마을에 있는 식당에서 점심을
먹고 서둘러 난주를 향해 떠났다. 맥적산에서 난주까지는 약 400킬로
미터, 서울에서 부산 가는 거리다. 차로 6시간은 족히 걸린다. 실크로
드 답사에선 거리와 시간 개념이 이렇게 다르다.

우리의 버스가 맥적산 초입의 산마을을 벗어나 고속도로에 오르자
길은 곧장 서쪽으로 뻗어 있고 남쪽으로는 위수를 낀 들판이, 북쪽으
로는 황량한 민둥산이 계속 이어진다. 오른쪽 차창으로 북쪽을 내다
보니 밋밋하고 뭉툭한 산봉우리들이 계속 따라오는데 심하게 메말라

서 제대로 자란 나무는 어쩌다 한두 그루이고 인공식수로 줄지어 심어놓은 묘목을 보면 어떻게 해서든지 땅을 살려보려는 간절한 노력이 엿보이는데 중간중간에 고사한 것이 많아 안쓰럽고 가련해 보였다. 오직 생명력 강한 풀들이 민둥산 곳곳에 푸르름을 내보이고 있을 뿐이었다.

남쪽 들판엔 살구와 사과를 비롯한 과수밭이 보이지만 키가 작고 줄기가 여리어 억지로 생명을 지탱하며 간신히 결실을 맺고 있는 것처럼 보였다. 하지만 봄철이면 유채꽃이 한창 피어나고 밀이 익어가면서 들판이 온통 노랑과 초록으로 물드는 것이 장관이라고 한다. 그러나 우리가 찾아간 때는 한여름인지라 그런 색채의 향연은 볼 수 없었고 어쩌다 키 큰 미루나무가 줄지어 나타나면 그 아래로 이마를 맞댄 농가의 낮은 지붕들이 눈에 들어왔다. 그래서 미루나무는 더 크게 보이고 미루나무가 나타나면 또 마을이 있겠거니 생각하며 그쪽을 바라보게 했다.

우리의 버스가 서쪽으로 나아갈수록 산은 더욱 황량해 보였다. 그런데 더욱 기막힌 것은 차창 밖으로 보이는 이런 풍광이 거의 변화 없이 무작정 계속 이어진다는 사실이었다. 행여 풍광을 놓칠세라 창에서 눈을 떼지 않았지만 피곤함과 지루함을 이기지 못해 깜박 잠이 들었다가 놀라서 깨어나면 아까 본 그 풍광이고 또 졸다 깨어나도 또 그 풍광이었다.

이처럼 풍광이 거의 바뀌지 않는 광대한 대지를 나는 30년 전에 미국 원주민들의 암각화를 답사할 때 애리조나주와 네바다주에서 처음

| **인공식수를 한 황토고원** | 서쪽으로 나아갈수록 산은 더욱 황량해 보였는데, 이런 풍광이 거의 변화 없이 계속 이어져 피곤함과 지루함을 자아냈다.

경험했다. 3시간 내내 이어지는 황무지를 보면서 '당황'스러운 감정을 주체하지 못했던 적이 있다. 또 타클라마칸사막에서 무려 8시간을 계속 사막의 모래능선만 바라보고 지나간 것도 가히 '황당'한 경험이었다. 이처럼 당황스러울 정도로 황당한 대자연을 보고 나서 귀국하면 우리의 강토가 더욱 좁게 느껴질 것이라고 생각했다. 그러나 막상 국내 답삿길에 오르면 끊임없이 산과 강과 들이 시시각각 새로운 풍광으로 다가오면서 우리나라는 과연 금수강산이라는 것을 절감하게 된다. 지도에서 빼버려도 그만일 것 같은 그런 황량함에 비할 때 황무지가 없는 우리 땅은 실로 자연의 축복이 내린 것이라는 기쁨이 일어난다.

| 감숙성 황토고원 | 해발고도 1,500미터에 자리잡은 이 황토고원은 그 면적만 해도 한반도의 2배에 이르는 규모다. 중국에서 놀라는 것은 역시 그 스케일이다.

　우리의 버스는 난주를 향해 계속 황량한 들판과 민둥산을 곁에 두고 서쪽으로 달리다가 농서라는 작은 도시에 이르러서는 북쪽으로 방향을 틀어 올라갔다. 그러자 그나마 한두 그루 보이던 나무마저 온데간데없고 간간히 푸르름을 띠던 억센 잡초들의 자취마저 희미해져간다. 농서라! 우리 고구려 유민 근 20만 명을 강제이주시킨 곳이 바로 이곳이라고 생각하니 그분들의 간고했을 삶에 무슨 위로의 말이라도 올리고 싶은 마음이 일어난다. 이윽고 싯누런 빛을 띤 우람한 황토 봉우리들이 무리를 지어 나타났다. 그 유명한 중국의 황토고원(黃土高原)으로 다가가고 있는 것이었다.

황토고원과 황하

황토고원의 산봉우리들은 높아야 100미터나 될까 싶을 정도로 낮아 보였지만 여기는 해발고도 1,500미터의 고원지대다. 중국의 이 황토고원은 엄청난 규모다. 동서로는 1천여 킬로미터, 남북으로는 700여 킬로미터란다. 그 면적이 약 40만 제곱킬로미터이니 한반도의 2배에 이르는 규모다.

황토고원은 황토라고 부르는 고운 흙가루가 풍화·퇴적되어 만들어진 지형으로, 황토층의 두께가 높이 50미터에서 180미터에 달한다. 이 황토 무지들은 부드러운 지질 탓에 강우에 의한 침식과 하천에 의한 토사의 유실이 엄청나다고 한다. 이곳은 기후가 건조한 데다 200~700밀리미터의 연간 강수량 중 70퍼센트가 여름 3개월에 집중되어 비가 내리면 물이 흐르는 곳은 날카롭게 파이고, 한번 깎인 곳은 더욱 깊게 파인다. 그래서 황하 중류엔 거친 협곡이 많다.

황토고원에는 식물이 거의 없어 겨우내 얼어 있던 흙이 봄이 되어 녹으면 잘게 부서진 고운 모래먼지가 바람을 타고 대기 중에 떠다니다가 강력한 편서풍을 타고 우리나라를 거쳐 일본, 태평양, 북아메리카까지 이동하는 황사(黃砂) 바람이 된다. 황사는 근래에 일어난 것이 아니라 『삼국사기』『고려사』『조선왕조실록』에 '우토(雨土, 흙비)' '황사우(黃沙雨, 노란 모래비)' 등으로 언급되어 있다. 황토고원은 고비사막, 타클라마칸사막과 함께 봄철 우리나라에 불어오는 황사의 3대 주범 중 하나이다.

이 황토고원을 휘감고 도는 물줄기가 황하의 중류다. 황하는 이곳의 황토를 실어나르며 황톳빛을 띠는 것이다. 황하는 이 황토고원을 남에서 북으로 올라갔다가, 서에서 동으로, 다시 북에서 남으로 디근자로 돌아나와 위수와 만나면서 중원을 가로질러 황해로 들어간다. 그래서 황하는 티베트에서 발원하여 난주에 이르기까지를 상류, 난주부터 황토고원을 휘감아 돌아 위수와 만나는 곳까지를 중류, 거기에서 중원을 거쳐 황해로 흘러가는 물줄기를 하류라고 한다. 이백이 「장진주」 첫머리에서 호기 있게 읊은 것이 바로 황토고원을 돌아 나오는 황하의 장대한 모습이다.

그대는 보지 못했는가, 황하의 물이 천상에서 내려와 달리듯 흘러,
바다로 들어간 뒤에는 다시는 돌아가지 않는 것을
君不見, 黃河之水天上来, 奔流到海不復迴

그렇다고 황토고원이 완전히 버려진 땅만은 아니다. 건조지대를 벗어나 작물재배가 가능한 곳에서는 오히려 비옥한 토양으로 변하여 영하회족자치구의 은천(銀川), 섬서성의 성도인 서안, 산서성의 성도인 태원(太原) 등이 모두 황토고원지대 안에 있는 대도시들이다. 황토 봉우리는 연질이어서 석굴을 굴착하기 적격이라 석굴사원의 전통이 세워질 수 있는 토양이 되었다. 대동의 운강석굴, 그리고 지금 우리가 가고 있는 난주의 병령사석굴 모두가 황토고원의 산물인 것이다.

| 야오둥 모습 | 황토고원 지역의 동굴 주택인 야오둥은 풍토에 맞게 적응한 자연스러운 주거 방식으로, 석굴 사원 역시 이 야오둥의 전통에서 나왔다고 할 수 있다.

황토의 동굴 주택, 야오둥

그렇게 변화 없는 지루한 풍광을 보면서 우리는 시간을 아낄 겸 17명의 회원들이 돌아가면서 자기소개와 함께 이번 돈황 답사에 거는 기대를 이야기하는 시간을 갖기로 했다. 내 차례가 되어 버스 앞쪽으로 나가는데 바로 그때 멀리 산 아랫자락에 대문을 단 집들이 보였다. 황토고원 지대의 동굴 주택인 야오둥(窯洞, 요동)처럼 보였다. 가이드에게 물으니 야오둥이 맞다고 한다. 이에 나는 돈황을 오게 된 과정은 간단히 말하고 창밖에 보이는 야오둥에 대해 이야기했다.

"야오둥은 가마 요(窯)자를 써서 요동이니 굴집이라고 할 수 있습니다. 얼핏 생각하면 집도 없는 사람들이 땅굴을 파고 사는 것으로 생각할 수 있습니다만 야오둥은 황토고원 지대에 살고 있는 사람들이 이곳 풍토에 맞게 개발한 자연스러운 주거 양식으로 지금도 약 4천만 명(어떤 자료에는 1억 명)이 야오둥에 살고 있다고 합니다. 삽 하나만 있으면 능히 집 한 채를 완성할 수 있는 것이 야오둥입니다. 사실 병령사석굴, 돈황 막고굴 같은 석굴사원은 이 야오둥의 전통에서 나온 것입니다.

야오둥은 땅속에 있기 때문에 여름에는 시원하고 겨울에는 따뜻하답니다. 규모도 제각각이고 황토로 벽돌을 구워 치장하기도 했는데 낙양 교외에 있는 또 하나의 유명한 석굴인 공현(鞏縣)석굴 답사 때는 지하로 파고들어간 토굴집 위로 수레와 말이 다니는 야오둥 마을도 만났습니다.

그리고 서안 답사 때 북방청자의 고향인 요주요(耀州窯)를 가면서 들은 이야기입니다마는, 요주요에서 더 북쪽으로 가면 중국공산당이 대장정 끝에 자리잡은 연안(延安)이 나오는데 이 일대 또한 황토고원 지대인지라 야오둥이 많다고 합니다. 장개석 국민당 군대가 연안의 공산당 본거지에 공습을 가했을 때 모택동은 이 야오둥에 들어가 있어서 폭격을 면했다고 합니다."

내 이야기가 끝나고 몇 사람의 자기소개가 이어졌다. 그리고 건축가 민현식 차례가 되었을 때 그는 다른 이야기는 줄이고 내가 말한 야오둥이 현대건축사에 던진 화두에 대해 아주 정교하게 설명했다.

"야오둥이 현대건축사에서 주목받게 된 것은 1960년대였습니다. 당시는 모더니즘이라는 이름의 새로운 건축, 지금까지 있던 것을 쓸어내어 백지를 만든 다음 새로운 시대정신에 의한 새로운 건축을 짓는 이른바 '창조적 파괴'라는 생각이 지배했던 시절이었습니다. 그러던 1964년 11월에 뉴욕의 현대미술관인 모마(MoMA, Museum of Modern Art)에서 '건축가 없는 건축'이라는 신선한 전시회가 열리면서 엄청난 충격을 주었습니다. 모더니즘으로부터 탈출하려는 사람들에게는 돌파구를 찾는 복음과도 같았습니다.

이 전시회를 주도한 버나드 루도프스키(Burnard Rudofsky)는 「족보 없는 건축에 대한 짧은 소견」이라는 글에서 정통 건축사에서는 외면되어 언급되지 않았고 분류되지도 않았던 작가 미상의, 자생적이며 토착적인 건축세계를 내보임으로써 그때까지의 편협한 모더니즘적 건축 사고를 여지없이 파괴시켜버렸습니다. 여기에서 루도프스키가 대표적인 예 중의 하나로 제시한 것이 중국 황토고원지대에 있는 야오둥이었습니다."

내가 돈황으로 답사를 떠나게 되는 계기를 말하면서 건축가 민현식을 '나의 예술적 도반'이라고 소개했는데, 실제로 그와는 지난 30여 년간 국내 답사뿐 아니라 로마와 피렌체, 모로코의 페즈, 중국의 티베트와 양주, 소주의 정원 등 해외 답사도 수없이 함께했고, 그때마다 그의 사려 깊은 건축적 사고와 건축사에 대한 인문학적 지식이 나의 미학적 인식에 큰 도움과 영향을 주어왔다. 그런데 그는 절대로 나서는 성격이 아니어서 묻는 것에만 대답할 뿐 먼저 화두를 꺼내지 않는다. 야오둥도 내가 먼저 이야기했기 때문에 이어받은 것이었다. 그러나 그에겐 질문에 대해서는 친절히 가르쳐주는 교육자적 친절성이 있다. 이를테면 '묻는 만큼 대답한다'는 식이다. 그래서 버스 뒷자리에 앉아 있던 나는 그의 이야기를 더 듣고 싶어 큰 소리로 간단하지만 강력하게 질문을 던졌다.

"그래서요!"

민현식은 나의 질문이 담고 있는 함축적 의미를 알아차리고 이렇게 이야기를 이어갔다.

"이후 J. B. 잭슨(J. B. Jackson)은 토속적이고 민중적이며, 그 동네 장인들에 의해 그 동네 재료로 그 동네 기후와 자연에 맞게 지은 집을 '버내큘러(vernacular)'라는 개념으로 정리했습니다. 이는 건축을 건물이 아니라 '인간 전반'에 대한 총체적인 관계하에 생각게 하는 계기가 되었던 것입니다. 버내큘러의 중요한 특징은 시간적 변화가 보이지 않는다는 점이죠. 개성을 내세우는 모더니스트들의 건축적 개념 속에는 없던 또 다른 건축세계에 대한 인식을 그렇게 촉발시켰던 것입니다. 이런 개념은 이후 포스트모더니즘에 자리잡게 됩니다."

| **난주 가는 길의 황하** | 황하는 이곳 황토고원의 흙을 실어나르며 황톳빛을 띤다. 민둥산 자락을 헤집고 들어간 황토고원 속에서 잠시 모습을 드러내는 황하의 모습은 탄성을 자아내기 충분하다.

황하!

그러는 사이 5시간 만에 우리는 난주 가까이 왔다. 그러나 우리의 호텔은 난주 교외에 있단다. 시내를 통과하자면 러시아워에 막히고 해서 내일 병령사석굴 답사에 유리하게 교외로 잡았다는 것이다. 그래서 앞으로 1시간을 더 가야 한다고 한다. 우리의 버스가 난주 시내를 버리고 외곽으로 난 고속도로를 달리자 여전히 멀리 황량한 황토고원의 민둥산만 보이는 지루한 풍광이 계속된다. 그러다 북쪽으로 방향을 틀면서는 갑자기 민둥산 자락을 헤집고 황토고원 속으로 깊숙이 빨려들어가는 것이었다. 앞뒤 좌우가 모두 황토고원의 민둥산뿐이다. 얼마 안 가서 긴 다리를 건너는데 싯누런 강물이 황토무지 민둥산 틈새를 비집고 흘러간다.

"아, 황하다!"

나도 모르게 탄성이 새어나왔다. 저 황하의 물줄기가 조만간 황토고원을 헤집고 곧 사라질 기세여서 행여 우리 회원들이 이 황하의 명장면을 놓칠까봐 소리쳤다.

"황하를 지나갑니다. 차창 좌우를 보세요!"

그러자 5시간 넘게 차 안에서 시달리느라 엷은 졸음에 겨워하던 회원들이 부스스 고개를 들고 모두 창밖을 바라보는데 이미 황하가 꼬리를 감추고 황토고원으로 들어가버린 뒤였다. 모두들 아쉬워하는 표정을 짓자 가이드가 위로의 말을 던졌다.

"내일은 종일 황하를 실컷 보게 될 겁니다."

사실 나는 난주에 오는 내내 차창에 가까이 붙어 저 황하가 나타나기를 목이 빠지도록 기다려왔다. 황하가 난주 시내를 관통하고 있으니 반드시 나타날 것이기 때문이었다. 중국 답사 중 일부러 찾아가지

| **병령사 가는 길의 황하** | 중국 답사 중에 일부러 찾아가지 않고는 황하를 좀처럼 만나기 힘들다. 오직 황하의 상류에서만 이런 모습을 볼 수 있다.

않고는 황하를 좀처럼 만나기 힘들다. 장강은 중경·무한·남경 등 대도시를 관통하기 때문에 봉절(奉節)의 백제성, 무한(武漢)의 황학루, 진강(鎭江)의 부용루 등 아름다운 정자에서 산은 가물거리고 물은 넘칠 듯한 '잔산잉수(殘山剩水)'의 서정을 그곳을 대표하는 명시와 함께 즐길 수 있다. 하지만 황하는 물줄기가 거세고 강변은 거칠고 험한 데다 도시로부터 멀리 떨어져 있어서 역사의 향기가 살아 있는 답사의 현장이 없다.

내가 처음 황하를 본 것은 낙양에서 갑골문의 고향인 안양(安陽) 소둔촌(小屯村)으로 가면서 황하대교를 건널 때였다. 강폭은 7킬로미터이지만 이를 가로지르는 다리는 20킬로미터가 넘었다. 그때는 갈수기여서 웅장한 황하는 아니었지만 드넓은 갈대밭을 헤치면서 유유히 흘러가는 것이 그렇게 유장할 수 없었다. 내가 역사책에서 수없이 만나왔던 그 황하의 실물을 처음 만나는 순간 나도 모르게 눈물이 맺혔다. 연암 박지원이 열하에 가는 길에 요동벌판의 지평선을 보면서 "사나이로서 한번 목 놓아 울 만한 곳이다"라고 했던 그런 감정이었다.

그때 중국문명의 요람이라는 황하의 도도한 흐름을 보면서 이런 엄청난 땅덩이에서 치열하게 싸우면서도 심오하게 생각하고 정교하게 문화를 창조했던 이 욕심 사나운 민족의 역사를 회상했다. 그리고 이런 거대한 국토에 거대한 인구와 거대한 문명을 갖고 있는 중국에 비할 때 초라할 정도로 땅은 좁고, 인구도 적은 우리나라의 사정과 역사가 떠오르지 않을 수 없었다.

그러나 한편으로 생각하자니 우리는 그 좁은 영토에서 삶을 영위하면서도 중국 변방의 다른 소수민족과는 달리 끝끝내 중국에 정복당하지 않고 그들의 문명에 버금가는 문화를 창조하여 오늘날 누가 보아도 동아시아에서 당당한 문화적 지분을 갖고 있는 문명국가로 부상해 있음이 대견하고 자랑스러웠다. 그런 우리 역사의 저력, 그리고 후손들에게 스스로의 운명을 스스로 결정할 수 있는 독립된 민족국가로 넘겨준 조상들의 피어린 노력과 희생이 주마등처럼 스치면서 기어이 나로 하여금 눈물방울을 맺게 했던 것이다.

| **유가협 댐** | 이 댐은 1961년 완공되어 난주가 중국 서북지역 공업도시로 성장하는 모태 역할을 하고 있다. 병령사로 가기 위해서는 유가협 댐 선착장에서 배를 타야 한다.

유가협 댐의 황하석림

그리하여 천수에서 6시간 넘게 버스로 달려와서 저녁 8시 반이 되어서야 난주 교외의 식당에 도착했다. 그리고 저녁식사 후 호텔에 도착한 것은 밤 10시였다. 그런데 내일 출발은 아침 8시라는 것이었다. 여장을 풀 것도 없이 곯아떨어졌는데 이튿날 새벽 6시에 모닝콜이 울렸다. 우리는 7시에 아침식사를 하고 8시에 예정대로 다음 행선지인 병령사(炳靈寺)를 향해 출발했다. 참으로 고된 일정이었지만 이러지 않고서는 돈황·실크로드 일정을 다 소화할 수 없었다.

병령사로 가기 위해서는 우선 유가협(劉家峽) 댐 선착장으로 가서 배를 타야 한다. 난주 시내에서 서쪽 약 60킬로미터 지점에 위치한 이

댐은 황하 상류의 유가협이라는 협곡을 막은 인공 댐이다. 호남성의 장가계(張家界)라는 명소는 장씨가 주인이더니 황하 유가협의 오랜 주인은 유씨였던 모양이다. 유가협 댐은 1958년부터 추진되어 1961년에 완성된 것으로 댐의 높이가 148미터, 길이가 840미터이며 현재 총 5대의 발전기에서 122만 킬로와트의 전력을 생산하고 있다. 난주가 중국 서북지역 공업도시로 성장하는 모태 역할을 단단히 하고 있는 것이다.

이 거대한 인공호수의 수면 면적은 130제곱킬로미터로 우리나라 소양강 댐(70제곱킬로미터)의 약 2배에 달한다. 유가협 댐의 건설로 황하 상류 지역이 수몰되어 황하석림 지역까지 물이 차서 병령사 앞까지 이르게 된 것이다. 선착장에서 병령사까지는 54킬로미터, 쾌속정으로 50분 거리다.

구명조끼를 입고 배에 오르니 쾌속정은 요란한 엔진 소리와 함께 날쎄게 물살을 가르며 쏜살같이 달린다. 호수 저편으로 좁은 물목을 가로지른 구름다리를 돌아나가자 망망한 호수가 드넓게 펼쳐졌다. 가슴이 활짝 열리는 장쾌함이 있었다. 그런데 황하의 호수 물이 아주 맑고 푸른빛을 띠는 것이 하도 이상스러워 물어보니 황하의 물이 댐에 갇히면서 황토가 다 가라앉았기 때문이란다.

어느 곳을 가든 답사 중 배를 타는 코스가 있다는 것은 대단히 큰 매력이다. 지중해 에게해나 한려수도 같은 바다는 물론이고 스위스의 루체른 호수나 충주댐의 청풍호수, 작게는 백마강의 황포돛배를 타고 선상에서 즐기는 자연 풍광은 그 여로를 환상적인 힐링 코스로

| **청해성 황토물** | 청해성에서 흘러오는 싯누런 황토물이 유가협 인공호수 안으로 밀려들어오면서 푸른색과 누런색이 어우러진다. 이 황토물도 황토가 가라앉으면서 곧 말쑥해진다.

만든다.

더욱이 단순한 선상유람이 아니라 배를 타고 천하의 명소를 찾아 1시간 가까이 가는 것에는 떠나는 자의 여로가 갖는 낭만이 곁들여진다. 벌써 20년이 다 된 이야기다. 양구에 박수근미술관을 개관하고 명예관장을 맡으면서 서울에서 답사객을 모집하여 답사를 갈 때면 나는 소양강 댐에서 배를 타고 양구선착장으로 해서 다녀오곤 했다. 그런데 춘천에서 양구를 질러가는 길이 생기고 나서는 더 이상 소양호에 양구로 가는 배가 다니지 않게 되어 옛 추억으로만 남아 있다. 생각할수록 마냥 아쉽고 서운하기만 하다.

배가 망망한 호수를 가로지르며 멀리 낮게 보이는 산자락을 향해 계속 달려가는데, 갑자기 왼쪽으로 싯누런 황토물이 호수 안으로 밀려들어온다. 저 멀리 청해성에서 흘러오는 샛강의 황토물이 호수로 들어오는 것이라고 한다. 그러나 이 황토물도 잠시 후에는 황토가 가라앉으면서 맑아진다고 한다. 그 누런 황토물이 푸른 호수에 넓게 퍼져나가는 것이 신기하기만 하여 눈길을 빼앗긴 사이 우리의 쾌속정이 이번엔 오른쪽으로 방향을 틀었다. 갑자기 황하의 석림들이 엄습하듯 다가왔다. 낮은 선율로 이어지던 교향곡이 웅장한 타악기 소리와 함께 곡조를 전환하는 것만 같았다.

황토 봉우리들은 비바람에 깎이고 또 깎여 날카롭게 날을 세운 채 하늘을 향해 늘어서 있는데, 거칠게 패놓은 장작처럼 아무렇게나 생긴 뾰족한 봉우리에는 풀 한 포기 보이지 않고 황토가 쌓이면서 생긴 수평·수직의 바위 결이 주름살처럼 그대로 노출되어 있다. 이것이 황하석림이다. 우리의 배는 점점 황하석림에 가까이 다가가더니 이윽고 그 무리지어 있는 황하석림 사이로 파고들며 요리조리 헤쳐나간다. 신기롭고도 환상적이었다. 이 대자연이 빚어낸 오묘한 풍광에 넋을 잃지 않을 수 없었다.

황하석림 자체로 말하자면 난주 북쪽 150킬로미터 떨어진 곳에 있는 '경태(景泰)석림'이 더 장하고 유명하다. 성룡과 김희선 주연의 영화 「신화」(2005) 촬영지기도 했던 이곳을 다녀온 사람들은 양가죽으로 만든 뗏목을 타고 황하를 건너 석림 사이를 거니는 대자연의 신비를 탄미하고 있다. 그러나 나는 경태석림보다도 오히려 '병령석림'이라고 불리는 이 유가협 댐의 황하석림이 더 아름답게 다가온다. 그것

| 병령사 앞 호수 | 댐을 만들면서 생긴 인공호수 때문에 황하석림 지역까지 물이 차서 병령사 앞까지 이르렀다. 선착장에서 병령사까지는 쾌속정으로 50분이 소요된다.

은 대자연의 위용 자체보다도 그 대자연과 함께 살아온 인간의 체취와 병령사라는 아름다운 석굴사원의 불교예술이 있기 때문이다.

우리의 쾌속정이 황하석림 사이를 다 빠져나오자 멀리 오른쪽 절벽에 '병령사'라는 글씨와 함께 무수한 석굴과 잔도가 보였다.

"아! 병령사석굴이 이런 곳에 있었구나!"

병령석림 주위의 준봉들은 하늘을 향해 마치 침묵의 도열이라도 하는 양 조용하고 조신한 느낌이 있었다. 풍수가들은 이런 형상을 만홀조천(萬笏朝天)의 명당이라고 한다. 즉 온 산이 마치 신하들이 홀(笏)

| 병령사석굴 전경 | 쾌속정이 황하석림 사이를 빠져나오면 멀리 오른쪽 절벽에 '병령사'라는 글씨와 함께 석굴이 모습을 드러낸다. 병령석림 주위의 준봉들은 하늘을 향해 조회하는 듯 서 있다.

을 들고 하늘을 향해 조회하는 모습 같다는 것이다. 병령사석굴에는 그런 풍수상의 명당 기운이 있었다.

병령사석굴의 현황

병령사석굴은 4세기 말에서 5세기 초 오호십육국시대에 이 지역을 지배했던 서진(西秦)시대부터 굴착되기 시작했다. 서진은 선비족의 걸복(乞伏)씨가 세운 나라로 시조부터 4대에 그친 짧은 왕조였지만 모두 신심 깊은 불교도여서 수행과 경전 번역을 적극 후원했다. 맥적산석굴이 비슷한 시기 후진의 산물인 것과 비견된다. 이후 병령사석굴은 북위·서위·북주·수·당·송·원·명·청에 걸쳐 1,500년간 계속 조성되었다. 한때 이 지역을 지배한 탕구트족의 서하와 티베트족의 토번국이 굴착한 석굴과 불상도 있다. 현재까지 알려진 석굴의 수는 총 216개이고 조각상이 815구이다. 대부분이 마애석상이고 소조상도 82구가 남아 있다. 이외에 불화가 약 900제곱미터 남아 있고, 부조로 새겨놓은 작은 불탑도 56개가 있다.

그중 병령사석굴의 문화유산적 가치를 드높여주고 있는 것은 바위에 새기거나 먹으로 쓴 제기(題記)가 62개나 남아 있는 것이다. 그중에는 서하 문자, 티베트 문자로 된 제기도 있다. 이 문자 기록들은 불상의 제작 연대와 동기를 말해주고 있기 때문에 문화사적 가치가 이루 말할 수 없이 크다. 특히 제169굴에는 서진시대인 420년이라는 절대연대를 가리키는 제기가 있는데, 이는 중국 석굴 중 가장 이른 시기의 기록이다.

병령사라는 이름은 명나라 때 와서 지어진 것이다. 애초에는 이곳에 살던 유목민족인 강(羌)족의 말로 '도깨비굴'을 뜻하는 당술굴(唐述窟)이라 불리다가 당나라 때는 용흥사(龍興寺), 송나라 때는 영암사(靈巖寺)로 불리었다. 그러다 명나라 때 티베트어로 천불동을 뜻하는 '십만불주(十萬佛洲)'를 음역하여 병령사라고 한 것이다.

명나라 시대에 굳이 티베트어를 음역하여 천불동을 병령사라고 이름지은 것을 의아하게 생각하기 쉽지만 명나라 불교는 티베트불교의 영향이 강했기 때문이다. 그래서 병령사석굴에서 출토된 명나라 시대 금동불상들은 거의 다 티베트불교의 도상을 띠고 있다.

병령사석굴로 가는 길

현대에 들어와 병령사석굴에 대한 조사는 맥적산석굴과 비슷한 시기인 1952년에 이루어졌고 유가협 댐 건설로 주변의 수위가 높아지면서 병령사석굴로 가는 새 길을 닦아 1970년부터 일반에 개방했다. 선착장에 내려 계단을 올라 병령사석굴을 향해 천천히 발을 옮기니 길은 말끔하게 닦여 있다. 버드나무 가로수 아래로 한국이라면 잔디를 심었을 만한 곳에 토끼풀이 낮게 자라고 있고 그 사이사이로 원추리가 피어 있어 낯설지 않았다. 얼마 가지 않아 '천하제일교(天下第一橋)'라 새겨져 있는 까만 빗돌이 있어 뒷면을 읽어보니 이런 내용이다.

병령사 석교. 이 석각은 본래 병령사가 황하와 마주한 노반탄(魯班灘) 한쪽에 있던 것인데 1968년에 유가협 댐의 물이 차면서 수몰되어 원래 다리가 있던 이곳 병령사 수렴동(水簾洞) 자리에 옮겨놓은 것이다. 이 다리는 서진시대에 가설한 것인데 서하시대에 파손되었다.

유가협 댐이 생기기 전엔 병령사 앞으로 냇물이 흐르고 '천하제일교'가 놓여 있었다는 것이다. '천하제일교' 빗돌 바로 앞쪽에는 '병령사'라는 현판이 걸려 있는 작은 건물이 우리로 치면 일주문처럼 서 있다. 안으로 들어서자 오른쪽으로는 메마른 강바닥 너머로 자매봉이라는 이름을 갖고 있는 한 쌍의 석림이 우뚝하고 그 옆으로는 훤칠한 석

| **천하제일교** | 천하제일교는 유가협 댐이 생기기 전에 병령사 앞에 흐르던 노반탄 한쪽에 세워졌던 다리다. 댐을 만들면서 병령사 옆 수렴동 자리로 옮겨졌다.

림들이 서로 키를 재듯 늘어서 있다. 병령사석굴로 가는 길은 왼쪽 벼랑에 바짝 붙어 돌난간을 두고 지그재그로 꺾이며 뻗어 있는데 그 길의 곡선이 너무도 편해 보였다. 나는 같이 걷고 있던 민현식에게 그 아름다움에 동의를 구했다.

"별것 아닌 것 같지만 길이 이처럼 계속 꺾여 있는 것이 정말 좋네요."
"물길을 따라 길을 냈기 때문에 곡선이 자연스러워진 거죠."

바로 그것이었다. 자연이 만든 길은 설계된 인공의 길과 다르다. 우

| **병령사석굴 가는 길** | 병령사석굴로 가는 길은 왼쪽 벼랑에 바짝 붙어 돌난간을 두고 지그재그로 꺾이며 뻗어 있는데, 물길을 따라 길을 낸 덕분에 곡선이 아주 자연스럽고 편하게 다가왔다.

리 서울의 인사동 길도 흘러가던 물길을 복개한 것이기 때문에 자연스럽게 휘어지면서 사람의 마음을 정겹고 편하게 하는 것이다.

병령사석굴 앞으로 흐르는 샛강의 이름은 대사구(大寺溝)이다. 대사구의 메마른 강바닥엔 갯버들이 드문드문 늘어서서 강한 생명력을 자랑하고 있고 맞은편으로는 여전히 만홀조천의 석림이 계속된다. 만홀조천의 황하석림 안쪽 강가에 자리하고 있는 병령사석굴은 지리적으로도 종교적으로도 문화유산 답사처로도 명당 중의 명당이었다. 그렇게 조금 가다가 한 모롱이를 돌아서자 드디어 멀리 대불좌상이 실루엣으로 나타나고 석벽에 석굴이 하나씩 드러나기 시작했다. 아, 다 왔구나 하는 반가움과 안도감이 일어났다.

순간 나는 이 길이 바로 실크로드라는 것을 새삼 떠올렸다. 그 옛날 법현 스님은 이 길로 서역으로 떠났고, 혜초 스님은 이 길을 통해 장안으로 들어왔고, 현장 스님은 갈 때도 올 때도 이 길을 지나갔다. 낙타를 몰고 서역을 오가던 호상들도 반드시 거쳐가야 했던 바로 그 길이다. 그분들이 이 길을 가다가 병령사석굴을 만났을 때 그 마음의 위로됨이 어떠했을까, 그분들에게 실크로드 길가의 석굴은 사막에서 만나는 극락이나 다름없었을 것이다.

당나라 석굴의 다양성

병령사석굴은 소적석산(小積石山)이라 불리는 육중한 황토산의 동쪽 절벽에 조성되었다. 석굴이 절벽 잔도를 따라 배치된 것이 아니라 길가에 배치되어 있어 맥적산석굴과 분위기가 전혀 달랐다. 절벽 아래의 길을 따라 병령사석굴을 상징하는 당나라 시대 대불좌상을 중심으로 작은 석굴과 마애불상들이 늘어서 있었다. 그야말로 야외 불상 조각 전시장 같았다.

맥적산에서 평생 만난 불상보다도 더 많은 불상을 보았기 때문에 이제 웬만해서는 놀랍지도 감동스럽지도 않을 것 같은 기분이었지만 제일 먼저 우리 앞에 나타난 제3굴부터 우리의 예상을 완전히 벗어났다. 제3굴 안에는 불상이 아니라 단아한 석탑이 모셔져 있었다.

본래 인도에서 시작된 석굴사원에는 예불당인 차이티야(Caitya, 支提)와 승방인 비하라(Vihara, 毘訶羅)가 있는데, 전기에는 주로 탑을 봉안하고 후기에는 불상을 봉안했다. 인도의 아잔타석굴에는 이처럼 탑을 봉안한 석굴이 아주 많다. 이에 반해 중국의 석굴에 탑을 봉안한 것은 아주 드물다. 그런데 여기서는 다만 석굴의 다양성을 보여주기 위해 예외적으로 석탑을 모신 것으로 보인다. 본래 양적인 팽창은 자연히 질적인 다양성을 동반하기 마련이다.

제3굴 바로 옆에 있는 제4굴은 전형적인 당나라 시대 석굴로, 중앙의 석가여래상을 중심으로 불제자의 상징인 아난과 가섭이 좌우로 시립해 있다. 당나라

| 제3굴 석탑 | 굴 안에 탑을 봉안하는 것은 전기 석굴사원의 특징이지만, 제3굴은 후기 석굴사원이면서도 석탑이 봉안되어 있어 병령사석굴의 다양성을 보여주고 있다.

불상 치고는 신체가 가는 편인 데 비해 제4굴의 불상은 사실성에 충실하고 채색이 변질되어 원래의 이미지에 많은 손상이 갔지만 그 옛날 석굴 전체에서 풍겼을 화려함을 능히 상상할 수 있다.

길을 따라가던 우리 앞에 갑자기 30~40센티미터에 불과한 작고 사랑스러운 당나라 시대 마애불들이 암벽 아래위로 무리지어 나타났다. 맥적산석굴은 반이 북위시대 불상이었던 것에 반하여 병령사석굴은 반 이상이 당나라 시대 불상이다.

삼굴(三屈)의 자세

병령사석굴의 당나라 시대 마애불들은 아주 높은 부조로 돋을새김을 하여 벽에서 튀어나올 듯한 사실감과 생동감이 있다. 보살상들의 자태는 한결같이 목과 허리에서 굴곡을 주어 S자로 몸을 비틀고 맵시를 뽐내고 있다. 누가 보아도 이게 과연 불상인가 싶을 정도로 대단히 육감적이다.

보살상의 이런 자세는 얼굴, 상반신, 하반신이 따로 굽어 있다고 해서 삼굴(三屈)의 자세라고 한다. 삼굴의 자세는 인도에서 토속신의 표현에 먼저 나타난 것으로 트리방가(tribhaṅga)라고 부른다. 트리방가는 인도의 『베다』 경전에서 대지와 풍요의 여신으로 나오는 야크시(Yakshi, 藥叉)가 나뭇가지를 잡고 있는 모습을 표현할 때 많이 나오던 자세이다. 굽타시대에 보살상을 경직된 자세가 아니라 유연한 자태로 나타내는 데 응용되었고, 급기야 당나라 시대 불상에 와서는 이처럼 육감적인 삼굴의 자세로 나타났다. 이 삼굴의 자세는 우리나라에서도 삼국시대 말기부터 나타나기 시작해 통일신라 때 크게 유행하여 경주 굴불사 사면석불에서 석굴암의 문수·보현 보살상, 그리고 안압지 출토 금동판삼존불좌상에 이르기까지 통일신라시대 보살상의 전형적인 포즈가 되었다.

인간의 모습을 빌려 신을 나타낸 신상이 처음에는 정면정관의 근엄한 자세로 나타나다 인간처럼 유연한 모습으로 발전하는 것은 동서양이 같다. 그리스 조각에서는 아케익(archaic)시대에는 거의 차렷 자세

| 삼굴의 자세 | 당나라 시대 불상에는 얼굴, 상반신, 하반신이 따로 굽어 있는 '삼굴의 자세'가 육감적으로 드러난다. 이 자세는 한반도에 와서 통일신라시대 보살상의 전형적 포즈가 되었다.

를 하고 있다가 고전주의 시대로 오면 신상의 자세가 몸무게를 한쪽 다리에 싣고 다른 쪽 다리는 무릎을 약간 구부리고 있는 자연스러운 자세로 바뀌게 된다. 이를 콘트라포스토(contrapposto)라고 하고 불어로는 앙슈망(hanchement)이라고 한다. 신을 이상적인 인간상의 모습으로 나타내고자 하는 예술의지가 트리방가와 콘트라포스토 형식을 낳았던 것이다.

삼굴의 자세는 이처럼 불상의 자연스러운 자세를 나타내고, 균형

| 제125굴 이불병좌상 | 북위시대에 조성된 제125굴의 이불병좌상은 석가모니를 맞이하는 다보불의 모습을 형상화한 것으로 당나라 시대의 육감적인 보살상과 대비되는 숙연한 분위기를 풍긴다.

잡힌 신체 비례를 보여주는 형식이었는데, 당나라의 감각적인 문화가 급기야 제41굴에 와서는 교태롭다는 표현이 과하지 않을 정도로 나타난 것이다. 거기에다 유두(乳頭)까지 명확히 표현되었다. 유두의 표현은 대불좌상에서도 보이듯 당나라 불상의 한 형식이었다. 우리나라 석굴암의 본존불에도 유두가 표현되어 있지만 이를 과하다고 말하는 사람은 없다. 그러니까 이는 형식 자체의 문제가 아니라 감성의 과소비가 일어나는 말기 현상의 반영일 뿐이다. 절제의 부족이 낳은 결과

이다.

오히려 삼굴의 자세가 감각적으로 흐르지 않고 인체의 유연한 모습을 나타내는 데 그쳤을 때는 북위시대 불상에서는 볼 수 없는 신성과 인간성의 만남이라는 경지로 고양된다. 그 대표적인 예가 우리의 석굴암에 있는 문수와 보현 보살의 모습이고, 앞으로 우리는 돈황 막고굴의 제45굴에 있는 보살상에서 이를 만나게 된다.

대불좌상

제41굴의 당나라 시대 육감적인 보살상 곁에는 기묘하게도 숙연한 분위기의 북위시대 제125굴 '이불병좌상(二佛並坐象)'이 있다. 석가모니가 영취산에서 설법할 때 다보불이 '선하도다, 선하도다' 하며 찬미하고 맞이했다는 『법화경』의 내용을 형상화한 것이다. 도상의 내용도 그렇지만 두 부처를 표현한 형식에도 긴장감이 살아 있어 앞서 본 당나라 불상과 좋은 대비가 된다.

이러한 불감과 마애불의 행렬이 어느 정도 이어지다 끝나면 높이 27미터의 대불좌상 발아래 이르게 된다. 아래서 우러러보니 부처님의 모습이 더욱 당당해 보인다. 당나라 때 조성된 이 대불은 병령사석굴의 상징적인 불상으로, 멀리서는 이정표 역할을 한다.

이 대불좌상은 지난 세월 풍우에 많이 손상되어 보기 흉할 정도로 박락이 심했었다. 근래에 몇 해를 두고 보수해서 다시 이와 같이 말쑥한 모습이 된 것이다. 하지만 그 바람에 불상의 이미지는 예전에 가지고 있던, 박락되었을지언정 거룩해 보이던 조각으로서의 매력을 잃었

| 병령사석굴 대불좌상 | 당나라 때 조성된 이 대불좌상은 병령사석굴의 상징이다. 보수공사로 인해 생경해 보이지만 세월을 두고 비바람에 닦이고 깎이면 점점 중후한 모습으로 되살아날 수도 있다.

다. 마치 사람의 손이 아니라 기계로 다듬은 듯 도식적이고, 생동감이 전혀 없다. 여기에서 중국이든 우리나라든 문화재 보수의 어려움을 보게 된다. 당장 자연스럽게 보이도록 강력한 모래바람을 쏘아 다듬을 수도 있지만 그렇게 하면 나중엔 천연두를 앓은 흉터같은 것이 남는다.

오히려 세월이 이 복원된 불상을 자연스럽게 마무리해줄지도 모른다. 항시 논란이 되는 익산 미륵사 동탑이 복원된 지 30년 지나면서

처음 복원되었을 때의 생경한 모습을 면하고 있듯이, 이 대불좌상도 세월을 두고 비바람에 닦이고 깎이면 반반하게 처리된 얼굴과 신체가 점점 자연스러워지리라고 위로해본다.

│ 제169굴 외부 │ 제169굴은 병령사석굴의 하이라이트이다. 특굴로 지정되어 사람마다 별도의 입장료를 내고 신청해야 볼 수 있다.

제169굴의 서진시대 불상들

대불좌상 위에 있는 제169굴은 특굴로 지정되어 사람마다 별도의 입장료(300위안)를 내고 따로 신청해야 볼 수 있다. 우리 돈으로 1인당 5만 원이니 아주 비싼 편이다. 제169굴은 대불좌상 머리 위쪽에 있다. 수면에서 40미터 위의 절벽에 위치하고 있어 가파른 나무 사다리를 7번 갈아타고 올라가야 한다. 힘들기도 하고 관람료도 비싸기 때문에 병령사석굴 탐방객의 10퍼센트 정도만 다녀간다고 한다. 회원들이 안내원에게 특별히 볼 만한 게 무어냐고 물으니 '서진 건홍 원년(西秦建弘元年)', 즉 420년에 조성했다는 글씨가 있어 주로 미술사 전공자들이 다녀간다고 했다. 이에 일행의 반은 이미 석굴을 넘칠 정도로 많이 봤다며 그늘 아래에서 쉬면서 우리가 구경하는 것을 구경하겠다고 떠났다.

| 제169굴 입구 | 제169굴은 자연석굴로 바닥, 벽, 천장이 모두 불규칙하다. 그러나 자연석굴이 갖고 있는 다양성이 곳곳에 구현되어 있다.

　가파른 나무 사다리와 잔도를 계속 갈아타고 마침내 제169굴에 올라갔다. 자연석굴로 바닥, 벽, 천장이 모두 불규칙한 자연 형태였다. 동굴 안은 아주 넓고 높았다. 대략 높이가 15미터, 폭이 27미터, 깊이가 19미터이다. 동쪽으로 난 입구를 제외한 3면 곳곳에 불상과 벽화가 남아 있다. 맞은편 서쪽 벽 위로는 키 큰 입상을 중심으로 하여 좌우로 작은 좌상들이 늘어서 있고, 남쪽 벽에는 붉은 채색이 살아 있는 오체불이 있어 올라가볼 수 있는 사다리가 놓여 있다. 북쪽 벽에는 감실 안

에 고이 모셔진 삼존불상과 넓은 광배에 두 다리를 벌리고 당당히 서 있는 마애입상이 엷은 채색 광배와 함께 또렷이 눈에 들어왔다. 여지껏 보아온 석굴들과는 차원이 달랐다. 여기에 올라오지 않은 회원들에게 미안할 정도였다. 안내원이 제대로 설명했다면 입장료가 배라도 모두 빠짐없이 신청했을 것이다.

얼핏 보아도 불상의 얼굴과 자세가 제각각이었다. 확실히 그동안 많이 보아서 눈에 익숙한 북위시대 불상이나 당나라 시대 불상과는 전혀 다른 분위기였다. 원래는 불상과 감실, 그리고 벽화로 빈틈없이 장식되어 있었는데 천년의 세월을 거치면서 현재 불상 68구, 벽화 약 150제곱미터가 남아 있다고 한다. 불상과 감실 앞에는 일련번호가 부여되어 24호까지 굵은 고딕체로 쓰여 있었고 관람 데크를 설치하여 불상들을 두루 살펴볼 수 있었다. 나는 먼저 420년에 제작했다는 그 유명한 불상부터 보기 위해 북쪽 벽 모서리에 있는 제6호감으로 다가갔다.

제6호감의 불상은 무량수불, 즉 아미타불을 모신 삼존상이었다. 삼존불은 3판 꽃잎 모양의 광배로 품위 있게 감싸여 있는데 중국에서는 이런 구조를 배병감(背屛龕)이라고 한다. 등 뒤쪽을 병풍처럼 두른 감실이라는 뜻이다. 이 배병감은 대개 나무로 골조를 세우고 진흙을 바른 소조로 되어 있다. 가부좌를 하고 두 손을 앞으로 모은 선정인(禪定印)의 자세를 하고 있는데 신체가 과장되지 않은 인체 비례를 하고 있고 얼굴은 엄숙히 정면을 바라보고 있다.

이 불상을 보는 순간 눈에 띄는 것은 얼굴 인상의 독특함이다. 서역

| 제169굴 제6호감 불상 | 제6호감의 불상은 아미타불을 모신 삼존상이다. 이 불상의 독특한 얼굴 인상은 서역 불상과도, 북위 불상과도 다르면서 또 비슷하다. 어쩌면 서진을 세운 선비족의 얼굴이 이렇게 반영된 것인지도 모른다는 생각이 들었다.

불상과도 다르고 북위 불상과도 다르다. 그런가 하면 서역 불상을 닮은 데도 있고 북위 불상과 비슷하기도 했다. 두 불상 양식의 어느 접점

을 가리키는 과도기 불상인 것 같았다. 어쩌면 서진을 세운 선비족의 얼굴이 반영된 것인지도 모른다는 생각이 들었다.

불상은 '서방삼성(西方三聖)' '시방불(十方佛)' '아육왕 인연담' 등 서역에서 유행하던 도상들이고, 벽화도 『무량수경』『법화경』『유마경』의 내용을 그린 것으로 차원이 높다. 『고승전』에는 "걸복씨가 이 지역을 차지할 당시 서쪽으로는 양주(무위) 지역에 접해 있었다. 외국선사 담마비(曇摩蜱)가 이곳에 와서 무리를 이끌고 선을 가르쳤다"라는 기록이 전하고 있는데, 제6호감의 묵서에 담마비 스님의 이름이 쓰여 있다. 담마비는 맥적산석굴에서 100명의 선사와 수도했다는 현고 스님의 스승이고 쿠마라지바와 함께 불경 번역에 심혈을 기울였던 서역 승이었다. 서역의 불상이 서역승에 의해 전해지면서 불상 또한 서역인의 인상이었던 것이 이렇게 서진 사람의 인상으로 변해가고 있었던 것이다.

그리고 좌우로 무량수불 옆에 시립한 보살상들의 헤어스타일 또한 완연히 서역식이다. 화려한 보관을 쓴 것이 아니라 장발을 땋아서 어깨 아래까지 내린 것은 그리스 신상의 영향을 받은 간다라 풍이다. 이런 양식의 불상은 서진시대 중에서도 초기, 아마도 4세기 말에 조성되었을 것으로 추정되고 있다. 특히 제17호감의 보살상은 이런 헤어스타일에 서역인 얼굴을 하고 있어 미술사에서 유명하다.

| 제169굴 제7호감 | 불상에 밀착된 얇은 사라가 물결 모양으로 흘러내리는 것이 전형적인 간다라 스타일이다. 이는 고대 그리스의 '물에 젖은 옷주름' 양식이 알렉산더 대왕의 동방진출 이후 간다라 불상에 전해진 것으로, 5세기 인도 굽타시대 불상에서 유행했다. 그것이 이곳 병령사석굴에 나타났다.

물에 젖은 옷주름

불교미술 연구자들이 제169굴에 오면 제6호감 다음으로 반드시 찾아 보는 것이 제7호감이다. 제7호감의 불상은 얇은 사라가 몸에 밀착되어 물결 모양으로 흘러내리는 것이 아주 인상적이다. 전형적인 간다라 스타일로, 그리스 조각에 뿌리를 둔 것이다. 그리스의 신상 조각에서 옷주름의 표현은 아케익 시대의 옷을 입은 처녀상인 코레(Kore)상에 처음 나타나는데 기원전 5세기 고전주의 시대로 들어가면 파르테논 신전 조각

| 아케익시대 니케상 | 그리스 조각상에 나타난 전형적인 '물에 젖은 옷주름'의 표현이다.

에서 페이디아스(Pheidias)가 옷자락을 몸에 밀착시켜 신체의 굴곡을 따라 나타나는 양식으로 완성시켰다. 이를 '물에 젖은 옷주름'(wet drapery)이라고 한다.

이 '물에 젖은 옷주름'은 알렉산더 대왕의 동방진출 이후 간다라 불상에 그대로 전해졌다. 5세기 인도의 굽타시대 불상에서 '사라'라는 얇은 겉옷을 몸에 밀착된 것처럼 표현하면서 트리방가와 함께 당대에 크게 유행했다.

'물에 젖은 옷주름'에는 두 가지 스타일이 있다. 하나는 U자형으로 발목까지 길게 물결무늬를 그리며 내려오는 것이고, 또 하나는 가슴에서 U자를 그리며 내려오다가 양다리에서 두 갈래로 갈라져 내려오는 것이다. 불교미술사가인 알렉산더 소퍼(Alexander Soper)는 전자를 아소카(Aśoka, 아육왕) 스타일, 후자를 우다야나(Udayana, 우전왕) 스타일이라고 불렀다. 이것이 서진시대에 그대로 전해진 것이다.

중국에는 이 '물에 젖은 옷주름'을 '출수(出水)의 의문(衣紋)', 즉 '물에서 나온 옷주름'이라고 했다. 송나라 때 곽약허(郭若虛)는 『도화견문지(圖畵見聞志)』에서, 남북조시대의 불화 대가 조중달(曹仲達)은 물에 들어갔다가 나온듯 몸에 밀착된 옷자락을 그렸고, 당나라 오도자(吳道子)는 옷자락이 바람에 휘날리는 듯 그렸다며 이를 각각 조의출수(曹衣出水), 오대당풍(吳帶當風)이라고 했다. 이후 당나라 시대에 크게 유행했고 통일신라에도 전해져 8세기 초의 감산사 석불입상에서 완벽하게 구현되었고 8세기 중엽에 이르러서는 석굴암의 문수와 보현, 제석천과 범천에 아름답게 나타났다.

제7감의 불상을 보고 있자니 불상 자체의 이국적인 아름다움도 아름다움이려니와 그 '물에서 나온 옷주름'을 보면서 내 머릿속은 멀리 서쪽으로 간다라와 그리스까지 거슬러올라가고 다시 동쪽으로 고국을 향해 통일신라 감산사와 석굴암까지 생각을 뻗으니 과연 병령사석굴은 실크로드의 길목에 있다는 생각을 다시금 해보게 된다.

제169굴은 사진촬영이 금지되어 있었다. 아쉬운 마음에 불상 하나하나의 모습과 표정을 머릿속에 간직하기 위해 제7감에서 제법 긴 시간을 보냈다. 그러다 문득 아래에서 기다리고 있는 회원들에게 미안한 마음이 들어 서둘러 내려갔다.

불교의 조형미술이 지닌 힘

제169굴을 내려와 다리 건너 나무 그늘 아래에서 우리를 기다리고 있는 일행들과 합류하니 모두들 나를 보며 어떻더냐고 묻는다. 이에 나는 그들이 덜 억울해하라고 시치미를 떼고 이렇게 대답했다.

"별거 없었어요. 여태 본 불상 그대로지. 많이 본다고 불상이 달라지나."
"근데 왜 그렇게 오래 있었어요?"
"어… 글씨 읽어보느라고요. 제169굴은 제기가 중요하다고 했잖아요."

내가 회원들과 이야기를 나누는 동안 원욱 스님은 제169굴 아래 있는 대불을 향해 합장을 하고 절을 올리고 또 올렸다. 나는 미술사의 대상으로서 옛 불상들의 물에 젖은 옷주름이나 삼굴의 자세나 따지고 다녔지만 스님의 입장에서는 옷이 얇든 자세가 비뚤든, 옛날이건 오늘이건 중국이건 한국이건 부처님은 언제나 지존으로서 부처님이었던 것이다.

그때 마침 티베트불교 승려 세분이 다리를 건너 이쪽으로 건너오는 것이 보였다. 평소 도심 속에서 티베트불교 승려를 만났을 때는 그 붉

| **병령사석굴에서 사진을 찍는 티베트불교 승려들** | 병령사석굴 답사를 마치고 다리를 건너왔을 때 티베트불교 승려 셋이 대불을 향하여 사진을 찍고 있었다. 붉고 노란 법의가 석굴의 황토빛에 강한 악센트를 주고 있었다.

고 노란 법의가 어딘지 무거워 보였는데 이곳 황하석림의 누런빛 속을 거니는 모습을 보니 그렇게 밝고 잘 어울릴 수가 없었다. 그들은 답사가 아니라 성지순례로 이곳에 온 것이 분명했다. 우리는 승려들과 인사를 나누고 기념사진도 찍으며 어울렸다.

내가 원욱 스님에게 염불이라도 올리라고 했더니 기다렸다는 듯이 청아한 목소리로 『반야심경』을 독송했다. 그러자 곁에 있던 티베트불교 승려들도 자세를 고치고 염불을 따라했다. 병령사석굴의 대불

| **병령사석굴 와불상** | 이 와불상은 유가협 댐을 건설하면서 제146굴에 있는 불상을 보호하기 위해 1967년에 옮겨온 것이다. 명나라 때 덧칠을 모두 제거하고 북위시대의 모습으로 완전히 복원함으로써 희대의 명작으로 다시 태어났다.

좌상이 티베트인과 한국인을 하나로 만들고 있었다. 그게 불교였다.

"아제 아제 바라 아제 바라승 아제(가세 가세 저 피안의 세계로 가세)."

병령사석굴 답사는 이렇게 끝났다. 그러나 병령사석굴 답사는 여기가 끝이 아니었다. 점심식사가 준비된 선착장의 선상 식당을 향해 개울을 건너 발길을 옮긴 지 얼마 안 되어 아름다운 '와불상'을 모셔놓은 보호각이 우리를 맞이했다. 이 와불상은 유가협 댐을 건설하면서 제146굴에 있는 불상을 보호하기 위해 1967년에 옮겨온 것으로 보존처리를 하고 나서 2002년부터 보호각에 모셔 공개하고 있다.

이 와불은 보존처리를 하면서 명나라 때 덧칠하여 보수한 것을 모

두 제거하고 북위시대의 모습으로 완전히 복원함으로써 희대의 명작으로 다시 태어났다. 석가모니가 열반할 때의 그 편안한 모습을 형상화한 이 와불상은 내가 이제까지 보아온 열반상 중 가장 아름답게 표현된 명작 중의 명작이었다. 하서주랑의 주천 대불사에 세계에서 가장 큰 와불이 있다고 자랑하지만 열반의 순간을 이처럼 거룩하게 보여주는 것은 아니다. 왼손으로 머리를 받치고 고요히 눈을 감고 있는 이 모습이야말로 불교에서 말하는 열반의 경지다.

열반(涅槃)은 흔히 죽음을 의미하는 것으로 사용되지만 이는 산스크리트어의 니르바나(nirvana)를 음역한 것으로, 뜻은 대개 적멸(寂滅)이라고 번역한다. 적멸은 소멸과 다르다. 사라진다는 점에서는 같지만 수동태가 아니라 생사윤회의 사슬을 끊는다는 능동성을 함축하고 있다. 소멸하여 없어져버리는 것이 아니라 소멸시키고 남아 있는 것이다. 그래서 열반을 '존재하기를 그만둔 존재'라고 번역하기도 한다.

열반의 경지! 인도에서 일어난 불교가 중국으로 건너와 1천 년간 동아시아의 고대사회를 이끈 신앙으로 자리잡을 수 있었던 큰 요소는 '오는 사람 막지 않고 가는 사람 잡지 않는다'는 불교의 개방적인 신앙 형태에도 있지만, 무엇보다도 죽음에 대한 친절한 안내에 있었다. 전란이 계속되며 날마다 죽음과 맞닥뜨린 오호십육국시대에 기존의 유교는 민중에게 아무런 위안이 되지 못했다. 이런 상황에서 불교는 중국에 안착할 수 있었다.

에릭 쥐르허의 명저 『불교의 중국 정복』(최연식 옮김, 씨아이알 2010)에서 강조했듯이 돈황의 축법호(竺法護), 쿠차의 쿠마라지바, 병령사의 담마비 같은 서역승들이 일찍이 산스크리트어로 된 불경을 한역(漢譯)함으로써 중국의 유학자들이 이를 읽고 인식론 차원에서 논쟁하며 교감할 수 있었던 덕이기도 하다.

이에 못지않게 중요한 것은 그 신앙을 나타낸 형식으로서 미술의 힘이다. 유교는 병령사석굴이나 맥적산석굴 같은 제불(諸佛)의 축제가 이루어지는 한마당을 베풀지 않았다. 이에 비해 불교는 미술을 통해 누구에게나 알기 쉽게 부처님의 세계를 알려주었다. 대중은 미술을 통해 부처님의 가르침을 쉽게 이해하고 그에 의지할 수 있었던 것이다. 미술은 어느 민족에게나 통할 수 있는 국제적인 언어다. 그것은 확실히 조형예술의 힘이다.

아! 위대할손 불교여, 그것을 표현한 미술이여, 그리고 이를 찾아가는 답사의 여로여!

한혈마와 흉노 이야기

난주의 마답비연상 / 하서사군 지명 이야기 /
하서주랑의 유적지들 / 흉노의 역사 / 장건의 서역 개척 /
한무제와 하서사군 / 왕소군과 흉노

난주라는 현대도시

병령사 선착장의 선상 식당에서 느긋이 점심을 즐긴 것은 돈황 답사를 시작한 후 처음 갖는 여유였다. 황하의 배 위에서 만홀조천의 황하석림을 배경으로 병령사석굴을 내다보며, 그것도 배 갑판에서 서봉주(西鳳酒)를 곁들이며 점심을 즐기자니 황홀하지 않을 수 있겠는가. 술꾼들에게 이것은 답사의 여백이 아니라 진면목이라고 해도 틀린 말이 아니다.

못내 떠나기 싫은 자리를 털고 일어나 우리가 다시 쾌속정을 타고 유가협 댐 선착장으로 돌아온 것은 오후 3시가 넘어서였다. 이제 우

| 난주 시내 | 감숙성의 성도인 난주는 황하를 끼고 발달한 도시로 일찍부터 한족이 유목민족과 치열하게 영역 싸움을 벌인 역사도시이지만 오늘날은 현대도시로 변모했다.

리는 난주 시내로 들어가면 4시 반, 감숙성박물관과 유적지 한두 곳을 둘러본 다음 7시에는 저녁식사를 하고 난주역으로 가서 야간열차를 타고 밤새도록 하서주랑을 달리게 된다. 시간을 계산해보니 난주 시내에서 2시간 반의 여유가 있을 뿐이다.

난주는 감숙성의 성도로 인구 360만 명의 현대도시이자 일찍부터 한족과 유목민족이 치열하게 영역 싸움을 벌인 역사도시이기 때문에 많은 유적지가 있다. 한무제 때 곽거병 장군이 채찍을 휘둘러 우물 다섯 곳을 파냈다는 오천산(五泉山)공원, 원나라 때 쿠빌라이칸이 세운 절의 티베트불교식 7층 백탑, 현대 유적지로는 20세기 초에 독일의 기술과 재료를 빌려 처음으로 가설한 현대식 철교인 중산교(中山橋), 난주를 말할 때면 빼놓지 않는 '황하의 모친상'이라는 조각상, 그리고 무엇보다도 감숙성박물관이 있다. 우리는 감숙성박물관과 '황하의 모친상'만 보기로 했다.

난주 시내로 들어서니 길이 막히기 시작했다. 오후 4시가 되자 러시아워와 겹쳤다. 중국은 그 넓은 땅덩이를 북경을 기준으로 단일 시간대를 적용하고 있어 난주는 사실상 북경과 1시간, 우리와 2시간 시차가 난다. 돈황으로 가면 3시간 차이가 있다(카슈가르로 가면 4시간 시차가 난다). 실크로드 답사 내내 우리는 이 시차 때문에 해가 뜨고 지는 시간을 따로 계산해야 했다. 오후 4시 반이면 문을 닫는 박물관 답사는 포기할 수밖에 없었다.

거북이걸음 중인 버스 차창 너머를 바라보니 황하가 유유히 흘러간다. 우리나라에서 흔히 보던 것과 다르게 강물이 도로에 바짝 붙어 흘러가고 있다. 강변에는 현대식 고층건물들이 어지럽게 난립해 있어 강가의 서정 같은 것은 느낄 수 없었다.

난주는 현대로 들어서면서 도시의 팽창이 급격히 진행됐는데 천수와 마찬가지로 이를 감당할 공간이 없었다. 급기야 2013년 시진핑 정부는 일대일로라는 뉴실크로드 정책의 하나로 난주시 동북부 700여 개의 산을 깎아 신도시를 건설한다는 '난주 프로젝트'를 발표했다. 현대판 '우공이산(愚公移山)'이다. 이렇게 급조하는 '모래 위의 신도시'가 어떻게 될지는 아직 미지수다.

거북이걸음으로 기어가던 버스가 급기야 멈춰서자 친절한 우리 기

| **현장법사 일행 조각상** | 현장법사가 장안을 출발하여 서역으로 떠날 때 첫 번째 거쳐간 곳이 난주였기 때문에 이를 기념하여 『서유기』의 한 장면을 재현한 조각상이 설치되어 있다.

사가 얼른 내려서 『서유기』의 현장법사 일행 조각상을 보고 올라오라고 했다. 그러나 이 조각상은 어린이 테마파크에나 있을 만한 것이지 중국 문명의 모태라는 황하 강변에 있을 것이 못 되었다. 모두들 곁눈으로만 보고 사진도 찍지 않고 바로 버스에 올랐다. 버스 기사가 별난 답사객이 다 있다고 다소 의아해할 것 같았다. 그래서 나는 기사의 특별한 배려에 감사하는 마음을 보이기 위해 이쪽저쪽에서 사진을 찍고 버스에 탔다.

'황하의 모친상'도 그저 그랬다. 가이드는 어머니 품에 있는 아이가 아들인가 딸인가를 맞춰보라고 했지만 모두들 들은 척만 하고 만다. 그래도 난주에 온 기념으로 남들처럼 그 앞에서 단체 기념촬영을 하

| 황하의 모친상 | 황하는 중국 문명 전체의 젖줄이지만, 이를 끼고 발달한 대표적인 도시가 난주다. 황하 강변에 '황하의 모친상' 조각을 설치하여 난주의 상징으로 삼았다.

고는 황하 강변으로 내려갔다. 선착장에는 황하의 명물인 양가죽 뗏목으로 엮은 놀잇배가 손님을 부르고 있었다. 우리에게는 그럴 시간도 뜻도 없었다. 그저 우리에게 감동을 주는 것은 누런 황하가 생각보다 급한 물살로 쿵쿵거리며 웅장한 기세로 도시를 가로질러 흘러가는 모습이었다.

난주역 광장의 마답비연상

저녁식사는 원탁에 온갖 요리 접시가 첩첩이 올라오는 식단이었다. 유명한 '우육면'을 한 그릇 맛볼 줄 알았는데 구경도 못했다. 이래저래 나에게 난주는 아쉬움만 남은 도시가 되었다. 난주 우육면은 우리로 치면 평양냉면 같은 명성이 있어 난주에 1천 곳이 넘는 우육면 식당이 있으며 매일 100만 그릇이 넘게 팔린단다. 중국 전역은 물론이고 서울에도 우육면 전문식당이 있을 정도다. 육수와 면발이 특징이자 맛의 비결인데 육수는 소고기를 푹 곤 국물맛이 진하고 면발은 수타면으로 굵기와 모양이 여러 가지다. 그래서 우육면은 주문받을 때 가는 면, 굵은 면, 중간 면 등 면발의 종류와 매운맛의 정도를 묻는다.

박물관도 구경 못하고 우육면도 먹어보지 못하여 우울하기만 했다. 아쉬움을 감추고 트렁크를 질질 끌고 땅만 보면서 야간열차를 타기 위해 북적이는 사람들 틈을 비집고 난주역으로 가는 중, 광장 앞 로터리에 우뚝 서 있는 동상이 눈에 들어왔다. 나는 놀란 토끼처럼 눈을 크게 뜨고 가방 속에서 급히 카메라를 꺼냈다(이때 서두르다가 카메라를 떨어뜨린 것이 답사 내내 속을 태웠다).

내가 중국 조각사에 가장 뛰어난 작품으로 꼽는 마답비연상(馬踏飛燕像)이 허공을 날쌔게 가르고 있는 것이었다. '날아가는 제비를 밟고 달리는 말'의 모습을 하고 있는 이 동상은 현재 감숙성박물관에 소장되어 있는 진품을 확대하여 감숙성의 상징으로 삼은 것이다. 이 조각상의 진품은 높이 34.5센티미터, 길이 45센티미터, 무게 7.15킬로그램으로 이제 우리가 난주를 떠나면 첫 번째 정거하는 하서주랑의 첫 도시인 무위에 있던 한나라 때 어떤 장군의 무덤 안에서 발굴한 희대의 명작이다.

무위 시내에는 명나라 때 세워진 벼락[雷]의 신을 모신 뇌대관(雷臺觀)이라는 도교의 도관(道觀)이 있다. 1969년 중·소 국경분쟁이 한창

| **난주역 마답비연상 기념탑** | 난주역 광장 앞 로터리에는 한나라 때 장군의 무덤에서 출토된 '마답비연상'을 확대한 기념탑이 세워져 있다. 과연 희대의 명작이라 감탄이 나온다.

일 때 뇌대관 근처에 방공호를 파는 과정에서 벽돌무덤 2기가 발견되었다. 그래서 이 고분을 뇌대한묘(雷臺漢墓)라고 부른다.

뇌대한묘 제1호 무덤은 장(張)씨 성을 가진 무관 부부의 합장묘로 길이 40미터, 너비 10미터에 전후·좌우 측실로 이루어져 있었다. 묘실 안에는 모두 99개의 청동 조각이 장대하게 배치되어 있어 세상을 놀라게 했다. 39필의 말, 14대의 전차, 무기를 들고 있는 17명의 무사, 28명의 노비로 편성된 '행차 의장 대열'이었다. 대열의 규모가 한나라 때 지방장관이 공식행차 때 거느리는 정도이고 노비의 조각상에는 '장씨 노(奴, 남자 노비)' '장씨 비(婢, 여자 노비)'라는 명문이 있어 동한(후한) 시대인 220년 무렵 장씨 장군묘로 추정하고 있다. 이 의장 대열의

| **뇌대한묘 입구** | 뇌대한묘는 무위에 있는 뇌대관이라는 도교의 사당에서 1969년 방공호를 파다가 우연히 발견한 한나라 때의 벽돌무덤 2기를 말한다. 여기서 출토된 청동조각상은 진시황릉 병마용 이전 중국 최대의 고고학적 발굴로 꼽는다.

맨 앞에서 선도하고 있는 것이 바로 이 마답비연상이다.

진시황릉의 병마용이 발견되기 전 중국 최대의 고고학적 발굴로 꼽히는 이 뇌대한묘의 청동상은 마답비연상이 있음으로 해서 그 진가를 더하게 되었다. 오른쪽 뒷발 하나로 무게중심을 잡고 힘차게 달리는 말의 균형미와, 고개를 왼쪽으로 틀고 꼬리를 높이 추켜올린 모습이 생생하다. 더욱 절묘한 것은 받침대로 삼은 것이 날아가는 제비 한 마리라는 점이다.

이 조각상이 처음 출토되었을 때는 '치달리는 말'이라는 뜻으로 동분마(銅奔馬)라고 불렸다. 1971년, 중국의 대표적인 고고역사학자인 곽말약이 '마답비연'이라고 명명한 뒤 중국 고대 조각을 대표하는 유

| 뇌대한묘 행차 의장 대열 청동조각상 | 뇌대한묘 제1호 무덤인 장씨 장군묘에서는 39필의 말이 선도하는 장
대한 의장대열의 청동조각상이 출토되었다. 특히 이 말들은 한무제가 그토록 원하던 한혈마로 추정되어 미술사
학계뿐 아니라 역사학계에서도 주목받는다.

물이 되었다. 현재는 중국 국가여유국(문화관광부)에서 확정한 국가 관광 로고이며, 리처드 닉슨 미국 대통령의 역사적인 중국 방문 때 이 마답비연상 복제품을 선물했다.

마답비연상이 미술사뿐 아니라 역사학계에서 크게 주목받는 것은 이 말이 한무제가 그렇게 갖고자 했던 한혈마(汗血馬)로 추정되기 때문이기도 하다. 한나라가 흉노에게 그렇게 당했던 것은 이 한혈마 때문이었다. 진시황릉에서 출토된 저 유명한 동마거의 말과 이 마답비연상의 말을 비교해보면 그 차이가 역력하다.

한혈마라는 이름에 대해서는 여러 설이 있다. 문자 그대로 말한다면 땀 한(汗)자, 피 혈(血)자, '피땀을 흘리며 달리는 말'이다. 유목민의 군주를 가리키는 칸[可汗]이라는 칭호에서 '왕의 혈통을 지닌 말'이라는 해석도 있다. 그러나 대개는 말의 털 색깔 때문에 땀 흘리는 것이 마치 피 흘리는 듯하다고 해서 한혈마라고 불리게 되었다는 것이 통설이며, 명마의 상징이다.

나는 20년 전에 남경박물관 뮤지엄숍에서 작은 복제품 하나를 사서 연구실 책꽂이 한쪽에 놓고 내 방에 오는 손님들마다 이 절묘한 조각에 대해 이야기해주곤 한다. 안목 높은 건축가 민현식도 언젠가 중국 답사 때 내력은 모르지만 하도 조각이 멋있어서 하나 사온 것이 지금도 그의 설계사무소 책꽂이 선반에 놓여 있다고 한다. 내가 이번 답사 일정에 유감이 있다면 이 마답비연상의 진품이 있는 감숙성박물관을 가보지 못한 것이었다. 병령사 선상 식당에서 술 마시며 노닥거리던 시간을 줄였으면 능히 볼 수 있었을 것인데…

| **마답비연상** | '날아가는 제비를 밟고 달리는 말'이라고 해서 '마답비연상'이라는 이름을 갖고 있는 이 청동조 각은 생동감과 절묘함으로 중국 고대 조각을 대표하는 유물이며, 감숙성의 상징이다. 무게중심을 제비 모양의 작은 받침대에 의지한 것이 절묘하다.

난주역 대합실에서

우리가 타는 야간열차는 밤 9시 45분에 난주역을 떠나 무위, 장액, 주천을 거쳐 새벽 5시 반에 가욕관역에 도착한다. 중국에서 기차는 크게 우리나라 KTX 같은 고철(高鐵)과 일반기차로 나뉜다. 우리가 예약한 기차는 일반기차였다. 일반기차는 연좌(軟座, 푹신한 의자), 경좌(硬座, 딱딱한 의자), 연와(軟臥, 푹신한 2층 침대), 경와(硬臥, 딱딱한 3층 침대) 네 등급이 있는데, 그중 가장 편하다는 연와를 탔다. 연와는 한 칸에 좌우 상하로 4개의 침대가 있다. 마침 우리 열차는 관광열차였기 때문에 가이드까지 18명이어서 4칸을 일행들끼리 타고, 가이드와 총무만 다른 손님과 한 칸에 타게 되었다. 나중에 돈황에서 투르판으로 갈 때는 예매 때 이미 만석에 가까워 낯모르는 중국 사람과 한 칸에 있어야 했다. 그에 비할 때 이것이 얼마나 고급인지 이때는 몰랐다.

중국에서 역 안으로 들어갈 때 내국인은 신분증, 외국인은 여권을 확인한다. 짐도 비행기 탈 때와 마찬가지로 검색대를 통과해야 하고 몸수색도 철저히 한다. 그래서 우리는 대합실에서 쉬어갈지언정 일찍 역 안으로 들어가는 것이 좋다는 가이드 지시에 따라 서둘러 저녁 8시가 조금 넘어 난주역사로 들어갔다. 이제 겨우 이틀밤이 지났지만 버스 안에서 시달린 시간이 워낙 길어서 일행들은 벌써 피로한 기색이 역력했다. 그나마 일찍 들어왔기 때문에 대합실에서 의자를 차지하고 쉴 수 있는 것이 다행이었다.

지리 공부는 현장성이 약이라고 굳게 믿고 있는 나는 감숙성 지도

를 넓게 펴고 노란색 형광펜으로 우리가 가는 하서주랑 길목의 하서
사군 도시들을 표시했다. 그리고 메모해온 여행 노트를 펴고 하나씩
체크해가며 지리와 유적을 익혔다. 돈황으로 떠나기 전만 해도 중국
지도를 펴고 돈황이 어디에 있는가 찾으려면 한참을 헤매야 했고, 하
서주랑이라는 이름도 낯선 데다 현재의 이름과 당나라 때 지명을 모
두 알아야 해서 하서사군 이름도 다 외우지 못했는데, 이제는 무위(武
威), 장액(張掖), 주천(酒泉), 돈황(敦煌), 그리고 고을 주(州)자를 쓴 당
나라 때 이름은 양주(涼州), 감주(甘州), 숙주(肅州), 사주(沙州)라고
입에서 술술 나온다.

하서사군 지명 외우기

영어든 미술사든 지리든 배울 때보다 가르칠 때 공부가 더 잘된다.
가르쳐보면 확실히 알게 된다. 나는 답사에 같이 온 내 평생의 벗이자
한문 선생인 이광호 교수와 그림자 같은 친구 영표를 스파링 파트너
로 삼아 놀리면서 하서사군을 다시 익혀보았다.

"광호, 자네 하서사군 네 고을 이름 다 아나?"
"아직 못 외웠어. 그게 또 두 가지라 자꾸 헷갈려."
"내가 가르쳐줄게. 이 지도를 좀 봐. 한무제가 흉노를 정벌할 때 이
곳 난주까지는 확고한 한나라 영토였어. 하서주랑은 여기서 조금 이
따가 우리 기차가 오초령(烏鞘嶺)이라는 고개를 넘으면서 시작되는데
첫 고을이 무위야. 무위는 도시 이름치고 좀 색다르지. 그건 곽거병이

흉노를 제압하고 무위를 차지하자 한무제가 '무공군위(武功軍威)'라고 칭찬한 말에서 따온 것이래.

무위를 왜 양주(凉州)라고 하냐면 오호십육국시대에 이곳을 지배하던 전량, 후량, 서량, 남량, 북량, 이른바 오량(五凉)의 도읍지가 바로 여기였거든."

"무위 다음이 장액인 건 나도 알아. 근데 이 고을 이름도 특이해. 장액이라면 '팔죽지를 펼치다'라는 뜻 말고 더 되나."

"그렇지. 장액은 '단 흉노지비(斷匈奴之臂), 장 중국지액(張中國之掖)'에서 나왔어. '흉노의 팔을 꺾고, 중국의 팔죽지를 펼치다'라는 뜻이지. 두 도시 모두 한무제가 이곳 정벌에 얼마나 공을 들였나 알 수 있지 않나? 그리고 장액을 감주(甘州)라 한 것은 이 지역 특산품이 감초(甘草)이기 때문이래. 그다음은 뭐야?"

"그야 주천이지."

"그렇지, 자네는 술을 좋아하니까 금방 아는구먼. 흉노 정벌의 청년 장군이었던 곽거병이 주둔해 있을 때 한무제가 술을 하사하자 이를 병사들과 다 함께 마시고자 샘에다 술을 쏟아붓고 한 사발씩 퍼마시게 했대요. 부하를 아끼는 이런 자세가 있어서 곽거병이 전설적인 장수가 될 수 있었던 게지. 지금도 주천엔 그 샘 자리가 남아 있대. 그런데 여기를 왜 엄숙할 숙(肅)자를 써서 숙주라고 했는지는 나도 모르겠어. 왜 그랬을까?"

"아마도 이제 한나라 땅이 되었다는 권위를 그렇게 나타낸 것인지도 모르겠구먼."

"아무튼 감숙성은 장액의 감주와 주천의 숙주에서 한 글자씩 따온 것이라네. 그다음은?"

이때 곁에 있던 내 친구 영표가 계속 우리의 얘기를 들으면서 빙그레 웃고 있었고 광호는 못 이기는 척 대답을 이어갔다.

"그거야 돈황, 사주이지. 그런데 자네 돈황의 뜻을 정확히 아나?"
"정확히는 몰라. 어떤 책에는 이글거릴 돈(燉)자로도 표기했더구먼."
"돈황은 두터울 돈(敦), 빛날 황(煌), 크게 빛난다는 뜻이야. 이글거릴 돈자를 쓰면 더 크게 빛난다는 뜻이 되지. 사주야 사막에 있으니까 사주가 되었을 테고. 암튼 잘 배웠네. 자네 덕에 복습 한번 잘했네."
"그러면 외워봐."
"무위, 장액, 주천, 돈황, 그리고 양주, 감주, 숙주, 사주. 됐나? 에그, 그놈의 장난기, 그때나 지금이나 똑같기는."

광호는 내 속셈을 다 알면서도 내 공부를 위해 응수해주었던 것이다. 그는 내게 그런 친구다.

하서주랑의 유적지들

야간열차를 타는 바람에 하서사군에서 무위·장액·주천을 어둠 속에 통과했다. 각 고을의 유적지를 답사하지 못하는 것은 미리 각오하고 온 바지만 그래도 아쉬움을 못내 떨치지 못하여 실크로드를 17년

째 가이드하고 있다는 강석철씨에게 물어보았다.

"마답비연상이 출토된 무위의 뇌대한묘는 볼 만해요?"

"별거 없어요. 유물은 다 감숙성박물관에 있고 모형만 크게 만들어 진열했어요."

"무위엔 쿠마라지바가 18년간 유폐생활을 한 절이 있다던데요."

"근래에 새로 복원한 절인 데다 교수님이 싫어하는 요즘 세운 동상만 크게 만들어놨어요."

"장액의 대불전에 세계 최대 크기의 와불이 있다던데요."

"크기야 크죠. 길이가 35미터니까. 그러나 병령사석굴에서 멋진 와불을 보았잖아요."

"그러면 장액에서는 뭐가 볼 만한가요?"

"칠채산(七彩山)이 아름다워요. 시시각각으로 색깔이 변화하여 사람의 눈을 의심케 할 정도로 황홀합니다. 요담에 오면 다 그만두고 칠채산을 가보세요."

"주천에는 뭐가 볼 게 있나요?"

"그야 우리가 가고 있는 가욕관이죠. 주천 다음 역이 가욕관역이에요."

우리의 가이드도 고수여서 내가 하서주랑을 그냥 통과하고 마는 것이 아쉬워 묻는 것임을 알고 이렇게 실망할 필요 없다고 위로의 대답을 하고 있는 것이었다. 나는 그래도 궁금해서 더 물었다.

| **장액의 칠채산** | 시시각각으로 색깔이 변화하는 칠채산은 사람의 눈을 의심케 할 만큼 황홀한 광경을 선사하여, 사진작가들이 모여드는 명소가 되었다.

"지금 차창 밖이 어두워서 아무것도 보이지 않는데 하서주랑의 자연 풍광은 어떻게 생겼나요? 자료집을 보면 왼쪽으로는 기련산맥이 따라오고 오른쪽으로는 마종산 줄기가 이어진다고 하는데 진짜 회랑 같은가요?"

"회랑은 무슨 회랑이에요. 지도로 보니까 회랑이라는 것이지 폭이 좁으면 30킬로미터, 넓으면 80킬로미터나 되는데요. 하서주랑은 무위부터 주천까지 풍경이 변하지 않고 똑같은데 내일 새벽 주천에 닿을 때쯤이면 먼동이 트면서 어렴풋이 보일 겁니다."

야간열차 안에서

나는 2호실 윗칸으로 올라가 누웠다. 침대가 의외로 푹신했다. 피곤이 약이었던지 우리의 기차가 오초령 넘어 하서주랑으로 들어선 것도, 첫 고을 무위를 지난 것도 모르고 푹 잠에 들었다. 그러다 새벽 3시 좀 안 되어 기차가 정거했다 출발하는 가벼운 반동에 잠이 깨어 객실 밖 복도로 나와보니 장액역이었다.

중국에서 플랫폼은 월대(月臺)라는 멋진 이름으로 부르는데, 손님들이 푸시시 선잠을 깬 모습을 하고선 월대로 줄지어 나가고 있었다. 중국에서 흔히 볼 수 있는 지방도시의 역이었다. 기차 복도에 있는 의자에 앉아 창밖을 내다보고 있자니 장액역의 밝은 불빛이 사라지면서 멀리 거뭇거뭇하게 보이는 긴 산자락 아래로 전등불이 한동안 줄지어 따라오다가 이내 어둠 속에 잠겨버렸다. 아무것도 보이는 것이 없었다.

다시 객실로 들어가 누울까 하다가 잠이 더 올 것 같지 않아 컵라면과 봉다리 커피(믹스 커피)만 꺼내 들고 나왔다. 중국의 기차 안에는 끓는 물이 마치 우리의 생수처럼 서비스되고 있다. 중국인들은 우리처럼 냉수를 마시지 않기 때문이라고 한다. 내가 오늘날 살아가면서 일상생활에서 진심으로 고맙게 생각하는 발명품은 컵라면, 봉다리 커피, 그리고 유성 붓펜이다. 나는 이 세 가지에 더해서 그림도 그리고 메모도 하는 빈 부채만 있으면 심심할 것이 없는 사람이다.

맛있게 라면을 끓여 먹고 달달한 커피를 마시면서 나는 준비해온 자료집을 펼치고 내일 버스 안에서 일행에게 들려줄 흉노 이야기 대목 대목을 부채에다 붓펜으로 메모해나갔다. 하서주랑에 오면서 내가 느끼고 싶은 것은 중국인들이 곳곳마다 내세우는 한무제 때 장수 위청과 곽거병의 이야기가 아니라 오히려 이곳에 살던 유목민족 흉노, 돌궐, 위구르, 서하의 체취였다. 따지고 보면 그네들은 우리와 마찬가지로 중국 변경지방의 민족이었다. 중국을 중심으로 보면 이들은 오랑캐였고 우리도 그중 하나였다. 우리를 오랑캐라고 하면 싫어하면서 흉노·돌궐을 북방의 오랑캐 혹은 야만·미개로 보는 인식이 은연중 우리에게 깔려 있다. 한 시절 이곳을 지배했던 위구르와 서하에 대해서는 존재에 대한 인식조차 부족하다.

만약에 우리가 중국의 화이(華夷) 개념과 똑같은 입장에서 이들을 인식한다면 그들은 우리를 향해 제국에 들붙어 살아가는 줏대 없는 민족이라고 경멸할 것이다. 나는 그들이 이곳에서 어떻게 살았고 어떤 역사를 갖고 있고 지금은 어떻게 되었는가, 그 역사를 현장에서 확인해보고 싶은 것이다.

다행히 우리나라에도 중앙아시아학회가 있고, 유능한 학자들도 배출되었다. 최근 이 분야의 괄목할 만한 저서들이 쏟아져나왔다. 문명교류사의 대가인 정수일의 『실크로드 사전』(창비 2013), 돈황 연구의 선구인 권영필의 『실크로드의 에토스』(학연문화사 2017), 김호동의 『아틀라스 중앙유라시아사』(사계절 2016), 강인욱의 『유라시아 역사 기행』(민음사 2015), 그리고 고홍뇌(高洪雷)의 『절반의 중국사』(김선자 옮김, 메디치미디어 2017)도 번역되었다. 나는 이 무거운 책들을 들고 답사를 떠나 지금 있는 곳을 찾아 책장을 넘기며 현장학습을 하고 있는 중이었다. 이때 옆 칸에 있던 이건용이 부스럭대는 소리에 깼는지 문을 열고는 나를 보고 "이 밤중에 안 자고 뭐 하냐"고 하고는 '저자는 천성이 저렇지'라는 눈빛으로 쳐다보고 다시 문을 닫았다. 나는 책장을 넘기며 부채에 계속 메모해나갔다.

하서주랑의 흉노

하서주랑은 땅의 생김새가 참으로 묘하다. 난주의 서쪽 땅을 보자면 남쪽의 티베트고원(청장고원)과 북쪽의 몽골 고비사막 사이 틈새에 하서주랑이 끼어 있다. 그리고 하서주랑이 끝나는 돈황 서쪽은 타클라마칸사막이 있는 타림분지이다. 이 사막과 고원지대는 목축을 하며 살아가는 유목민족이나 살 곳이지 중국 같은 정주(定住)문화의 나라에는 필요치 않은 땅이었다. 그런데 유목민족은 농산물을 비롯해 정주문화의 산물을 필요로 했다. 이를 확보하기 위한 루트가 바로 하서주랑이었다. 그러다 이 길이 동서교역의 길목이 되면서 유목민족과 중국은 운명적으로 일대 결전을 벌이지 않을 수 없게 되었던 것이다.

이 지역은 오랫동안 강(羌)족이라는 유목민족이 먼저 자리잡고 살았다. 그런데 흉노가 강성해지면서 강족을 밀어내고 하서주랑을 차지했다. 사마천은 『사기』 「흉노열전」에서 그들의 삶을 이렇게 증언하고 있다.

흉노는 (…) 북쪽의 오랑캐 땅에 살면서 기르던 가축을 따라 이곳저곳으로 옮겨 다녔다. 그들이 기른 가축은 말, 소, 양이고 특이한 가축으로는 낙타, 나귀, 노새, 버새, 도도(駒駼, 푸른 말), 탄해(驒駭, 야생마)가 있다. 〔그들은〕 물과 풀을 따라 옮겨다녀서 성곽이나 일정한 주거지가 없고 밭 가는 일도 하지 않았으나, 각자 땅만은 나누어 가졌다. 문자나 책이 없으며 말로 약속을 했다. 어린아이도 양을 타고 활시위를 당겨 새나 쥐를 쏠 줄 알고, 좀 더 자라면 여우나 토끼를 쏘아 식량으로 삼았다. 남자는 활을 당길 만한 힘이 있으면 모두 무장한 기병이 되었다. 그들의 풍속은 한가할 때는 가축을 따라다니며 새나 짐승을 사냥하는 것을 생업으로 삼고, 위급할 때는 모두가 싸움에 참여하여 침략하고 공격하는데 이것이 그들의 천성이다.

흉노가 중국 역사상 처음 기록에 나타나는 것은 전국시대 말기이다. 전국칠웅의 세력균형이 깨지고, 막강한 진(秦)나라에 대항하기 위해 한(韓), 위(魏), 조(趙), 연(燕), 제(齊) 다섯 나라가 기원전 318년 연합군을 형성하여 대항할 때 흉노까지 끌어들여 공격했지만 참패로 끝났다는 기록이다.

마침내 중국을 통일한 진시황은 기원전 215년에 몽염(蒙恬) 장군에게 10만 대군을 이끌고 흉노를 공격해 북쪽으로 쫓아버리게 하고 기존의 산성을 만리장성으로 연결하며 흉노를 철저히 차단했다. 10년 뒤 진시황이 죽고 몽염은 환관 조고의 모함으로 자살을 명령받아 죽게 되자 변경으로 보내졌던 병사들이 차츰 되돌아오면서 이곳은 다시 흉노의 땅이 되었다.

흉노의 군주는 선우(單于)라고 불렸다. 선우의 본래 이름은 '탱리고도 선우(撑犁孤塗單于)'이다. '선우'는 광대하다는 뜻이고, '탱리'는 '텡구리', 즉 하늘이고 '고도'가 아들이다. 국가를 구성하는 다섯 부족

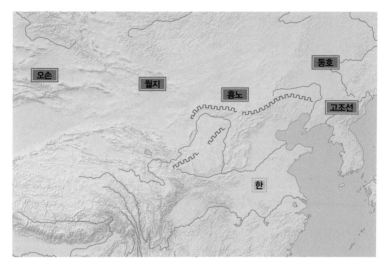

| 전국시대 역사지도 | 흉노는 월지를 서쪽으로 몰아내고 광대한 영역을 차지하면서 한나라를 위협했다.

의 왕들이 1년에 3번, 선우의 본거지에 모여 조상 또는 하늘에 제사를 거행하고 국사를 의론했다. 그러니까 선우는 그들 식의 천자(天子) 개념이었다. 흉노는 점점 중앙집권화를 이룩하여 부자세습제의 제국으로 성장하면서 동쪽엔 좌현왕, 서쪽(돈황 지역)엔 우현왕을 두었다. 그리고 항우와 유방이 패권을 다투어 중원이 어지러운 때 흉노는 묵돌(冒頓)이라는 걸출한 선우가 등장하여 전성기를 맞이했다.

흉노의 왕, 묵돌 선우

유방이 한나라 고조로 등극했을 때 북방 유목민족의 상황을 보면, 동쪽 만주까지는 동호(東胡, 선비·거란·몽골족의 조상)족이 차지하고 있었

| 흉노의 카펫에 새겨진 얼굴 | 흉노인의 모습은 흉노 고분에서 출토된 여러 모직물에 그려진 얼굴에서 엿볼 수 있다.

고, 서쪽 타림분지 일대는 월지(月氏, 인도유럽어계)족이 세력을 뻗치고 있었고, 그 사이 넓은 몽골 지역은 흉노가 바야흐로 제국을 세우기에 이르렀다. 당시 흉노의 두만(頭曼) 선우에게는 묵돌이라는 왕자가 있었다. 두만 선우는 다른 왕자를 태자로 삼고 묵돌 왕자는 월지에 인질로 보냈는데, 흉노가 갑자기 월지를 공격하는 바람에 묵돌은 죽을 처지가 되었다. 이에 묵돌은 좋은 말을 훔쳐 타고 도망쳐 본국으로 와서는 아버지를 죽이고 선우가 되었다.

묵돌 선우는 먼저 동쪽으로 쳐들어가 동호의 왕을 죽이고 백성들과 가축을 빼앗았다. 그리고 이번에는 서쪽의 월지국을 공격하여 격파하고 서쪽으로 내몰았다. 또 남쪽으로 누번(樓煩)의 영토를 병탄하면

| **흉노 선우의 금관** | 흉노의 군주는 선우라 불렸는데 이는 '하늘의 아들'이라는 뜻인 '탱리고도 선우'의 준말이다. 유목문화는 정주문화와 달라서 건축·조각·회화보다 공예가 발달하였음을 이 금관이 말해준다.

서 진나라의 몽염에게 빼앗겼던 흉노 땅도 모조리 되찾았다. 거대한 흉노제국을 세운 것이다. 사마천은 「흉노열전」에서 당시 흉노에는 활쏘기에 능한 정예기병이 따로 있었고, 백등산(白登山) 전투에 이 군사 40만 명을 출전시켰다고 했다.

천하를 다시 통일한 한고조 유방은 직접 32만 대군을 이끌고 하서주랑의 흉노를 공격했다. 그러나 한고조는 10만의 대군을 상실하고 백등산에서 포위됐다. 한고조의 군대는 7일 동안이나 본진과 단절되어 식량을 보급받지 못했다. 이때 한고조는 진평의 계책에 따라 몰래 사자를 흉노의 왕비에게 보내 고급 모피 외투를 뇌물로 보냈다.

흉노의 왕비는 연지(閼氏)라고 했다. 뇌물을 받은 연지는 묵돌 선우

| **흉노의 장신구** | 이 사슴 모양의 장신구에는 유목민족의 기상이 서린듯 힘이 느껴진다.

에게 두 나라 임금은 서로 곤궁한 처지로 몰아넣으면 안 되고 지금 흉노가 한나라 땅을 얻는다고 해도 결국 그곳에 살 수도 없다며 부디 심사숙고하라고 진언했다. 이에 묵돌 선우는 연지의 말을 받아들여 포위망의 일부를 풀어주었고 한고조는 간신히 빠져나올 수 있었다.

백등산의 굴욕

기원전 198년, 한나라는 흉노와 다음과 같은 굴욕적인 협약을 맺게 되었다.

　1. 해마다 흉노에게 무명, 비단, 누룩, 곡식 등을 보낸다.

2. 한나라 공주를 선우의 연지로 보낸다.

3. 상호 형제로서 화친을 맺는다.

형제라고 했지만 흉노가 형이고 한나라가 동생 격이었다. 한나라는 이를 '백등산의 굴욕'이라며 역사적 치욕으로 기억했다. 한고조가 죽고 여태후가 섭정하자 묵돌 선우는 더욱 거만해져서 여태후에게 "혼자 살면 외로우니 같이 살면 어떻겠느냐"고 희롱하는 편지를 보냈다. 이에 여태후는 화가 나서 흉노를 치고자 했으나 한나라에는 그럴 힘이 없다는 장군들의 만류로 포기했다. 선우 묵돌은 계속 한나라를 압박했다. 기원전 174년에는 한나라가 화친 약속을 지키지 않는다고 항의 서신을 보내자 한나라에서는 물건과 함께 다음과 같은 서신을 보냈다.

삼가 선우의 서신에서 말씀하신 대로 대례복(大禮服), 황금 장신구, 수놓은 비단 10필, 비단 30필, 붉은 비단과 푸른 비단 각각 40필을 묵돌 선우에게 바칩니다.

이때 벌써 실크로드의 교역이 시작되어 한나라와 흉노의 국경에는 관시(關市)라는 교역시장을 설치하기로 했다. 이 사실이 「흉노열전」에 다음과 같이 쓰여 있다.

흉노는 탐욕스러워 관시의 교역을 즐기며 한나라의 재물을 좋아했고 한나라도 관시의 교역을 계속하여 흉노를 달래려고 했다.

환관 중항열

묵돌 선우가 죽고 그의 아들 노상(老上) 선우가 즉위했다. 이에 한문제는 종실의 딸을 공주라고 속여 선우의 연지로 바쳤다. 이때 환관 중항열(中行說)에게 공주를 보좌해 따라가게 하니 그는 흉노로 가기 싫어서 "내가 가게 되면 반드시 한나라에 우환을 안겨줄 것입니다"라며 거부했으나 강제로 보내졌다. 중항열은 흉노 땅에 도착하자마자 선우에게 투항하고 곧 선우의 신임을 받게 되었다. 그는 흉노를 교화시키면서 문명을 심어주었다. 신하들에게 인구와 가축의 수를 헤아려 기록하게 하며 행정력을 높였다. 그리고 선우에게 흉노의 문화를 지키라며 이렇게 말했다.

"흉노의 인구는 한나라의 군 하나에도 미치지 못합니다. 그러면서도 강한 이유는 먹고 입는 것이 〔한나라와〕 달라 한나라에 바라지 않기 때문입니다. 지금 선우께서 풍속을 바꾸어 한나라의 물자를 좋아하게 된다면 흉노가 한나라 물자의 10분의 2를 채 쓰기도 전에 흉노 백성은 모두 한나라에 귀속될 것입니다. 한나라 비단과 무명을 얻어 옷을 지어 입고 말을 타고 풀이나 가시덤불 속을 달려 보십시오. 웃옷과 바지는 모두 찢어져서 못 쓰게 될 것입니다. 이렇게 함으로써 백성에게 비단옷이나 무명옷이 털옷이나 가죽옷만큼 완벽하거나 좋지 않음을 보이십시오. 또 한나라의 먹을거리를 얻게 되면 모두 버려서 그것들이 젖과 유제품의 편리함과 맛만 못함을 보이십시오."

중항열은 선우가 한나라에 글을 보낼 때 다음과 같이 쓰게 했다.

"천지가 낳으시고 일월이 세워주신 흉노의 대선우는 삼가 묻노니 한나라 황제께서는 무탈하십니까? 보내는 물품과 언어는 이러합니다."

한나라 사신이 와서 변론을 하려고 하면 이렇게 말했다.

"한나라 사자여! 쓸데없는 말을 하지 마시오. 한나라가 흉노에게 보내는 비단, 무명, 쌀, 누룩의 수량이 정확히 맞고 품질이 좋으면 그만이오. 달리 무슨 말이 필요하겠소? 보내는 물품이 갖추어지지 않았거나 질이 나쁘면 곡식이 익는 가을을 기다렸다가 기마를 달려 당신네 농작물을 짓밟아버릴 것이오."

그의 예언대로 중항열은 흉노에겐 큰 힘이 되었고 한나라의 골칫거리였다. 흉노는 한나라뿐 아니라 월지도 압박하고 침략했다. 기원전 176년 묵돌 선우는 월지인들의 본거지인 하서주랑을 공격하여 월지인들은 대거 천산산맥 북쪽 일리강 유역으로 이주하여 나라 이름을 대월지(大月氏)라 했다. 그리고 하서주랑에 잔류한 집단은 소월지라고 했다. 기원전 160년 흉노는 소월지를 쳐부수고, 노상 선우는 월지 국왕의 두개골로 잔을 만들어 술을 마셨다.

흉노는 서방경략에 나서 타림분지 일대에 퍼져 있는 누란(樓蘭), 오손(烏孫) 등 26개 오아시스 국가들을 모두 지배하에 두고 그 국가들에게 동서교역의 안전을 지켜주는 대가로 조공을 받았다. 그때 희한한 일도 있었다고 한다. 흉노가 두 나라를 쳐들어가 조공을 바치라고 하자 그들은 싫다며 다른 곳으로 이주해 떠나버렸다는 이야기도 전한다. 서역이라는 곳은 이처럼 황당할 정도로 넓고도 넓었다. 이때가 흉노의 전성기였다. 이런 상황은 약 50년간 지속되다가 한무제가 등극하여 흉노를 적극 공략하면서 상황이 바뀌게 된다.

장건의 서역 개척

한무제는 포로로 잡아온 흉노인을 심문하면서, 월지국왕의 두개골을 술잔으로 만드는 수모를 당했고 월지인들이 서쪽으로 이주하여 대월지를 세웠다는 사실을 알고는, 대월지와 연합하여 흉노를 공격할 계획을 세웠다. 이때 자진해서 나선 것이 장건(張騫)이었다.

기원전 139년, 장건은 100여 명을 수행원으로 거느리고 서역의 대월지국으로 향했다. 그러나 장건은 감숙성을 벗어나자마자 흉노에게 잡히고 말았다. 흉노의 군신(軍臣) 선우는 장건이 대월지로 가는 사자임을 알아채고 구류했다. 장건이 흉노에게 사로잡혀 억류당한 소식을 안 한무제는 흉노를 기습공격하려 했으나 발각되었고, 흉노는 이 사건의 보복으로 한나라의 국경을 대규모로 침략했다. 장건은 10여 년

| 막고굴 제323굴 장건의 「서역 원정도」 | 기원전 139년 서역의 대월지로 향한 장건은 갖은 고초를 겪은 끝에 13년 만인 기원전 126년에 한나라로 귀환했다. 그가 가져온 서역에 대한 지식은 지극히 귀중한 것이었다.

동안 구류생활을 하면서 처도 얻고 그 사이에서 아이도 낳았다. 그러나 끝내 탈출에 성공하여 흉노 서쪽에 있는 대완국(大宛國, 현 키르기스스탄 지역)에 이르렀다.

대완은 장건을 환대하고 대월지까지 길을 안내해주었다. 장건은 대월지의 왕을 만나 한나라와 동맹을 맺어 흉노를 공격하자고 제안했다. 그러나 대월지의 왕은 이를 받아들이지 않았다. 대월지는 이곳에 정착하여 풍족한 생활을 누리고 있어 다시 동쪽으로 돌아가 흉노와 싸우고 싶지 않다며 흉노에 대한 복수는 이미 과거의 일이라고 했다.

실의에 빠진 장건은 귀향하는 길은 흉노에게 하서주랑을 빼앗기고 쫓겨난 강(羌)족들이 살고 있는 타클라마칸사막 남쪽의 곤륜산맥을 따라가는 길을 택했다. 그러나 이번에도 흉노에게 붙잡혔다. 또 1년 남짓 구류생활을 하다가, 군신 선우가 사망하고 후계자 싸움으로 혼란스러운 틈을 타 탈출하여 기원전 126년, 마침내 한나라로 귀환했다. 한나라를 떠난 지 13년 만이었고 출발할 때의 100여 명 수행원 중 충실한 부하였던 감보와 흉노인 아내 두 사람만 함께 돌아왔다.

대월지국과의 동맹은 성립되지 않았지만, 장건이 가지고 돌아온 서역에 대한 지식은 지극히 귀중한 것이었다. 포도, 석류, 복숭아 등의 종자를 가져오기도 했고 서역에는 하루에 1천 리(약 400킬로미터)를 달리는 한혈마가 있다는 사실도 알게 되었다. 한무제는 장건을 태중대부(太中大夫)에, 감보는 봉사군(奉使君)에 봉했다.

끝없는 전쟁과 화친의 반복

한무제는 장건을 흉노를 공격하는 길잡이로 삼아 위청, 곽거병, 이광리 등 명장들을 앞세우고 흉노와 대대적인 전투를 벌였다. 중국 역사책은 이들의 활약을 영웅적으로 말하고 있다. 중원에서의 전쟁과 사막에서 흉노와 싸우는 것은 전투 형태가 완전히 달랐기 때문에 악전고투할 수밖에 없었다. 사마천의 「이장군 열전」에는 이릉(李陵) 장군의 전투에 대해 이렇게 기록되어 있다.

이릉은 기병 800명을 이끌고 흉노 땅 안으로 2천여 리나 깊숙이 들어가 거연(居延, 감숙성 북쪽 내몽골의 서북부)을 지나 지형을 살폈지만 오랑캐를 보지도 못하고 돌아왔다.

흉노의 선우는 계속 이동했기 때문에 어느 지역을 가서 싸우는 것이 아니라 찾아다니며 싸워야 했다. 군사를 다루는 방식도 달랐다. 흉노는 싸움에서 후퇴하는 것을 불명예로 생각하지 않아 불리하다 싶으면 사정없이 도망쳤다. 노획품이나 포로는 그대로 당사자의 소유가되었고 전사자의 시신을 거두어 돌아온 자는 그의 재산을 모두 얻을수 있었다. 그래서 흉노의 병사는 눈앞의 이익을 위해 맹렬히 싸웠고패색이 짙어지면 맹렬히 도망쳤다.

이에 반해 한나라의 군율은 엄격했다. "장군을 잃고 도망쳐 돌아온사람은 사형에 처한다"라는 군법을 두려워한 나머지 아무도 돌아가자는 사람 없이 전군이 흉노에게 투항하기도 했을 정도였다.

한무제의 하서사군

그렇게 막강한 흉노였지만 갑자기 천재지변이 일어나면서 큰 혼란에 빠지게 되었다. 몽골고원이 한랭화되어 폭설이 내리고 가축들이몰살되는 자연재해가 연이어 일어난 것이다. 이 틈에 한나라가 흉노의 서쪽 땅을 점령하자, 흉노의 선우는 대로하여 이곳을 책임지던 우현왕에게 그 책임을 물으려고 했다. 그러자 혼야왕은 자신의 군사들과 함께 한나라에 투항해버렸다. 이에 한무제는 기원전 121년, 무위와 주천 두 군을 절도사가 지키도록 했다. 그리고 10년 뒤인 기원전111년에는 이 두 군을 세분해서 장액과 돈황 두 군을 증설했다. 이리

| **장건의 묘** | 섬서성 한중(漢中)에 있는 장건의 무덤은 실크로드의 문화유산들과 함께 유네스코 세계유산에 등재되었다.

하여 마침내 무위·주천·장액·돈황 하서사군이 설치된 것이다.

이렇게 서역 공략의 기지를 확보한 한무제는 하서사군에 병사들이 농사지으며 주둔하는 둔전(屯田)을 실시하고 한인들을 이주시키면서 이곳을 한나라의 땅으로 확고히 편입시켰다. 그리고 한혈마를 얻기 위해 대완에 특사를 파견했다. 그러나 한나라 사신의 오만한 태도에 대완은 제의를 거절했다. 사신을 참살하고 말을 사기 위해 가져온 보물도 빼앗아버렸다. 이에 한무제는 기원전 104년 이광리(李廣利)를 이사장군(貳師將軍)으로 임명하고 대완국 정벌에 나서도록 했다. 그러자 이번엔 대완국의 대신들이 겁에 질려 국왕을 죽이고 명마 3천 필을 조공으로 바쳤다. 한무제는 비로소 한혈마를 얻은 후 감격하여 「서극천마가(西極天馬歌)」를 지었다.

천마가 오네 서극에서 오네
만 리를 넘어 중국으로 돌아오네
신령한 위엄을 이어받아 외국을 항복시키니
유사(流砂)를 건너 모든 오랑캐가 복종하네

흉노와의 싸움에서 승리하여 서쪽 변경을 안정시키자 이번에 한무제는 동쪽과 남쪽으로 원정하여 기원전 108년 요동지방에 낙랑(樂浪), 진번(眞蕃), 임둔(臨屯), 현도(玄菟)의 한사군을 설치하고, 광동성에서 하노이에 이르는 베트남 땅에는 한구군을 설치했다. 한무제는 재위 55년간 이처럼 무수한 전쟁을 치르면서 동·서·남의 속군(屬郡)과 북쪽의 만리장성으로 국방체제를 완벽히 구축했다. 서안 교외에는 한무제의 무릉과 함께 위청과 곽거병의 배총이 있고, 위청의 묘 앞에는 흉노를 제압하여 밟고 있는 말 조각상이 있다.

그렇다고 흉노가 완전히 망한 것은 아니었다. 하서주랑을 잃었지만 고비사막 쪽으로 이동하여 여전히 건재해 있었다. 언제 또 무슨 변이 일어날지 모르는 일이었다. 기세등등한 한무제는 기원전 101년, 더욱 흉노를 궁지로 몰기 위해서 다음과 같은 조칙을 내렸다.

"고황제(유방)께서는 짐에게 평성에서 당하신 원한(백등산의 굴욕)

을 남기셨다. 또 고후(高后, 여태
후) 때 선우의 편지 내용은 너
무나 무례했다."

이에 흉노의 나이 어린 선우는
한나라의 공격을 두려워하여 무
릎 꿇고 싹싹 빌듯이 이렇게 말
했다.

"한나라 황제와 나를 비유
하면 나는 어린아이입니다. 도
저히 한나라 황제와 대등하게
되기를 바랄 수는 없습니다."

| **위청묘 앞의 마답흉노상** | 서안 교외에 있는 한무
제의 무릉 곁에 있는 위청의 묘 앞에는 **흉노**를 제압
하여 밟고 있는 말 조각상이 세워져 있다.

이리하여 두 나라의 관계는 역전되어 흉노는 한나라와 형제 사이도
아니고 신하 격이 되었다.

절세미인 왕소군

세월이 반세기 흘러 기원전 60년 무렵, 흉노에서는 선우 자리를 놓
고 내분이 일어나 5명의 선우가 병립하며 수십 개의 부족으로 분열했
다. 그러다 결국 2명의 선우가 대립하게 되었을 때 한나라는 여기에
개입하여 호한야(呼韓邪)가 선우가 되도록 도왔다.

기원전 33년, 새 선우로 뽑힌 호한야 선우는 한나라에 감사하며 화친을 도모하기 위해 장안에 입성하여 신하의 예를 갖추고 황제의 궁녀를 연지로 삼기를 원했다. 이에 원제(元帝)는 크게 기뻐하며 성대한 연회를 베풀고 궁녀 중 한 사람을 선택하게 했다. 황제는 호한야가 선택한 궁녀에게는 '한나라 황실을 빛내라'는 의미로 빛날 소(昭)자를 써서 왕소군(王昭君)이라는 이름을 내렸다. 이후 후대에 각색된 전설적인 왕소군 이야기가 다음과 같이 전한다.

중국 역사상 4대 미인으로 꼽히는 왕소군은 민간 여성이었다가 자색이 뛰어나고 비파 연주에 능해 궁녀로 선발되었다. 그때 나이 열여덟이었다. 황제는 종종 화공이 그린 궁녀들의 초상화를 보고 간택하곤 했다. 궁녀들은 화공에게 뇌물을 주며 예쁘게 그려달라고 했다. 왕소군은 집안이 가난하여 뇌물을 바치지 않아 화공 모연수(毛延壽)는 왕소군의 초상을 평범한 얼굴에 큰 점이 찍힌 추녀로 그렸다. 황제는 왕소군의 실제 모습을 본 적이 없었다.

호한야 선우가 왕소군을 연지로 삼아 말을 타고 흉노로 돌아가는 전별식에서 황제는 흉노족 차림의 붉은 옷을 입은 왕소군을 보고 그제야 그가 절세미인임을 알았다. 송별식에서 돌아온 황제는 화공 모연수를 참수했다.

왕소군이 흉노로 가면서 비파를 연주하니 날아가던 기러기가 왕소군의 미모에 취해 날갯짓하는 것을 잊고 땅으로 떨어졌다고 한다. 그래서 왕소군에게는 '낙안(落雁)'이라는 말이 따라붙게 되었다. 그리고 훗날 당나라 시인 동방규(東方虬)는 「소군원(昭君怨)」이라는 시를 지

| 왕소군 청총 | 왕소군은 한과 흉노의 화친을 위해 호한야 선우의 연지가 되어 흉노로 갔는데, 결국 왕소군은 한나라의 문물을 흉노에 전파하는 역할을 했다. 내몽골에 있는 그녀의 무덤은 가을에도 푸른빛을 잃지 않는다고 해서 청총이라는 이름을 얻었다.

으면서 "오랑캐 땅엔 꽃도 풀도 없어 봄이 와도 봄 같지 않구나(胡地無花草 春來不似春)"라며 '춘래불사춘'을 노래했다.

　호한야 선우와 결혼한 왕소군은 흉노족의 관습에 따라 생활하며 길쌈 같은 중국 문물을 전파했다. 호한야 선우는 그녀를 총애했고, 흉노족들은 그녀를 연지로 존경했다. 왕소군은 호한야 선우와의 사이에서 아들을 낳았다. 그러나 왕소군이 시집온 지 3년도 안 된 기원전 31년 호한야 선우가 세상을 떠났다. 흉노 풍습에 선우가 죽으면 그 아들이 자기를 낳은 어머니가 아니라면 선우의 왕비를 아내로 맞아야 했다. 이에 왕소군은 호한야의 장자인 복주류(復株累)와 혼인해야만 했다. 왕소군은 이러한 풍습에 강한 거부감을 느끼고 고향으로 돌아가려고 했으나 한나라의 성제(成帝)가 만류하여 그 뜻을 접을 수밖에 없었다. 다행히 복주류는 왕소군을 사랑했고 2명의 딸을 낳았다.

한나라는 흉노와의 화친을 유지케 한 왕소군의 형제들을 제후의 신분에 봉했고, 그녀가 먼저 낳은 두 딸은 장안에 머물며 원제의 황후를 모시게 하면서 두 나라 간의 평화가 지속되었다. 그리고 기원전 20년 복주류 선우가 사망하자 이후 왕소군은 홀로 생활하다 세상을 떠나 흉노 땅에 묻혔다. 지금의 내몽골자치구에 있는 그녀의 무덤은 가을에도 푸름을 잃지 않는다고 해서 '청총(靑塚)'이라고 불린다.

왕소군 이후 흉노와 한나라 사이의 우호 관계는 60년이라는 오랜 세월 동안 이어져 전쟁이 일어나지 않았다. 그래서 후대인들은 왕소군이 출가하여 얻은 평화가 흉노 정벌에서 큰 공을 세운 위청과 곽거병의 공에 비견할 만하다고 평가하기도 한다. 이처럼 정략결혼으로 시집간 왕비에 의해 양국의 평화와 함께 문화가 교류된 역사상의 유명한 예가 더러 있다.

하나는 당태종의 문성공주(文成公主, 623~680)로, 티베트의 토번국 송첸감포 왕의 두 번째 왕비가 되어 40여 년간 그곳에서 살면서 티베트에 중국 문물과 함께 불교를 전파하고, 그녀의 설계로 라싸에 포탈라궁이 지어졌다.

또 하나의 예는 메디치의 카트린(Catherine de Médicis, 1519~1589)이다. 이탈리아를 흠모했던 프랑스의 프랑수아 1세가 며느리로 맞이하여 앙리 2세의 왕비가 되면서 프랑스 르네상스 문화에 크게 기여했다. 그녀는 루아르 강변의 슈농소(Chenonceau) 성(城)을 설계할 정도로 예술에 조예가 깊었고, 대동하고 간 요리사들은 프랑스 요리의 선구가 되었다. 이 세 왕비의 공통점은 재색을 겸비했고 그곳에 가서 그곳 사람들을 교화시켰으며 문예에 출중했다는 점이다.

흉노의 멸망

흉노와 한나라는 왕소군 이래 화친정책으로 평화롭게 지내왔으나, 한나라가 왕망(王莽)에게 멸망하고 그가 세운 신(新, 8~23)나라가 흉노의 선우에 대한 대우를 소홀히 하자 흉노가 다시 중국을 침입하기 시작했다. 언제나 중원이 흔들리면 유목국가가 준동했다.

그러다가 광무제가 등장하여 다시 후한(동한)을 세우고 흉노 정벌에 나서, 이때 반초(班超, 32~102)의 서역정벌이 이루어졌다. 반초는 흉노뿐 아니라 타클라마칸사막의 20여 개 민족을 정복하고 서역을 경영하기에 이르렀다. 반초의 활약상은 실크로드 오아시스 도시 곳곳에 전하고 있다. 흉노는 다시는 한나라의 상대가 되지 못했다. 당시 흉노는 이미 수십 개의 부족으로 분열된 상태였으며 그 수도 많지 않았다. 그리고 끝내는 남흉노와 북흉노로 분열되었다.

남흉노는 후한에 복속되어 오르도스 및 감숙성, 섬서성, 산서성의 중국 북방경계지역으로 이주하여 목축을 하는 유목민족에서 농사를 짓는 정주민족으로 한족화의 길을 걸었다. 북흉노는 몽골고원에 남아 여전히 유목국가를 유지했으나 기근·질병 등으로 세력이 약화된 데다 후한이 귀화한 남흉노를 용병으로 삼아 잇달아 공격하면서 점점 몽골고원의 서쪽으로 옮겨가기 시작하여 1세기 후반경에는 키르기스스탄 초원지대로 이동함으로써 중국과는 더 이상 접촉하지 않게 되었다. 그래서 375년, 서양에서 일어난 게르만족의 대이동을 촉발시킨 훈족이 바로 이들 북흉노였다는 학설이 나오는 것이다. 사람들은 흉노가 홀연히 사라졌다고 생각하곤 한다. 그러나 흉노 제국은 멸망했지만 흉노인은 여전히 유목민으로 살았다. 오호십육국시대의 전조(前趙, 304~329), 북량(北涼, 397~439) 등이 흉노의 후예가 세운 나라였다.

한편 이들이 사용했던 동복(銅鍑)이라는 이동용 가마솥이 우리나라 가야 유적에서도 발굴되어 가야의 상층부가 북방에서 내려왔다는 가설이 제기되고 있다. 아무튼 5세기 이후 흉노에 대한 기록은 어디에도 나타나지 않는다.

내가 지금 하서주랑에 와서 흉노의 역사를 이렇게 일별하자니 중국에 있는 55개 소수민족의 처지를 우리와 자연히 비교해보게 된다. 중국인이 오랑캐라고 부른 변경민족의 흥망성쇠와 영욕을 보자면 오늘날 중국이라는 대국의 힘에 눌려 중국의 자치구 또는 자치주를 이루며 조상들 삶의 방식을 이어가거나, 아예 더 서쪽으로 밀려나 우즈베키스탄, 카자흐스탄, 키르기스스탄, 타지키스탄, 투르크메니스탄, 아프가니스탄 등 '스탄' 자가 붙어 있는 중앙아시아의 여러 나라들이 되어 있다. '스탄'이란 땅이라는 뜻이다.

이렇게 생각하면서 동아시아 제민족의 역사에서 우리 민족이 견지한 역사적 생명력이 얼마나 강한지를 새삼 깨닫는다. 하나의 민족이 자신들의 운명을 스스로 결정하며 살아갈 수 있는 강역을 확보하고 대대로 역사를 이어온 것은 피나는 희생과 불굴의 의지 아래 조상들

이 우리에 내린 유산이고 축복이다. 하서주랑에 서린 흉노의 역사가
이를 절절히 가르쳐준다.

몽 골

하미

신강위구르자치구

내몽골자치구

과주(안서)

돈황

가욕관
주천

감 숙 성

장액

두

청 해 성

여기가 만리장성의 서쪽 끝이라던가

가욕관의 내력 / 가욕관의 관성 구조 / 천하웅관 가욕관 /
정성전 / 장성박물관 / 고비사막 / 위진시대 화상전

주천역 지나 가욕관역으로

우리의 야간열차가 밤새 달려 새벽 5시 무렵이 되자 바야흐로 주천
을 앞두고 먼동이 트기 시작했다. 오른쪽 창으로 북쪽을 바라보니 과
수원과 작물 밭이 섞바뀌어 들판은 어슴푸레 검푸른 빛을 드러내고
있었다. 멀리 내다보니 어렴풋이 보이는 농가 언저리엔 줄지어 자라
고 있는 키 큰 미루나무가 듬성듬성 이어졌다 끊어졌다를 반복했다.
반대편 창을 내다보니 기련산맥의 긴 산줄기가 뻗어가며 네모난 창틀
을 땅과 하늘로 정확히 반을 가르고 있었다. 한여름인데도 산마루에
하얀 만년설을 이고 있는 기련산맥이 그렇게 우리의 기차를 계속 따

| **하서주랑의 일출** | 야간열차에서 해돋이를 맞이하여 동쪽을 바라보니 멀리 긴 산줄기가 땅과 하늘을 정확히 반으로 가르고 있다.

라오고 있었다. 이것이 가이드가 내게 주천에 가면 만나게 된다는 하서주랑의 전형적인 표정이었다.

우리의 기차가 주천역을 지나 북대하(北大河)라는 강을 가로지르는 철교를 건너가자 이내 가욕관(嘉峪關)역에 도착했다. 역내에는 생각보다 많은 승객들이 월대로 무리지어 내려왔다. 막연히 생각하기를 가욕관은 만리장성의 서쪽 끝에 있는 관성(關城)으로 이 관문을 통과하면 망막한 고비사막이 전개되는 곳으로 가욕관역은 주천역에서 불과 20킬로미터 거리여서 명승지를 위한 간이역, 이를테면 우리나라 불국사역 정도로 생각했다. 그러나 가욕관은 1950년대에 이곳 경철산(鏡鐵山)에서 대규모 철광이 발견되어 대형 철강 콤비나트가

| **하서주랑의 풍광** | 한여름에도 산마루에 하얀 만년설이 쌓여 있는 기련산맥이 내내 기차를 따라온다. 끝없이 이어지는 이 풍광은 하서주랑의 전형적인 모습이다.

세워지면서 공업도시로 발전하여 1971년에는 시로 승격되었고 오늘날에는 인구 25만 명을 헤아리는 중소도시가 되었다. 공항이 따로 있을 정도다. 우리는 역에서 기다리는 새 전용버스를 타고 조식 뷔페가 가능한 호텔로 가서 가볍게 아침식사를 한 뒤 곧장 가욕관으로 향했다.

　가욕관은 역에서 서북쪽으로 15킬로미터 거리에 있었다. 만리장성의 위치와 길이는 시대마다 달리했는데 지금 남아 있는 것은 명나라 때 개축된 것으로 동쪽 발해만의 산해관(山海關)에서 북경의 팔달령(八達嶺)을 거쳐 서쪽 끝 고비사막의 가욕관까지 5천 킬로미터, 1만 리(4천 킬로미터)를 훨씬 넘는 길이다. 유네스코 세계유산 정도가 아니

| **가욕관** | 명나라는 티무르 군대가 하서주랑 안쪽으로 들어오는 것을 막기 위해 기련산맥과 마종산맥의 흑산 사이의 골짜기에 관성을 짓고 장성으로 막아놓았다. 이것이 지금의 가욕관 만리장성이다.

라 세계 7대 불가사의 중 하나이다.

그리하여 만리장성은 중국의 상징이자 중국인들의 문화적 자존심이 되어 모택동은 일찍이 "장성에 오르지 않은 자는 사나이가 아니다"라며 '부도장성 비호한(不到長城非好漢)'이라고 했고, 등소평은 "우리 중국을 사랑한다면 우리의 장성을 잘 가꾸자"라며 '아애중화 수아장성(我愛中華修我長城)'이라고 했다. 그래서 장성을 보지 않은 자는 중국을 보지 않은 것이고, 장성을 보지 않은 자는 중국을 말할 수 없다고 한다.

가욕관의 내력

만리장성은 춘추전국시대에 흉노와 접한 진(秦)나라, 조(趙)나라, 연(燕)나라 등이 각기 부분적으로 쌓은 장성을 진시황이 중국 통일 뒤 몽념(蒙恬) 장군을 시켜 10년에 걸쳐 연결시킨 것이었다. 이렇게 만들어진 만리장성은 한무제가 하서사군을 설치하면서 하서주랑의 끝인 돈황에서도 90여 킬로미터 더 서쪽에 있는 옥문관(玉門關)까지 연결했다. 지금도 옥문관 언저리엔 한나라 때 장성의 자취 13킬로미터가 남아 있다.

한나라 이후 오호십육국시대가 되면 유목민족이 북중국을 지배하면서 만리장성은 국방의 의미를 상실하여 방치되었다. 수나라·당나라가 이를 일부 수축했지만 몽골족의 원나라 시대로 들어오면 장성이 아예 의미조차 없게 되어 사실상 폐허가 되었다. 그래서 원나라 때 중국에 온 마르코 폴로(Marco Polo)가 쓴 『동방견문록』에는 만리장성에 대한 언급이 한마디도 없다.

그 후 사실상 한족의 마지막 왕조를 건국한 명나라 주원장(朱元璋)은 원나라를 고비사막 북쪽으로 몰아내었지만 아직 완전히 제압하지는 못한 상태였던 데다 그때 서역 지방에서 스스로를 칭기즈칸의 후손이라 칭한 티무르(Timur, 재위 1369~1405)가 지금 우즈베키스탄의 사마르칸트를 수도로 삼고 파죽지세로 중앙아시아를 지배하고는 몽골제국의 부흥을 외치며 대군을 이끌고 명나라로 진격할 채비를 하고 있었다.

그러자 주원장은 1372년에 풍승(馮勝) 장군을 파견하여 이에 대비케 했다. 풍승은 티무르 군대가 하서주랑 안쪽으로 들어오는 것을 막기 위하여 기련산맥과 마종산맥의 흑산(黑山) 사이에 있는 폭 15킬로미터 정도 되는 골짜기에 관성을 짓고 장성으로 막아버렸다. 이곳은 하서주랑과 고비사막의 병목구간이자 하서 제일의 협곡(峽谷)으로 풍광이 아름다워 아름다울 가(嘉), 골짜기 욕(峪), 가욕(嘉峪) 산록이라 불리던 곳이다. 이것이 가욕관 만리장성의 내력이다.

결국 티무르는 명나라 원정 도중에 병사하여 가욕관에서는 전투가 벌어지지 않았고 그의 사후 티무르제국은 쇠락의 길로 접어들어 얼마 안 되어 우즈베크족에 의해 멸망했다. 이후 가욕관은 변경의 군사기

| **가욕관 관성** | 가욕관은 만리장성 서쪽 끝 관성이었으나 청나라가 펼친 확장정책으로 영토에 편입되며 국방의 의미가 사라지고 역사를 간직한 관성으로 남았다.

지로 굳게 문을 닫아두었다. 이로써 서역으로 가는 실크로드도 사실상 막을 내리게 된다. 16세기에 들어오면 지리상의 발견으로 해상 실크로드가 열리면서 대상들이 지나던 육로 실크로드는 점점 미미해졌다. 1524년 이후 실크로드 이야기는 더 이상 기록에 등장하지 않는다.

명나라를 멸망시키고 들어선 청나라는 영토 확장정책을 펼치면서 여기서 1천 킬로미터 더 떨어진 신강성까지 영토로 편입함으로써 만리장성의 국방상 의미는 다시 사라지게 되고 가욕관은 역사를 간직한 관성으로 남게 되었다. 청나라 말기 아편전쟁 때 과감하게 아편을 불태우고 저항한 임칙서(林則徐)가 결국 전쟁의 분란을 일으켰다는 죄목

| **모택동이 쓴 임칙서 시비** | 임칙서의 시를 모택동이 그의 유려한 초서체로 쓴 시비가 가욕관 장성박물관 입구에 있다. 모택동은 특히 이 시를 애송했다고 한다.

으로 신강성 이녕(伊寧)으로 유배될 때 이 가욕관을 지나면서 느낀 감회를 「출가욕관감부(出嘉峪關感賦)」 세 수로 지어 그때의 모습을 아련히 전해준다.

모택동은 임칙서의 시를 좋아하여 지금 가욕관 장성박물관 입구에는 제2수를 모택동이 유려한 초서체로 쓴 시비가 세워져 있다.

관성 아래서는 철륵의 피리소리 전해오고　　　　塞下傳笳歌轍勒

망루 머리에 의지한 칼은 험한 산까지 이어졌네　　樓頭倚劍接崆峒

장성 차가운 달빛 아래 말에게 물을 먹이는데　　長成飲馬寒宵月

옛 수자리에 독수리가 날고 큰 모래바람이 부네　　古戍盤雕大漠風

그렇게 가욕관은 오랫동안 돌보는 이 없이 잊혀가고 있었다. 그러나 1950년대에 들어오면 역사 유적으로 다시 주목받게 된다. 특히 만리장성을 연결한 관문들이 거의 다 현대에 새로 지은 것임에 반해 이 가욕관만은 유일하게 500년 전 제자리를 지키고 있다는 역사적 진정성이 있기 때문이었다. 그리하여 가욕관의 수각들이 지금의 모습으로 복원되었고 우리 같은 이역의 답사객도 불러들이는 것이다.

가욕관 노점상에서

가욕관에 당도하니 아직 입장 시간이 되지 않았는데도 웬 사람들이 어디서 왔는지 출입구에 길게 늘어서서 개장할 때를 기다리고 있다. 아침부터 땡볕이 내리쬐는 것이 만만치 않다. 비로소 사막의 태양을 맛보는 것 같았다. 우리 일행들이 그늘로 피해 문 열 때를 기다리는 동안 나는 어지럽게 늘어선 노점상으로 갔다.

우선 얇고 긴 하늘빛 스카프를 하나 사서 걸쳤다. 50위안 달라는 것을 30위안(약 5천 원)으로 깎아 샀는데 내 뒤에 산 사람은 20위안이었고 투르판에서는 10위안이었다. 기후가 생소한 곳을 여행할 때면 나는 그곳 사람들이 멋이 아니라 평복으로 흔히 입는 그 지역의 복식을 입어보곤 한다. 이집트에 갔을 때는 목화 면으로 만든 긴 홑겹 재킷을 사서 걸치고 다녔고, 인도에 가서는 옛날 어린애 기저귀처럼 길고 넓은 천을 휘감고 다녔고, 모로코에 가서는 차도르라는 것을 사서 마치 '아라비아의 로런스'처럼 머리부터 어깨까지 말아 매고 다녔다. 단순한 호기심이 아니라 이것을 입어보면 그 복식이 그 지역 날씨가 낳은 자연적이고 필연적인 삶의 형식임을 알 수 있기 때문이다.

가욕관에서 산 스카프는 확실히 사막의 기후가 낳은 산물이었다. 돈황을 거쳐 투르판까지 내내 두르고 다니며 유용하게 사용했다. 비단 질감을 흉내 낸 화학섬유였지만 땡볕이 내리쬘 때 어깨에서 넓게 양팔까지 내려 걸치면 햇살이 따갑지 않고 바람이 통하여 여간 시원한 것이 아니었다. 일교차가 심하여 저녁에 날이 차가워지거나 바람이 불 때 몸에 둘둘 말고 있으면 보온이 되었다. 실크로드를 오가던 옛 대상들이 이런 천을 두르고 다닌 이유를 알 수 있었다.

그리고 나는 상가를 다니며 가욕관 안내책자를 찾았다. 어디를 가나 내가 제일 먼저 찾는 것은 그 유적지의 도록과 팸플릿이다. 특히 돈황 답사를 준비하면서 가욕관을 제대로 설명한 자료를 만나지 못해서 꼭 필요했다. 가욕관 입구에는 큼직하게 세워져 있는 안내판에 성채의 역사와 구조를 알려주는 '가욕관 관성 심람도(尋覽圖)'가 있어서 참고는 되었다. 그러나 자세하게 설명한다고 길게만 적어놓았지 별 도움이 되지 않았다. 내용인즉 가욕관은 처음부터 지금과 같은 형태가 된 것이 아니라 1372년에 풍승 장군이 성벽만 완성했고, 그로부터 120여 년이 지난 1495년에 서문과 동문에 누각을 짓고 관청·창고 등 부속 건조물을 수축했으며, 또 40년 뒤인 1539년에 성벽에 적루·각루·봉화대 등을 증축했으며 양 날개로 편 장성도 그때 완성되었다는 것이다. 정작 내가 알고 싶은 사항, 이를테면 상주 인구라든지, 민가와의 관계, 건물의 방향과 파사드 같은 설명이 없었다.

그런데 상점 어디에도 책을 파는 곳은 없었다. 가욕관 안에도 없었다. 가욕관 답사 후 장성박물관을 관람하고 나오는데 일행 중 한 사람이 여기 내가 찾는 도록이 있다고 해서 가보니 책장 안에 가욕관에 관한 낡은 책이 서너 권 있었다. 진열장이 자물쇠로 잠겨 있어 안내원에게 살 수 없느냐고 묻자 담당자가 연락이 안 된다며 팔 수 없다고 했다. 일행들은 황당하고 답답한 일이라며 의아해했지만 나는 중국 답사에서 이런 일을 하도 많이 겪어서 아무렇지도 않았다. 어떤 이는 이것이 중앙과 지방의 민도 차이라 했고 어떤 이는 사회제도의 모순이라고 했는데 내 생각엔 둘 다인 것 같았다. 그래도 운이 좋아서 나중에 돈황의 헌책방에서 『천하웅관(天下雄關)』(甘肅人民美術出版社 2006)이라는 사진자료집과 『가욕관 사화(史話)』(甘肅文化出版社 2006)를 운 좋게 구해 비로소 그 전모를 파악할 수 있게 되었다.

가욕관의 관성 구조

가욕관은 관문(關門)이 아니라 관성(關城)이다. 만리장성의 서쪽 끝에 명나라의 군부대가 주둔하고 있던 곳인데 나도 그랬듯이 사람들은 으레 그러려니 하고 서역으로 가는 관문으로 잘못 생각하기 쉽다. 심지어 이에 대한 어떤 소개글에는 '장안과 서역을 오가는 사신과 대상의 출입국 심사가 이뤄졌던 곳'이라고 한 것도 있다. 또 가욕관 안에 들어가면 당나라 때 국외로 나갈 수 있는 일종의 여권인 '관조(觀照)'를 만들어 파는 상점이 있다. 중국어에서 '잘 부탁드립니다'라는 뜻으로 '다다관조(多多觀照)'라고 하는 말이 여기서 나왔다고 한다. 그러나

이는 모두 명백히 사실이 아니다. 서역으로 통하는 관문은 여기서도 500킬로미터 떨어진 돈황에서도 서남쪽으로 60킬로미터 떨어진 양관(陽關)과 서북쪽으로 90킬로미터 떨어진 옥문관(玉門關)이다(이 옥문관은 가욕관 서쪽 가까이 있는 옥문이라는 이름의 도시와 다르다). 명나라 때는 이미 실크로드가 유명무실해졌다.

가욕관은 내성과 외성 두 겹으로 되어 있는데 내성의 둘레는 733미터, 외성의 총 길이는 1,100미터이며 높이 11미터의 성벽에 둘러싸여 있다. 성벽 위로는 군사들이 배치될 수 있도록 널찍하고 화살을 쏘는 구멍이 나 있다. 이를 여장(女牆)이라고 한다. 돌계단에는 짐을 나르는 말이 올라갈 수 있는 마도(馬道)도 있다. 곳곳에 병기를 보관하는 창고와 초소도 있다. 관내 면적은 약 1만 평(33,000여 제곱미터)이다. 성채 안에는 병사의 막사와 사령부 건물이 있으며 여기에 주둔한 병사는 약 400명이었다고 한다.

가욕관의 중심 축선은 동서로 나 있다. 동쪽이 안쪽이고 서쪽이 바깥쪽이다. 서쪽 대문은 고비사막과 마주하고 있고, 동쪽 대문은 백성들의 마을과 맞닿아 있다. 그래서 네모반듯한 성채엔 서문과 동문만 있고 남쪽과 북쪽은 옹벽으로 둘러져 있다. 여기서 뻗은 긴 장성은 남쪽으로는 기련산, 북쪽으로는 흑산까지 닿아 있다.

동문과 서문은 옹성으로 둘러진 이중문으로 되어 있다. 외적이 바깥문을 뚫고 들어와도 안쪽 문을 닫으면 독 안에 든 쥐처럼 옹성 안에 갇히게 하는 구조다. 대문 위에 높이 17미터에 달하는 3층 누각을 세웠다. 특히 서문은 외적과 마주하기 때문에 문루를 안팎으로 세워 멀

| **가욕관 관성 내부** | 가욕관의 동문과 서문은 옹성으로 둘러진 이중문이다. 서쪽 대문은 고비사막과 마주하고 있고, 동쪽 대문은 마을과 맞닿아 있다. 남북으로 둘러진 옹벽 양쪽으로 장성이 길게 뻗어 있다.

리서 바라보면 긴 장성 한가운데 육중한 가욕관 성채 위로 3층 누각 세 채가 가욕관의 힘과 아름다움을 뽐내고 있다.

문루의 이름을 보면 서문의 바깥쪽 문루에는 가욕관이라는 이 관성의 이름이 당당한 필체로 쓰여 있고 안쪽 문은 유원문(柔遠門)이라 했다. '멀리 있는 것을 부드럽게 회유한다'는 뜻이니 외적에 대고 한 말이다. 동문을 광화문(光化門)이라고 한 것은 우리 경복궁의 광화문과 마찬가지로 '밝은 덕이 온 누리에 퍼진다'는 뜻으로 관성 안쪽의 백성들에게 내보이는 말이다.

가욕관으로 들어가는 길

관광객 출입구에서 가욕관 성채까지는 꽤 거리가 먼지라 배터리로 가는 전병차(電瓶車)라는 셔틀 차량이 운영되고 있었다. 그러나 우리의 가이드는 가면서 볼 것이 있으니 타지 말라며 우리를 커다란 호숫가로 안내했다. 황량하리라 생각하고 들어왔건만 호수에선 조용한 서정이 일어났다.

호수는 사시사철 항상 이처럼 맑고 푸른 물을 담고 있다고 하며 이름은 구안천(九眼泉)이란다. 9개의 구멍에서 샘물이 솟아오른다고 해서 얻은 이름이지만 아홉은 개수의 의미가 아니라 많다는 뜻이다. 전설에 따르면 가욕관을 축조할 당시 수만 명의 인력을 동원하면서 물 공급이 큰 문제였는데, 10여 킬로미터 떨어진 곳에서 물을 날라 와야 했고 이 호수 자리는 야생 보리밭이었다. 그때 어느 백발 노인이 관리에게 인부들이 집으로 돌아갈 때 야생 보리를 베어가게 하면 우물이 나올 것이라고 했다. 지하에 물이 있어 야생 보리가 자랐기 때문이었다. 그래서 그대로 따랐더니 농부들이 너도나도 보리를 베어가고는 떨어진 낟알을 주우려고 돌멩이를 걷어내면서 자연히 구덩이가 생겼고 결국 이런 호수가 됐다는 것이다.

호수를 곁에 두고 탐방로를 따라 가욕관으로 향하는데 길 오른쪽으로는 가로수로 심은 수양버들이 늘어서 있다. 이곳 수양버들은 우리나라에서 흐드러지게 자라는 우리나라 것과 달리 이리 휘고 저리 휘어 구불구불하다. 줄기는 꾸불꾸불하고 잎은 꼬불꼬불하다. 그래서 여

| **구안천** | 가욕관으로 가는 길에 있는 구안천은 많은 구멍에서 샘물이 솟아오른다고 해 붙여진 이름이다. 호수는 사시사철 맑고 푸른 물을 담고 있다.

기서는 이 수양버들을 곡곡류(曲曲柳)라고 부른다. 바람이 모질어 그렇게 자란 모양이다.

　곡곡류를 따라 지금 우리가 가고 있는 이 길은 민가에서 관성으로 가는 길이기 때문에 곧장 가면 동문이 나온다. 한 모롱이를 돌아서자 갑자기 우람한 성채가 드러나고 그 옆으로 장성이 한없이 길게 뻗어나간다. 그 모습이 하도 장쾌하여 모두들 시선을 돌리지 못하고 있는데 이건용이 뭔가 예상 밖으로 이상하다며 민현식에게 말을 건넨다.

"어라, 장성이 석성이 아니라 토성이네."

| 가욕관과 이어지는 장성 | 본래 만리장성은 기본적으로 토성이었다. 북경 가까이 있는 팔달령의 장성은 명나라 때 새로 쌓으면서 석성으로 바꾼 것이었다.

"그러게 말야. 높이도 높지가 않지."

그러고는 내 쪽으로 고개를 돌리고 무언가 대답이 나올 것이라고 기대를 하는 표정을 지었다. 마침 내가 아는 바가 있어 자신있게 대답했다.

"본래 만리장성은 기본적으로 토성이었다고 해요. 흉노를 비롯한 유목민족들은 전쟁을 할 때도 가축을 몰고 다니면서 싸웠기 때문에 말이나 양떼가 넘어갈 수 없게만 하면 침략을 막을 수 있었거든요. 지금 옥문관 곁에 남아 있는 한나라 때 장성도 다 토성이에요. 북경 북쪽

팔달령에서 보는 것처럼 돌과 전돌로 이루어진 거대한 장성은 모두 명나라 때 몽골의 재침입을 막기 위해 견고하게 개축한 것입니다. 그때도 서쪽의 장성은 이처럼 그냥 토성으로 쌓은 것이죠.

그러나 이 토성은 그냥 흙을 쌓은 것이 아니고 판축공법이라고 해서 앞뒤로 진흙과 지푸라기를 다진 흙판을 계속 쌓고 그 사이를 흙으로 메운 것이라 대단히 단단하다고 합니다."

내 설명을 듣고는 두 친구 모두 이제야 속 시원히 알게 됐다며 여태까지는 농담으로 내게 '인연이 좀처럼 닿지 않던 인생을' 돈황으로 올 수 있게 해주었다고 생색을 내었는데 이제야 비로소 나를 데리고 오길 잘했다고 말을 바꾸었다.

다시 동문 쪽으로 발걸음을 옮기는데 큰길가에 '천하웅관(天下雄關)'이라고 쓴 비각이 있었다. 글씨도 힘차지만 가욕관의 웅장한 기상을 압축적으로 표현한 글귀 자체에 웅장한 맛이 있었다. 이 글씨는 1809년 감숙진(甘肅鎭) 총병(總兵)으로 가욕관에 온 이정신(李廷臣)이 만리장성 동쪽 끝에 있는 산해관의 천하제일관(天下第一關)과 대(對)를 이루게 쓴 것으로, 이후 가욕관의 별칭이 되었다.

천하웅관 가욕관

동문 앞 광장엔 고색창연한 2층 누각 건물이 성채 앞을 가로막고 있었다. 공자님을 모신 문창각(文昌閣)이다. 그 옆으로는 상설 연극무대로 꾸며진 희대(戲臺)가 있다. 희대 맞은편에는 관우를 모신 관성전

| 가욕관의 모습 | 1. 공자를 모신 문창각 전경 2. 관우를 모신 관성전의 관제묘 3. 희대의 천장 4. 광화문

(關聖殿)이 있다. 그리하여 이 문창각·관성전·희대로 이루어진 공간 에서 병사들의 위문공연과 바깥 생활이 이루어졌음을 알 수 있었다. 희대 건물을 보니 높이 쌓은 무대에 넓고 높은 빈 공간 위로 날렵한 기 와지붕이 얹혀 있다. 천장에는 태극과 팔괘(八卦)가 그려져 있고 좌우 의 벽에는 팔선(八仙)을 그려놓았고 무대 앞에 나무를 대어서 무희들 의 발이 보이지 않도록 해놓은 것이 퍽 슬기로워 보였다.

가욕관의 정문인 광화문(동문)은 옹성을 통하여 들어서게 되어 있 는데 출입구가 대문과 직각으로 꺾여 있고 옹성의 벽이 수직이 아니 라 75도쯤 기울어 있어 더욱 견실해 보였다. 역시 전쟁을 많이 해본 경

| **가욕관 옹성** | 동문과 서문은 옹성으로 둘러진 이중문으로 되어 있다. 외적이 바깥문을 뚫고 들어와도 안쪽 문을 닫으면 독 안에 든 쥐처럼 갇히게 하는 구조다.

험이 낮은 구조다. 그리하여 옹성 안으로 들어와 광화문을 바라보니 가히 위엄이 넘치고 웅장하다. 아래서 보자면 성벽 높이까지 더하여 28미터나 된다(아파트 10층 정도의 높이다).

광화문 한쪽에는 '격석연명(擊石燕鳴)'이라는 안내판이 있다. 돌을 두드리면 제비 울음소리가 난다는 것이다. 옛날에 한 쌍의 제비가 여기에 둥지를 틀고 살면서 아침에 들에 나갔다가 저녁이면 돌아오곤 했는데 어느 날 암제비는 먼저 들어왔지만 숫제비는 들어오다 닫히는 문에 끼어 죽었다고 한다. 이에 짝을 잃은 암제비는 밤새도록 찍찍 대며 슬피 울다 죽었다고 한다. 이후 돌로 성벽을 두드리면 제비의 울음

소리가 들렸고 장수가 출전할 때 아내가 돌로 벽을 두드리며 무사히 돌아오기를 기원하면 반드시 살아서 돌아왔다는 것이다. 날마다 생사를 가늠할 수 없는 전쟁에 나가던 병사의 가족들이 무사귀환을 빌던 마음이 낳은 전설이다.

동문 안으로 들어서자 멀리 곧장 앞으로 서문인 유원문과 마주하게 되고 내성 안으로 들어가니 한쪽에 가욕관의 최고 군사책임자들이 머무는 유격장군부(遊擊將軍府) 건물이 있다. 장군부 건물 앞에는 두 마리의 사자가 버티고 앉아 있고 기둥에 주련이 있어 읽어보니 '백영 살기 풍운진(百營殺氣 風雲陳)', 즉 '일백 병영의 살기가 비바람을 내리

누른다'라는 무시무시한 글이
다. 마당 한가운데로 유원문까
지 가는 길가에는 대추나무가
심어져 있어 삭막한 군영 안에
서 푸르름을 보여주는데 열매
를 먹지 못하여 모래대추나무
〔沙棗樹〕라고 한단다.

| **광화문 문루로 가는 마도** | 성벽 위로 말이 올라갈
수 있게 비탈길을 만들고, 이를 마도라 하였다.

광화문 문루로 올라가는 길
은 계단이 아니라 비탈길로, 말
이 다닐 수 있는 마도로 되어
있다. 광화루에 오르자 내성 안
이 훤히 내려다보였다. 사방으
로 둘러진 성벽 곳곳에 초소 건
물이 있고, 저 멀리로 기련산맥을 향하여 길게 뻗은 장성이 한눈에 들
어온다. 참으로 굳센 성채라는 감동이 일어나면서 황량한 들판에 중
장비도 없던 시절 이 성채를 쌓느라고 얼마나 고생이 심했을까 싶은
생각이 들기도 한다.

한 장의 벽돌, 정성전

가욕관을 설계한 사람은 전설적인 토목기술자인 역개점(易開占)이
라고 한다. 그는 이 관성을 설계부터 시공까지 맡아 이처럼 견고하고
도 아름답게 디자인하면서도 시공할 벽돌을 정밀하게 계산하여 공연

| 회극문에 놓여 있는 벽돌 한 장 |
옹성 남쪽문인 회극문 건물 중간
에는 벽돌 한 장이 놓여 있다. 이
벽돌은 가욕관의 성벽이 무너지
지 않기를 기원하며 올려둔 것으
로 정성전이라고 한다.

히 물자와 인력을 낭비하지 않았다고 한다. 총 20만 장(또는 40만 장)이
라고 했다. 그가 이처럼 자신만만하게 작업하는 것을 미심쩍어한 감독
관이 벽돌의 숫자가 정확한지 묻자, 역개점은 틀리면 벌을 받겠다고
했다. 그리고 관성이 완공되고 나니 오직 한 장의 벽돌만이 남아 서문
옹성의 남쪽문 머리 위에 올려놓았다.

이에 감독관이 한 장 틀리지 않았느냐며 벌을 받아야 한다고 하자
역개점은 말하기를 "이는 관성을 안정시키는 정성전(定城塼)을 위해
하나 남겨둔 것이다"라고 했다. 정성전이란 성이 무너지지 말라는 기
원을 담고 있는 벽돌이다. 이는 옛 미장이들의 기도하는 마음이 들어

있는 풍습이다. 그러고 나서 "정성전이 없으면 성이 무너질 텐데 그러면 당신이 책임지겠냐"라고 하자 관리는 감히 이 벽돌을 건들지 못하고 슬그머니 사라졌다고 한다. 그래서 이 한 장의 벽돌은 지금도 회극문(會極門) 머리 위에 놓여 있다.

이 이야기를 듣고 누군가가 건축가 민현식에게 이곳 벽돌은 좀 커보인다고 하자 그는 역시 친절하게 다음과 같이 설명했다.

"벽돌은 시대마다 나라마다 재료에 따라 크기가 다릅니다. 벽돌의 크기는 기본적으로 벽돌공이 일하기 적당한 크기와 무게로 결정됩니다. 보통 적벽돌이 20×10×7.5cm인 것은 미장이가 한 손으로 들고 일하기 편한 크기이기 때문입니다. 이에 반해 콘크리트 블록은 두 손으로 들 수 있는 적당한 크기죠. 가능하면 가볍고 크게 하기 위해 벽돌 가운데에 구멍을 내기도 합니다. 또 대개 벽돌 석 장을 쌓으면 줄눈을 포함하여 20센티미터가 되어 한 장을 세운 것과 높이가 같아집니다.

그리고 이 전설적인 이야기는 정교한 설계와 시공을 말해주는 것이지만 나중에 수리할 때를 대비해서 샘플로 한 장 남겨둔 것일지도 모릅니다. 그러나 요즘에는 벽돌집을 지을 때 한 장만 남기면 안 됩니다. 벽돌을 구울 때마다 색깔이 달라져 보수한 자국이 그대로 드러나거든요. 나는 부여에 있는 한국전통문화학교를 설계한 다음 벽돌 여분을 충분히 남기지 않은 것을 지금도 아쉬워하고 있습니다."

장성박물관에서

그늘이 있을 리 만무한 가욕관 성벽을 땡볕 아래 한 바퀴 돌아보고 나오니 이제 겨우 10시 반밖에 안 되었는데 벌써 지친다. 성 밖으로 나와 먼저 나온 일행을 찾아보니 모두들 파라솔이 있는 가게에 몰려 있었다. 누가 내게 시원한 음료라도 마시라고 권하는데 내 눈에 번쩍 띄는 것은 내 어린 시절에 먹던 '삼강하드' 같은 아이스케키였다. 네모난 형태에 우유맛이 진한 삼강하드는 종래의 막대 아이스케키 수제품을 몰아낸 우리나라 얼음과자의 모더니즘이었다. 그런 향수가 깃든 것을 젊은 친구들은 알 리 없었다.

우리는 가욕관 장성박물관 입구에 있는 나무 그늘 아래서 잠시 쉬기로 했다. 이때 한 사람이 어디론가 가더니 토마토를 한 봉지 사서 일행들에게 나누어주었다. 그러자 다음 사람이 오이를 한 봉지 사왔다. 너나없이 받아먹고는 국내에서는 맛보지 못한 것이라고 좋아했다. 오이와 토마토는 가뭄에 맛있는 법이다. 그러니 이 사막지대의 땡볕에서 얼마나 맛있게 잘 익었겠는가. 가욕관 이후 돈황, 투르판, 우루무치까지 우리는 수박과 포도를 한없이 즐겼다. 이것이 두고두고 돈황 답사의 기억으로 남는다.

가욕관의 장성박물관은 만리장성의 역사와 각 지역의 모습을 보여줄 것으로만 생각했는데 뜻밖에 두 가지 눈호강을 했다. 첫 번째는 내가 보지 못해서 못내 섭섭했다는 마답비연상이 출토된 무위의 뇌대한 묘에서 나온 '행차 의장 대열'의 99개 청동 조각이 정교한 복제유물로

| **위진시대 벽돌무덤과 화상전** | 1972년 발굴된 위진시대 8기의 묘에 묻혀 있던 화상전에는 당시 생활상을 알려주는 이미지들이 가득하다. 우리 고구려 벽화와 닮은 점이 많다.

장대하게 전시되어 있는 것이었다. 물론 행렬의 맨 앞에 마답비연상이 놓여 있었다.

두 번째 눈호강은 이곳 가욕관시의 또 다른 유명한 유적지인 위진시대(220~420) 벽돌무덤의 화상전(畵像塼)이 수십 점 전시되어 있는 것이었다. 가욕관시에서 동북쪽으로 20킬로미터 떨어진 고비사막에는 위진시대의 고분이 무려 1천여 기가 산재해 있다고 한다.

1972년에 8기의 묘를 발굴했는데 그중 6기가 화상전으로 장식된 벽돌무덤이었다고 한다. 여기서 확인된 화상전은 모두 760점으로, 아주 간결한 필치로 농경, 목축, 수렵, 양잠, 그리고 부엌, 연회, 악기 연주, 나들이 등이 그려져 있어 당시의 생활상을 알려주는 풍부한 이미지로 가득하다. 고구려 고분벽화의 사냥 장면을 연상케 하는 것도 있

| **가욕관 만리장성** | 가욕관 장성 답사는 '장성제일돈'이라는 돈대와 산마루에 걸려 있는 것 같다는 현벽장성으로 이어진다. 만리장성에는 이처럼 곳곳에 초소가 있었다.

어 아주 흥미롭게 보았다.

가욕관 장성 답사는 '장성제일돈(墩)'이라는 돈대와 산마루에 걸려 있는 것 같다는 현벽(懸壁)장성으로 이어진다. 만리장성은 어찌되었든 국경선이기 때문에 곳곳에 초소가 있었다. 명나라 군사방어 시스템을 보면 5리마다 봉화를 피우는 봉수(烽燧)대가 있고 10리마다 보초가 서는 돈(墩)대가 있고, 30리마다 요새인 보루(堡壘)가 있었고 100리마다 가욕관 같은 관성(關城)이 있었다. 그러니까 가욕관에서 30리 떨어진 곳에 있는 돈대는 만리장성 서쪽의 제일 첫 번째 돈대인 것이다. 우리는 이를 멀리서만 바라보고 곧장 돈황으로 향했다. 여기서 돈황까지는 7시간은 족히 걸리기 때문에 지금부터 부지런히 가도

해가 질 녘에야 도착한다.

고비와 고비사막

가욕관에서 돈황으로 가는 길은 황량한 고비사막을 질러가는 길이다. 몽골과 중국 내몽골자치구의 대부분을 차지하고 있는 고비사막은 활모양으로 동서로 길게 뻗어 서쪽은 천산산맥까지 닿기 때문에 하서주랑의 서쪽 끝자락에 이렇게 걸쳐 있는 것이다. 몽골어로 고비(gobi)는 '물이 없는 곳'이라는 뜻이다.

고비사막은 백악질(白堊質) 고원으로 대부분 바람에 날리는 작은 모래덩어리와 민둥언덕으로 되어 있다. 그래서 말이 사막이지 황량한 황무지라고 하는 게 더 맞지 싶다. 그래서 이곳 사람들은 모래로 이루어진 사막과 구분하여 이런 황무지를 그냥 고비라고 부른다. 한자로는 과벽탄(戈壁灘)이라고 한다. 가욕관을 뒤로하고 우리 일행은 이제 대망의 돈황으로 향했다. 가욕관에서 돈황까지는 5시간 정도 걸린단다. 몰려오는 피곤에 잠시 눈을 붙였다가 다시 창밖을 보면 역시 황량한 고비의 연속이다.

고비에는 듬성듬성 마치 정원수로 가꾼 회양목처럼 둥글둥글하게 자란 풀들이 퍼져 있다. 고비에는 '고비3보'라 해서 낙타풀, 홍류, 쇄양풀이 있다. 홍류는 건축물 벽재로, 쇄양풀은 한약재로 나름대로 요긴하게 쓰인다고 한다. 그중 낙타풀은 고비를 지나가는 낙타가 먹을 수 있는 유일한 풀이기 때문에 붙여진 이름이란다. 이 낙타풀 줄기에는 예리한 가시가 돋아 있다. 그러나 배는 고프고 먹을 것이라고는 이것

| 고비사막 | 가욕관에서 돈황으로 가는 길은 황량한 고비사막을 질러가는 길이다. 오랜 시간을 달려도 황량한 고비는 좀처럼 끝나지 않는다.

뿐이 없어 낙타가 기를 쓰고 먹고 나면 주둥이가 가시에 찔려 피로 물든다고 한다. 아, 불쌍한 낙타여.

고비에는 풀이 있기 때문에 도마뱀 같은 짐승도 있고 이를 잡아먹는 새도 있단다. 낙타의 목에 큰 방울을 달아 걸을 때마다 방울소리를 내는 것은 도마뱀 같은 작은 짐승들이 피하게 하기 위한 것이란다. 낙타는 간이 콩알만 해서 겁이 많고 놀라기를 잘해 도마뱀이 나오면 흠씬 놀란단다. 그래서 도마뱀에게 낙타가 지나가니 길에 나오지 말라고 미리 방울 소리로 알려주는 것이란다.

우리의 버스가 아무리 속도를 내고 달려도 풍광은 변하지 않는다. 왼쪽 창으로 바라보니 드넓은 고비 너머로 기련산맥의 긴 산줄기가

| **낙타풀** | 낙타풀은 고비사막을 지나가는 낙타가 먹을 수 있는 유일한 풀이다. 낙타풀에는 가시가 돋아 있지만 그래도 낙타는 입술에 피를 흘리면서 이 풀을 먹는다.

한없이 뻗어 있고, 오른쪽 창으로 보니 고비 너머로 지평선이 가물거린다. 어쩌다 멀리 줄지어 선 송전탑 같은 것이 보이곤 하는데 그것은 유전탑이라고 한다. 그런가 하면 풍력발전소의 바람개비가 열지어 늘어서서 느리게 돌아가는 것이 보였다.

그렇게 한참을 가는데 가이드가 오른쪽 창을 내다보면 지평선 가까이로 물줄기 같은 것이 보일 것이라고 했다. 엷은 하늘색을 띤 물줄기가 태양빛을 받아 밝게 빛나는 것 같았다. 신기루라고 한다. 그 방향 어디에도 강이 없단다. 아무리 가까이 다가가도 그저 고비뿐이라는 것이었다.

그리고 또 한참을 가는데 누군가가 차 안에서 "왼쪽 창을 보세요. 무지개가 떴어요"라고 소리쳤다. 하늘에 무지개 한 자락이 구름 속에서 나와 우리 버스를 계속 따라온다. 그러다 주유소가 있어 쉬어갈 겸 잠시 정차하니 무지개는 푸른 하늘에 아무렇게나 물감을 뿌린듯 흩어져 퍼져가고 있었다. 우리는 다시 버스에 올라 사라져가는 무지개의 잔편을 보면서 다시 고비를 한없이 달렸다.

이건용의 「알토들의 존재감」

몇 시간째 차 안에서 황량한 고비만이 펼쳐지는 지평선을 바라보며 우리는 다시 이야기 한마당을 가졌다. 이번에는 '열아일기' 팀의 돈황 답사를 발의한 작곡가 이건용 차례였다. 한국예술종합학교 총장을 지낸 이건용은 많은 노래를 작곡하기도 했지만 서울시오페라단의 단장을 지낸 오페라 작곡가로 그의 「왕자와 크리스마스」는 해마다 연말이면 각지에서 공연되고 있다. 그는 작곡가일 뿐 아니라 오페라 대본을 직접 쓰는 작가이기도 하다.

특히 나는 이건용과 오랫동안 예술적 교감을 나누면서 삶과 분리되지 않는 예술을 지향하는 그의 자세에서 예술적 동반자로 깊은 유대감을 갖고 있다. 그의 이런 모습은 그가 한 신문에 기고한 칼럼 「알토들의 존재감」(『중앙일보』 2015년 8월 25일자)에 잘 나타난다. 나는 이건용의 이야기가 시작되기 전에 일행 모두에게 읽어보라고 답사단의 단체 채팅방에 공지했다. 여기에도 간단히 소개한다.

합창에서 알토 파트의 존재감은 약하다. 소프라노는 합창의 네

파트 중에서 제일 높은 성부로 거의 항상 주선율을 맡으며 음악을 리드한다. 베이스는 합창에서 화음의 기초이자 기둥으로 소프라노와 더불어 합창의 전체 윤곽을 만든다. 그래서 이 두 성부를 외성(外聲)이라고 부른다. 그 윤곽의 내부를 채우는 역할을 테너와 알토가 한다. 내성(內聲)들이다. 그래도 테너는 남성의 고음이어서 비교적 잘 들린다.

이들에 비하면 알토는 이도 저도 아니다. 선율을 책임지는 것도 아니고 화성 진행의 기둥 역할을 하는 것도 아니다. 다른 파트들에 묻혀 잘 드러나지 않는다. 알토는 이도 저도 아니지만 동시에 그 모든 것에 필요한 존재이다. 소프라노와 협력하여 이중의 선율선을 만들기도 하고 테너와 협력하여 화성을 완성한다. 무엇보다 알토는 균형을 맞추는 조정자이다. 합창음악의 대가들은 안다. 훌륭한 합창곡으로서 알토의 빛나는 장면이 마련돼 있지 않은 곡은 없다는 것을.

이 글을 읽으면서 나는 내가 평생 끌어안고 살아온 문화유산이 우리네 세상사의 알토 같은 존재라는 생각이 들었다. 이건용은 음악 선생답게 이야기 대신 우리에게 노래를 가르쳐주었다. 이건용은 중국 내몽골 출신 작곡가이자 가수인 텅거얼(藤格爾)이 부른 「천당(天堂)」이라는 노래의 악보를 나누어주고는 다 같이 따라 부르게 했다.

푸르고 푸른 하늘/맑고 맑은 호수/푸르고 푸른 초원/거기에 있

| 유림굴 답실하 느릅나무 | 유림굴은 느릅나무가 우거진 답실하 협곡에 있어 그 자리앉음새가 풍광수려하기 그지없다. 그때 유림굴 석굴 답사는 아쉽지만 다음을 기약해야 했고 6개월 후 나는 기어이 여기를 찾아왔다.

는 우리 집/(⋯)/나는 사랑한다네 우리 집을/우리 집은 천당/나는 너를 사랑한다/나는 너를 사랑한다(⋯)

가사는 평범하지만 절실하고 곡은 아주 단조롭지만 절규하는 듯한 울림이 있다. 이 노래는 부르기 쉬워 금방 배웠고 중독성이 커서 실크로드 답사 내내 사막을 지날 때면 회원들 입에서 절로 흘러나왔다. 이건용은 우루무치에 가서 마지막 밤을 보낼 때 팀별로「천당」노래 경연대회를 열고 상품으로 막고굴 제45굴의 보살상 사진이 실려 있는 엽서 뒷면에 악보를 그려주었다. 귀국 후 집으로 돌아와 인터넷으로 이 노래를 찾아 다시 들어보는데 내게는 작곡가가 부른 것보다 잠양돌마(降央卓瑪)라는 여성 가수가 부른 것이 더 감동적이었다.

내가 이건용을 놀려 말하기를 미술은 사람에게 조용히 혼을 불어넣는데 음악은 사람의 혼을 빼놓는 면이 있다고 하면, 그는 빼놓는 것이 아니라 혼을 맑게 해주는 것이겠지라고 응수하곤 했는데, 이 노래를 듣자니 확실히 내 머릿속이 환해지는 기분이 일어났다.

안서의 유림굴을 보기 위하여

그러는 사이 우리의 버스는 옥문(玉門)시를 지나 지금은 과주(瓜州)라고 불리는 안서(安西)를 지나고 있었다. 이제 돈황까지 3분의 2 정도를 온 것이다. 안서를 지나면서 나는 차창 밖을 뚫어지게 바라보며 '저 어디쯤엔가 그 유명한 유림굴(楡林窟)이 있겠지'라고 생각하며 홀로 아쉬움을 달랬다. 돈황석굴에는 막고굴뿐 아니라 유림굴, 동천불동, 서천불동 등 여러 석굴이 있다. 그중 유림굴은 서하시대 (1038~1227)의 뛰어난 벽화가 많은데, 특히 「수월관음도」를 비롯한 도상들이 이상하게도 우리나라 고려불화와 상당히 비슷한 친연성을 갖고 있다. 그래서 내게는 막고굴 못지않게 한번 가보고 싶은 로망이 있는 곳이었다.

그러나 '열아일기' 팀에 끼어 돈황에 오면서 나는 그들의 일정표대로 따랐을 뿐 내 의견이나 희망을 말하지 않았다. 내가 수많은 답사를 인솔하면서 인솔자로서 가장 싫어하는 것은 "여기까지 와서 거기를 안 들릅니까"라는 소리다. 그런 말을 한 번이라도 한 사람은 다시는 답사에 참여시키지 않았다. 답사 일정이란 이미 모든 것을 감안해서 시간을 배정한 것이다. 회원은 그대로 따라주는 것이 예의다. 그렇게 중요한 곳이라면 혼자 따로 가면 되는 것이지 남의 답사에 와서 그런 말을 해서는 안 된다. 이런 생각을 갖고 있어서 안서의 유림굴을 넣어달라고 하지 않은 것이었다. 다만 요담에 돈황도 다시 볼 겸 오게 되면 그때 가보면 되는 것이라고 속으로 삭혔다. 그리고 결국 6개월 뒤인 2019년 1월 27일, 나는 답사팀을 꾸려 4박 5일간 다시 돈황 답삿길에 올랐을 때 기어이 안서의 유림굴을 답사했다.

제3부

돈황

인생 백세를 노래한다

돈황 유물과 문서 / 돈황벽화 속 한국인 /
우리나라의 돈황학 / 돈황의 역사 / 돈황의 지리적 특징 /
오아시스 도시의 숙명 / 돈황 사람들의 삶과 노래

국립중앙박물관의 돈황 유물

돈황으로 가는 길은 너무도 멀어 모처럼 갈 때 제대로 다녀오고 싶
은 마음에 나는 답사자료 준비를 많이 했다. 우선 돈황과 우리와의 인
연을 생각했다. 가장 먼저 떠오른 것은 역시 혜초의 『왕오천축국전』이
막고굴 장경동에서 발견되었다는 사실이었다. 마침 정수일 선생이 새
로 상세히 주석을 단 번역본을 펴낸 것이 있어 다시 한번 정독했다(정
수일 『혜초의 왕오천축국전』, 학고재 2004).

두 번째는 국립중앙박물관에 소장된 돈황 유물들이었다. '오타니 컬
렉션' 중 1916년에 조선총독부박물관이 인수받은 유물은 약 1,700점

| 돈황 출토 소조승려상 | 국립중앙박물관 중앙아시아실에 전시된 이 소조승려상은 석굴 벽에 부착했던 10세기 유물이다. 감실에 앉아 명상에 잠긴 승려가 지그시 눈을 감고 있는 모습에 토속적인 분위기가 서려 있다.

이다. 많은 양이 투르판 출토품이고 그 외에 누란, 미란, 호탄〔和田〕 등 실크로드 오아시스 도시의 유물과 함께 돈황 유물이 약 20점 있다. 그 중 소조승려상 3점과 보살입상 번〔幡〕 3점이 현재 국립중앙박물관 3층 중앙아시아실에 상설전시되어 있다. 나는 돈황으로 떠나기 전에 세 차례 박물관에 다녀오며 이 유물들을 보고 또 보았다.

 '소조승려상'은 소품으로 감실에 앉아 명상에 잠긴 승려가 지그시 눈을 감고 있는 모습이다. 머리에 두건을 쓴 듯 두툼한 옷을 전신에 걸치고 있는데 세 분 모두 색채를 달리하고 있으며 일부에는 금칠을 한 흔적도 있다. 아마도 어느 석굴의 벽에 부착했던 것으로 보이는데 양

| **돈황 출토 보살입상 번** | '번'은 불당의 천장 기둥에 달거나 의식 때 사용하기 위해 만든 장식 깃발이다. 모두 10세기 만당시대 유물로 생각되는데, 그림 솜씨를 보면 자태가 유려하고 굵기에 변화가 있는 선묘 기법이 아주 능숙하다.

식으로 보아 10세기 유물로 보인다. 아담한 크기지만 그 형식과 표현이 진솔한 사랑스러운 조각이다.

3점의 '보살입상 번' 중 하나는 노란 비단에 먹선으로, 또 하나는 감

색 비단에 금물로 보살입상을 그린 것이
다. 번(幡)이란 불당의 천장 기둥에 달거
나 의식 때 사용하는 일종의 장식 깃발
이다. 3점 모두 10세기 만당시대 유물로
생각되는데, 노란 비단 번에는 보살상이
아래위로 두 분, 감색 비단 번에는 세 분
이 그려져 있다. 그림 솜씨를 보면 자태
가 유려하고 굵기에 변화가 있는 선묘
기법이 아주 능숙하다. 이와 비슷한 돈
황 유물이 기메 박물관의 펠리오 컬렉션
과 영국박물관의 스타인 컬렉션에도 있

| **돈황 출토 보살입상 번**(부분) | 이 번
의 보살상은 음영법이 구사되어 입체감
이 아주 잘 살아 있다.

어 당시 번이 크게 유행했음을 알 수 있다. 돈황에서 발견된 자료에 의
하면 사경을 전문으로 하는 사경생(寫經生)이 있듯이 번 제작을 담당
하는 서번인(書幡人)이 따로 있을 정도로 전문화되어 있었다고 한다.
국립중앙박물관에는 현재 전시되어 있지 않지만 아주 긴 '보살입상
번'의 잔편이 있는데 이 번의 보살상은 음영법이 구사되어 입체감이
아주 잘 살아 있다.

그리고 수장고에 있는 또 하나의 유물인 「구법승도(求法僧圖)」는
아주 유명한 작품이다. 종이에 채색한 9세기 중당시대 명품으로, 많은
불경을 등에 지고 호랑이를 마치 경비견처럼 데리고 구름 속에 있는
부처님의 보호를 받으며 걸어오는 구법승을 그렸다. 그 모습은 법현,
혜초, 현장법사 등의 구법취경(求法取經)을 연상케 한다. 필치는 거칠

| **돈황 출토 「구법승도(求法僧圖)」** | 9세기 중당시대 유물로 호랑이를 경비견처럼 데리고 많은 불경을 등에 지고 구름 속 부처님의 보호를 받으며 걸어오는 구법승의 모습을 그린 것이다.

| 돈황 출토 『대반열반경』 필사본(부분) | 이 불경 필사본들은 돈황에서 북경으로 문서들을 대거 옮겨올 때 빼돌린 것 중의 하나로 생각된다. 도남 조윤재 선생이 서거하면서 영남대 도서관에 기증되어 귀중문서로 보관되고 있다.

지만 채색이 화려하고 몸동작과 얼굴 표현에 생동감이 있어 돈황 유물 중 수작으로 꼽히고 있다. 이 역시 기메 박물관에도 비슷한 유물이 있어 당시 유행한 정형화된 도상으로 생각되고 있다.

돈황문서와 '돈황태수 배잠 기공비'

아직 널리 알려지지 않은 사실이지만 영남대 도서관 '도남(陶南)문고'에는 그 귀한 돈황문서 2점이 소장되어 있다. 『대반열반경(大般涅槃經)』 권제삼(卷第三)(303행 5,156자)과 『대반열반경』 금강신품(金剛身品) 제이(第二)(170행 2,884자) 필사본 두루마리 두 권이다. 이에 대해서는 홍우흠 교수(전 영남대 중문과)의 해제가 있는데, 그 소장 내력은 다음과 같다.

민족시인 이상화의 동생인 이상백 박사(전 서울대 사회학과 교수)가 북경 유학 시절에 이 두루마리 외 여러 점을 입수하여 고향인 대구로 가져왔는데 한국전쟁 후 분실되었다. 1968년, 영남대 교수로 재직하고 있던 모산 심재완 박사가 도남 조윤재 박사와 수성못가를 산책하면서 연전에 일본 동양문고에서 개최한 돈황학 세미나에 참가한 이야기를 하면서 이상백 박사의 돈황문서를 언급했다. 며칠 후 도남 선생이 자주 드나들던 고서점 '고고당(考古堂)'에서 이를 발견하고 심재완 박사에게 연락하여 돈황문서임을 확인하고 가격을 흥정하여 염가로 매입했다(훗날 서점 주인이 값을 싸게 팔았다고 소송을 제기했으나 소송무효로 끝났다).

| 추사의 돈황태수 배잠 기공비 구륵본 | 후한시대 돈황태수 배잠의 공덕을 새긴 비를 글자대로 그려 탁본처럼 만든 구륵본으로 추사 김정희가 소장하면서 이 비의 내력을 직접 '추사체'로 자세히 쓴 유물이다.

1976년 도남 선생이 서거하면서 영남대 도서관에 선생의 장서가 기증되었고 도남문고를 만들어 귀중문서로 보관하고 있다. 1977년 대만의 돈황학 연구 권위자인 반중규(潘重規) 교수가 영남대에서 명예

문학박사 학위를 받으러 와 감정히고 진품이라는 감정서를 써주었다. 이 불경 필사본은 필시 돈황에서 북경으로 돈황문서를 옮겨올 때 빼돌린 것 중의 하나로 생각되고 있다.

또 한 가지 내게 각별히 떠오른 사실은 추사 김정희가 돈황태수 배잠 기공비 구륵본(鉤勒本)에 쓴 글이었다. 이 비는 동한(東漢) 영화 2년(137)에 세워진 것으로, 돈황태수였던 배잠(裴岑)이 병사 3천 명을 이끌고 흉노의 호연왕(呼衍王)을 격파하고 무위·장액·주천·돈황 등 하서사군의 호환(胡患)을 없앤 공을 기린 비다. 이 비는 청나라 옹정 7년(1729)에 신강에서 발견되어 한나라 최초의 비석 중 하나로 고증된 명비여서 서예가와 금석학자들이 귀중하게 생각하며 다투어 탁본을 하고 임서하곤 했다. 추사 김정희는 일찍이 이 비의 구륵본을 하나 얻어 정성스레 표구하고 그 옆에 다음과 같은 글을 써넣었다(유홍준 『완당평전 2』, 학고재 2002 참조).

이것은 한나라 '돈황태수 배잠 기공비'이다. 서역 파리고리성(巴里庫爾城, 현 신강위구르자치구 파리곤) 서쪽 50리에 있다. 동네 이름이 석인자(石人子)인데 이는 이 비석의 생김새가 위는 뾰족하고 아래는 굵어 마치 죽순처럼 우뚝해 멀리서 보면 석인 같기 때문이다. 옹정 7년에 대장군 악종기가 발견하여 장군 막부에 옮겨놓았다가 다시 관운장 사당에 옮겨놓았다.

옹방강(翁方綱)이 말하기를 한나라 각석은 영평 6년(63)의 석문기(石門記)가 가장 오랜 것이고 다음으로는 한나라 화상전의 영건

| **당나라 장회태자묘 벽화와 신라 사신** | 당나라 고종의 여섯째 아들인 장회태자의 묘에 그려진 벽화에는 새 깃털을 꽂은 두건형 조우관을 쓴 사람이 신라 사신이 그려져 있다.

4년(129) 소선군자(邵善君子)가 있고 그다음으로 이 비가 오래된 것이라고 했다.

이것은 구륵본이다. 비의 소재가 만리 밖이라 탁본이 극히 어렵고 중각본 하나가 있기는 한데 진본과 거리가 멀어 진본을 구륵법(글자 형태를 테두리를 따라 그리는 방식)으로 정밀하게 모사한 것만 못하다. 더구나 이 구륵본은 소재(蘇齋) 옹방강에게서 나온 것이다. 옹방강에게 들었던 말을 여기에 적어 묵연(墨緣)을 표한다.

나는 일찍이 이 작품을 보고 추사의 해박함에 다시 한번 놀랐고 만약에 추사가 지금 시대에 태어났다면 분명 이 비를 보러 달려갔을 것이라고 생각한 적이 있다. 그래서 돈황으로 가기 전에 자세히 알아보니 이 비는 지금 우루무치의 신강성박물관에 소장되어 있다고 한다. 덧붙여 지금 국립중앙박물관 중앙아시아실에는 청나라 복삼(濮森)이라는 서예가가 이 돈황태수 배잠 기공비를 임서한 작품이 걸려 있다.

조우관을 쓴 우리나라 사신

돈황은 사실 우리 조상에게 아주 동떨어져 있던 곳만은 아니었다. 돈황벽화에는 고대 한국인이 여럿 등장한다. 돈황벽화 중에는 외국사신 행렬도가 적지 않은데 이 중 모자에 새의 깃털을 꽂은 조우관(鳥羽冠)을 쓴 사람은 한국인으로 생각되고 있다. 당시 고구려·백제·신라 사람은 새의 깃털을 모자에 부착했다. 고구려에서는 쌍영총과 무용총 등 고분벽화에서 조우관을 쓰고 말을 달리는 모습이 확인된다.

이는 백제도 마찬가지였다. 남경박물관에 소장되어 있는 「양직공도(梁職貢圖)」에는 남북조시대에 양나라를 방문했던 조우관을 쓴 백제 사신의 모습이 그려져 있다. 무령왕이 백제가 다시 강성한 국가가 된 것을 중국에 알리기 위해 파견한 사신이었다고 한다.

신라의 경우는 1971년 섬서성박물관이 발굴한 당고종의 여섯째 아들인 장회태자 이현(李賢)의 무덤에서 나온 「예빈도(禮賓圖)」에서 새 깃털을 꽂은 두건형 조우관을 쓴 사신을 찾을 수 있다. 이때 신라는 삼국통일 후 점령지 문제를 놓고 당나라와 전쟁을 벌이는 등 갈등을 빚고 있었는데, 신라 문무왕이 675년에 화해를 요청하기 위해 파견한 사신이라고 생각되고 있다.

| **사마르칸트 아프라시압 궁전 벽화** | 사마르칸트 북쪽 교외의 아프라시압 궁전에 있는 대형 벽화에는 각국의 사신이 그려져 있는데, 그중에는 두 개의 새 깃털을 꽂고 허리에 칼을 찬 두 사람의 고대 한국인 사신이 있다.

중국으로 보내는 사신만이 아니다. 국립중앙박물관 중앙아시아실 입구에는 1965년 우즈베키스탄 과학아카데미가 발굴한 사마르칸트 북쪽 교외의 아프라시압 궁전의 대형 벽화 모사도가 걸려 있다. 7세기 말~8세기 초에 그려진 이 벽화에는 각국의 사신이 그려져 있는데, 두 개의 새 깃털을 모자에 꽂고 허리에 칼을 찬 앳되고 건장한 모습의 우리나라 사신 두 사람이 그려져 있다.

이 사신의 정체에 대해서는, 당나라와 고구려의 갈등, 신라의 삼국 통일 전쟁 등으로 동북아시아가 긴장에 싸여 있을 때 멀리 사마르칸 트까지 사신을 보내 이 지역을 다스리던 소그드의 왕과 동맹을 맺고

| 막고굴 제335굴 벽화(부분) 중 한국인 | 돈황벽화 속 한국인의 모습이 나타난 가장 대표적인 예가 제335굴에 있는 조우관을 쓴 두 사람이다. 오른쪽은 한국인으로 추정되는 사신을 확대한 것이다.

당을 압박하려 한 고구려라는 견해가 우세한 가운데 신라인이라는 해석도 제기되고 있다. 이처럼 외국에 가는 사신들의 조우관은 고대 한국인의 상징이 되었다. 이를 보면 우리나라 삼국시대의 외교적 활동 범위가 아주 넓었음을 알 수 있다. 이렇게 조우관을 쓴 인물이 돈황벽화에서 확인된 것이 적게는 10여 건, 많게는 40건에 이른다.

돈황벽화 속의 한국인

돈황벽화 속의 한국인의 모습은 김리나 교수의 「당(唐)미술에 보이는 조우관식의 고구려인: 돈황벽화와 서안출토 은합(銀盒)을 중심으로」(『이기백선생고희기념 한국사학논총』 상권, 일조각 1994)라는 논문에서 본격적으로 제기되었다. 이후 막고굴 벽화 속의 조우관 인물상은 계속 발견되고 있다.

그중 가장 많이 소개된 것은 제335굴과 제332굴에서 문수보살과 유마거사가 나누는 대화를 지켜보고 있는 사람들 중에 있는 조우관을 쓴 두 사람이다. 둘이 마주 보며 대화를 나누는 모습인데 깃이 둥글고 소매가 넓은 옷을 입고 새 깃털 2개가 꽂힌 푸른색 모자를 쓰고 있다. 제335굴과 제332굴의 인물상은 같은 화가가 그렸다고 생각될 정도로 그림의 구도가 비슷하다. 제335굴은 687년 전후로 그려진 것으로 확인된 바 있다.

당나라 시기인 642년에 그려진 제220굴에도 헐렁한 소매의 긴 저고리와 바지를 입고 조우관을 쓴 고대 한국인이 두 손을 앞으로 모으고 있는 장면이 나온다. 그런데 이 조우관을 쓴 한국인은 제작 시기가 신라의 통일 전후이기 때문에 고구려인인가, 신라인인가, 아니면 발해인인가 논쟁을 불러일으킨다. 그런 가운데 김혜원은 「돈황 막고굴 당대 '유마경변'에 보이는 세속인 청중의 도상과 의미」(『미술사의 정립과 확산』 2권, 사회평론 2006)에서 제220굴은 돈황 지방 세력인 적(翟)씨 가문의 발원인 것으로 볼 때, 돈황과 당과의 관계로 풀이해야 하며, 따라서 유마경변의 도상도 거기에 맞춰 해석해야 한다며 보다 다각적이고 진전된 견해를 피력한 바 있다. 이처럼 돈황벽화에 대한 학자들의 논의는 지엽적인 논의를 넘어 벽화 자체를 논하며 밀도를 더해가고 있다.

이외에도 제159굴과 제138굴에도 조우관을 쓴 인물상이 있다는 사실이 익히 알려졌다.

| 막고굴 제220굴 「유마경변상도」 중 사절단 | 당나라 때인 642년에 그려진 그림으로, 헐렁한 소매의 긴 저고리와 바지, 그리고 조우관을 쓴 고대 한국인이 두 손을 앞으로 모으고 있는 장면이 나온다.

돈황연구원 이신이 확인한 40명의 한국인

2013년 7월, 경주에서 열린 '제2회 경주 실크로드 국제학술회의'에서 돈황연구원의 이신(李新) 연구원은 돈황 지역 석굴을 10여 년 동안 조사한 결과 고구려·백제·신라·고려인이 그려진 것을 모두 40개의 석굴(막고굴 38곳, 유림굴 1곳, 서천불동 1곳)에서 확인했다는 충격적인 발표를 했다. 이신 연구원은 조우관 인물상이 가장 많이 그려진 벽화는 「유마경변상도」로 모두 29개 굴에 있고, 그 다음은 「열반경변상도」로 7개 굴에 있다.

이신 연구원이 특히 주목한 것은 막고굴 가운데 가장 큰 석굴인 제61굴의 주실 서쪽 벽에 그려져 있는 「오대산도(五臺山圖)」였다. 이 「오대산도」는 산서성의 유명한 불교 성지인 오대산의 모습을 세밀하게 묘사한 것으로 높이가 3.5미터, 길이가 15.5미터에 이르는 초대형 작품이다. 이 그림 하단에는 오대산을 방문하는 각국의 사신들이 그려져 있는데 '신라송공사'(新羅送供使, 신라에서 보낸 공양사신), '고려왕사'(高麗王使, 고려왕이 보낸 사신)라는 글씨가 적혀 있음을 확인했다고 밝혔다. 이 「오대산도」에 신라와 고려 사신이 동시에 그려진 것은 이 석굴을 연 시기가 오대(五代, 907~960) 시기인 10세기 초이므로 그때는 신라와 고려가 공존하고 있던 때였기 때문이라고 했다.

'신라송공사' 그림에는 통역원, 사신, 관원 2명, 마부 등 신라에서 보낸 사신 일행 5명이 그려져 있고, 오른편에는 이들을 환영하는 중국인 관리 2명이 있다. '고려왕사' 그림에는 연락관, 사신, 짐꾼 등 고려 사신 일행 3명과 사신 일행을 맞는 여관 주인이 그려져 있다. '신라송공사' 그림 곁에는 탑과 그 앞에 무릎을 꿇고 절을 하는 사람이 그려져 있다. 오른쪽을 흐르는 시냇물 옆에는 합장한 스님 뒤를 따르는 짐꾼이 보인다. 2005년 정수일 선생이 막고굴을 방문할 때 안내를 맡았던 이신 연구원은, 이 탑에 대하여 지금은 명확히 읽히지 않지만 20년 전만 해도 '신라승탑(新羅僧塔)'이라는 글씨가 뚜렷이 보였다고 해서 정수일 선생은 혹 이것이 오대산에서 입적한 혜초의 사리탑을 말하는 것일지도 모른다는 생각에 전율을 느꼈다고 했다.

그런데 이신 연구원은 2013년 발표에서 이 글씨를 '신라승탑'이 아니라 '신라왕(王)탑'이라고 판독하고, 탑은 신라 귀족 출신으로 당나라에서 7년간 공부하며 오대산을 찾았던 자장(慈藏, 590~658)율사가

| 막고굴 제61굴 「오대산도」(부분) | 오대산도에는 오대산을 방문하는 각국의 사신이 그려져 있는데, 이 중엔 신라송공사와 고려왕사라는 글씨도 적혀 있다. 석굴을 연 시기가 신라와 고려가 공존하던 10세기 초이기 때문에 두 나라 사신이 함께 보인다.

세운 것으로 추정한다고 밝혔다. 그 대신 「오대산도」 왼쪽 아랫부분에 '보리지암(菩提之庵)'이라는 글씨와 함께 흰색 담장과 청색 기와지붕의 암자 그림이 그려져 있는데, 이신 연구원은 이 보리암은 혜초 스님이 780년 오대산으로 가서 수행하며 번역하다 입적한 암자로 생각된다고 했다.

이신 연구원은 「오대산도」에 들어 있는 4점의 그림에 대해서는 2011년 논문을 발표했지만, 다른 그림들에 대해선 아직 본격적인 분석을 내놓지 않았다고 한다. 그리고 자신은 돈황석굴 중에서 절반 정도를 확인한 것이니 더 나올 가능성이 있다고 했다. 아울러 그는 돈황석굴 벽화에 고대 한국인이 많이 등장하는 이유 중 하나로 고구려와 백제의 유민이 돈황에 많이 이주해왔음을 꼽았다. 한국 학자들의 접근이 자유롭지 못한 상태에서 이 주제에 특별한 관심을 가진 중국인 연구자의 조사에 의한 것인 데다, 한 점 한 점 돈황연구원장의 승인을 받고 발표한 것이라고 하니 그 연구가 더욱 값지다.

우리나라의 돈황학

중국의 저명한 국학자로 청화대학에 진인각(陳寅恪, 1890~1969)이라는 이가 있었다. 양계초(梁啓超)가 그를 평하여 "진인각은 나의 친구이지만 선생이었고, 나는 내 키만큼 책을 썼지만 그의 곡진한 몇 마디 말만 못하다"라고 했다. 그 진인각 선생은 일찍이 돈황은 중국 학술의 가슴 아픈 상처의 역사라며 "돈황자, 오국학술지상심사야(敦煌者, 吾國學術之傷心史也)"라 탄식했다. 결국 돈황은 갑골문학, 홍루몽학과 함께 독자적인 학문을 이루어 돈황학을 낳았다. 더욱이 중국 내에서만이 아니라 세계적인 학문으로 발전하여 세계 각지에 돈황학회가 설립되었고 해마다 국제돈황학술대회가 열리고 있다.

우리나라도 돈황 유물 보유 국가로서, 그리고 우리 문화와의 밀접한 연관하에 당연히 여기에 동참하고 있다. 우리나라에도 오늘날 돈황 연구자가 적지 않게 나왔다. 그러나 우리의 돈황학은 연륜이 낮을 수밖에 없다. 아무리 돈황에 가고 싶어도 중국과 수교되지 않아 갈 수 없었기 때문에 우리의 돈황학은 뜻있는 학자들의 개인적 관심사에 머물 수밖에 없었다.

우리나라 돈황학의 시작은 권영필 교수가 국립중앙박물관 학예사 시절 중앙아시아 유물을 보존·관리하는 역할을 한 이후 본격적인 연구를 위하여 프랑스와 독일에 유학하고 돌아와 학술회의에서 돈황 관련 발표를 한 때부터라고 해도 과언이 아니다(권영필 「돈황과 한국: 나의 체험적 돈황미술기를 바탕으로」).

1987년에는 중국문학과 중국사 연구자들을 중심으로 '돈황학회'가 탄생했고 마침내 중국의 문이 열리면서 1989년에는 동국대 문명대 교수가 인솔한 '중국 불교문화 학술조사단'이 구성되어 돈황과 하서 주랑의 유적을 소개한 『중국대륙의 문화』(전5권, 동국대학교 엮음, 한국언론 자료간행회 1990~1991)를 펴내고 나중에 『세계불교문화유산』(불교학술연구소 2001) 원색도록 시리즈를 펴냄으로써 일반인들도 기본자료를 확보할 수 있게 되었다. 전7권의 중국과 일본 도록 '중국 석굴' 시리즈(돈황문물연구소 1987)도 출간되었다.

1996년에는 '중앙아시아학회'가 출범하여 돈황학이 자못 활기를 띠게 되었다. 2005년 용산에 개관한 국립중앙박물관에는 아시아부가 따로 설치되어, 소장하고 있는 돈황과 중앙아시아 유물들을 상설전시하고 있고 특별전을 열고 있으며 민병훈, 임영애, 박도화, 김혜원, 박성혜, 최선아 등 미술사학자들이 돈황미술 관련 논문을 꾸준히 발표해오고 있다.

돈황 문학과 예술을 장르별로 소개한 이수웅 교수(건국대 중어중문학과)의 『돈황문학과 예술』(건국대학교출판부 1990), 권영필이 번역한 로더릭 횟필드의 방대한 저서 『돈황: 명사산의 돈황』(예경 1995)이 출간되었고, 민병훈이 『중앙아시아: 초원과 오아시스 문화』(국립중앙박물관 엮음,

통천문화사 2005)를 출간하고, 유진보(劉進寶)의 『돈황학이란 무엇인가』를 전인초가 번역(아카넷 2003)하여 돈황학의 개론서를 확보할 수 있게 되었다. 특히 사계절출판사에서는 돈황·실크로드 관계 서적을 시리즈로 여러 권을 발간하였다. 성철 스님의 『돈황본 육조단경』(장경각 1993) 등 불교계에서도 돈황학에 동참하였으며 근래에는 방대한 『돈황학 대사전』(소명출판 2016)도 우리말로 번역되었다.

돈황벽화의 모사에 대해서는 중국의 조선족 화가 한락연의 작품전이 1993년과 2005년 두 차례에 걸쳐 국립현대미술관에서 열려 많은 관심을 받았고, 일본 도쿄예술대학에서 수학한 화가 김대식은 돈황석굴에 장기간 체류하며 모사한 작품을 1990년 서울에서 전시했으며, 북경 중앙미술학원에 유학한 한국인 화가 서용은 1997년부터 7년간 돈황에 체류하며 모사와 창작에 전념하였고, 한국에 돌아와 전시회를 열어 돈황벽화에 대한 관심을 불러일으키기도 했다. 작년(2018) 여름, 내가 돈황으로 답사를 떠나기 직전에는 '돈황벽화전'이 동덕아트갤러리에서 열렸다.

그뿐만 아니라 돈황과 실크로드에 관한 기행문은 열거할 수 없을 정도로 많이 나왔고 비록 돈황과 직접 연관된 작품은 아니어도 김춘수의 시 「누란」이나 윤후명의 소설 『돈황의 사랑』 같은 작품은 돈황이 우리의 마음속에서 멀지 않음을 말해주고 있다.

돈황의 역사

나는 당연히 무엇보다도 돈황의 역사를 자세히 살펴보았다. 이곳은

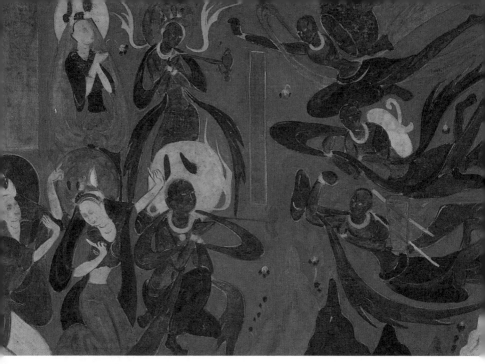

| **한락연의 벽화모사도 「수마제녀연품」, 65×91cm** | 중국의 조선족 화가 한락연은 돈황 막고굴과 쿠차의 키질 석굴 벽화를 많이 모사하였다.

본래 중국인들이 동서남북의 이민족을 오랑캐라 부르며 남만(南蠻), 북적(北狄), 동이(東夷), 서융(西戎)이라고 지목할 때 융(戎)족이 살던 땅이다. 처음에는 월지라는 나라가 차지하고 있었는데 기원전 3세기에 흉노가 월지국을 저 멀리 서쪽으로 내몰고 선우 아래 있는 다섯 왕 중 하나인 우현왕이 이곳을 다스렸다.

흉노와 한나라가 하서주랑을 두고 치열하고도 지루한 공방전을 벌이다 결국 한무제가 흉노를 물리치고 하서사군의 하나로 돈황군을 설치하면서 이곳은 처음으로 중국 땅에 편입되었다. 돈황이라 불리기 이전에 당연히 이곳을 부르는 명칭이 있었을 것인데 이에 대해 이 지역의 토착 인도유럽인인 '토차르'에서 기원했으며, 이 토차르인이 후에 월지족이 되었다는 중국 학자의 견해가 있다. 이를 한자음화하면서 만들어진 이름이 돈황이라는 것이다. 돈황에 군(郡)이 설치된 것은 기원전 111년이었다. 이후 돈황은 군인이 농사짓고 주둔하는 이른바 둔전(屯田)이 실시된 군사도시였고 대상들이 머무는 교역도시였다.

그러다 한나라 멸망 후 오호십육국이 난립할 때 이곳엔 흉노계의 북량(北涼, 397~439), 저족 출신의 후량(後涼, 386~403), 한족 계열의 서량(西涼, 400~421) 등이 명멸했다. 이들이 불교를 적극 받아들이기 시작하면서 돈황 막고굴에 석굴사원이 굴착되기 시작했다. 많은 서역승들이 모여들었고 교역도 활발해지면서 대상(隊商)들의 도시이자 상업 중심지가 되었다. 돈황에는 대상교역의 대부분을 담당하던 소그드인들이 살던 마을이 있었다.

남북조시대로 들어가면 5세기 말 북위(北魏, 386~534)는 돈황을 다시 중국의 지배 밑에 두고 그 이름도 과주(瓜州)로 바꾸었다. 뒤이어 서위(西魏, 535~557), 북주(北周, 557~581)로 이어지다가 수(581~618)나라가 다시 천하를 통일하고 뒤이은 당(618~907)나라는 돈황을 사주(沙州)로 고쳐 부르며 781년까지 통치했다. 당태종은 640년 고창왕국을 멸망시키고 투르판에 안서도호부를 설치했다. 그러고는 여기서 더 서쪽으로 진출하여 타클라마칸사막의 주요 오아시스 도시인 쿠차, 호탄, 카슈가르, 카라샤르(焉耆)에 안서사진(安西四鎭)을 두고 안서도호부를 쿠차로 옮기며 서역 전체를 지배했다. 이때가 막고굴의 전성기이기도 했다.

성당시대의 영화를 누리던 당나라는 755년에 일어난 안사의 난으로 존망의 위기에 놓였다. 중앙정부의 힘이 미치지 못하게 되자 변방의 돈황은 더 큰 혼란에 빠졌다. 당시 당나라 서북지역에는 투르크계 유목민족이 세운 위구르제국(744~840)이 막강한 힘을 갖고 있었다. 당나라 조정에서 안사의 난을 진압하기 위하여 위구르에 파병을 요청하자 이들은 장안과 낙양까지 쳐들어와 반군을 격퇴시키고 그 대가로 많은 물자를 약탈하고 보상도 받아갔다. 그때부터 위구르의 영향력은 하서주랑 전 지역까지 뻗어 잠시나마 돈황에 위구르의 사주국(沙州國)이 있었다. 그때까지 위구르는 아직 이슬람 국가로 전환하지 않았기 때문에 불교사원은 파괴되지 않았고 오히려 안서 유림굴에 석굴이 하나 굴착되었다.

이때 티베트에는 송첸감포 왕을 중심으로 토번(吐蕃)국이 탄생하며 당나라와 대립했다. 문성공주가 티베트 왕에게 시집감으로써 토번국은 제국으로 나아가는 기틀을 갖추게 되고 당나라와는 평화를 유지했다. 그러나 토번이 강성해지면서 당나라의 안서사진을 위협하더니 안사의 난으로 혼란한 틈을 타 장안까지 점령하고 약탈을 저질렀다. 그리고는 양주를 시작으로 하서사군을 차례로 공격하여 과주는 776년에, 돈황(사주)은 781년에 함락시켰다. 이때부터 돈황은 848년까지 약 70년간 토번의 지배를 받았다. 이때 돈황인들은 티베트인들에 의해 거의 노예생활을 했다. 돈황문서에는 이때 돈황인들이 당한 아픔과 괴로움을 말해주는 자료가 많다.

| 막고굴 제156굴 「장의조 출행도」 | 돈황의 한인 토호였던 장의조는 돈황에서 토번을 물리친 후 이 지역을 당나라에 바쳤다. 당나라는 장의조를 귀의군 절도사로 임명하여 돈황을 통치하게 했다.

귀의군 시대 이후의 돈황

토번으로부터 이 지역을 되찾은 것은 돈황의 한인 토호인 장의조(張議潮)였다. 그는 토번을 물리친 뒤 스스로 독립국가를 세우지 않고 자신이 점령한 지역을 당나라에 바쳤다. 이에 당나라 조정에서는 그를 '귀의군(歸議軍) 절도사'로 임명하여 돈황의 통치를 맡겼다. 그리고 그의 장씨 집안에 절도사를 세습케 했다. 그리하여 66년간 '장씨 귀의군 시대'(848~914)가 열렸다. 장씨 귀의군은 불교를 적극 후원하여 막고굴과 유림굴에 많은 석굴을 조영했다. 막고굴 제156굴에는 「장의조 출행도」가 그려져 있다.

당나라가 망하고 오대십국의 혼란기를 거쳐 송나라로 왕조가 바뀔 때도 이곳은 여전히 장씨가 대대로 절도사를 세습하며 장씨 귀의군 시대로 이어졌다. 그러다 920년 마지막 장씨 절도사가 주제넘게 독립하려다 실패하면서 귀의군 절도사는 조의금(曹議金)으로 바뀌었다. 장씨에 이어 조씨도 절도사를 세습했다. '조씨 귀의군 시대'(914~1035)가 열린 것이다.

절도사 조의금은 적극적으로 서역의 오아시스 국가들과 통혼을 하며 친교를 맺었다. 그의 왕비는 위구르 공주였고 그의 딸은 호탄으로 시집갔다. 막고굴 제98굴은 조의금의 딸을 맞이한 호탄 왕이 기진한 것으로 여기에는 호탄 왕과 왕비의 모습이 그려져 있다. 호탄은 옥(玉)의 산지로, 조씨 귀의군은 이를 송나라와 요나라에 중개무역하며 이익을 챙겼다. 이렇게 약 190년간 이어간 귀의군 시대는 마지막 절도사인 조현순이 탕구트족의 서하에 항복하면서 막을 내렸다. 그러니까 막고굴과 유림굴에서 오대·송대라고 한 것은 마땅히 '귀의군 시대 석굴'이라고 해야 맞다.

이후 돈황은 서하의 지배로 들어갔다. 서하는 불교국가로 막고굴에 많은 석굴을 남겼다. 돈황 막고굴의 492개 석굴 중 서하제국 시대에 굴착된 것이 전부 64개나 된다. 서하가 멸망할 때까지 돈황은 서역의 여러 왕국에서 건너온 승려들이 머문 거대한 불교 중심지이자 순례지였다.

1227년 몽골제국인 원(元, 1279~1368)나라는 서하를 멸망시키고 돈황을 점령했다. 몽골제국이 몰락한 뒤 명(明, 1368~1644)나라는 만리장

| 막고굴 제98굴 호탄 왕과 왕비 | 귀의군 절도사를 넘겨받은 조의금은 그의 딸을 호탄의 왕에게 시집보내 친교를 맺었다. 막고굴에 이를 묘사한 그림이 그려져 있다.

성을 가욕관으로 물리고 이곳의 주민을 가욕관 안쪽 하서주랑으로 이주시키면서 돈황은 더 이상 중국 땅이 아니게 되었다. 그 빈 공간을 차지한 것은 위구르였다. 1723년까지 돈황은 위구르에 속해 있었다. 그러다 청(淸, 1644~1911)나라 강희제의 팽창정책으로 이곳을 차지하고는 동투르키스탄 지역을 새로 얻은 땅이라고 하여 신강(新疆)이라 이름 짓고 1760년에는 중앙에서 관리를 파견하여 통치했다. 이때 돈황도 다시 중국 땅으로 편입되었다. 그런 상태에서 청나라가 멸망하고

이를 신중국이 그대로 이어받으면서 신강은 오늘날 신강위구르자치구가 되었고 돈황은 다시 서역으로 가는 관문이 되었다.

그러나 1970년대 초반 감숙성과 신강위구르자치구를 잇는 감신(甘新)철도와 간선도로가 안서에서 곧장 하미로 이어지게 되면서 돈황은 교통과 교역 중심지로서의 중요성을 잃어버리고 그 대신 관광도시로 다시 태어나 오늘에 이르게 되었다. 현재 인구는 약 19만 명으로 주천시에 속하는 현급 시이다.

오아시스 도시의 생명줄, 샘

막상 돈황에 와보니 안타까운 일도 있었다. 지난여름 돈황에 왔을 때 나는 명사산의 아름다움에 놀란 것 못지않게 아름다운 월아천이 언젠가는 사라질지도 모른다는 사실에 더욱 놀랐다. 월아천 월천각에는 100년 전부터 오늘에 이르기까지 월아천이 변해온 모습을 사진과 함께 설명한 패널이 있는데, 과거에는 월아천의 깊이가 약 5미터에 달했는데, 점점 줄어들어 최근에는 1.5미터 정도라고 한다. 이에 중국 정부는 심각성을 인식하고 이곳에 물을 공급하기 위한 노력을 기울이기 시작하여 1986년 월아천 북서쪽에 인공 못을 만들어서 물을 공급하고 있다. 어떤 자료에는 이미 월아천이 오아시스가 아니라 공급된 물로 이루어진 인공 못이 되었다고 나와 있다. 이는 밀려든 관광객이 주민 사용량의 6배에 가까운 물을 사용하면서 오아시스 도시의 숙명인 물 부족 현상이 심각하게 일어난 탓이라고 한다. 이 점에 대해 지리학자 기근도 교수에게 물어보니 다음과 같이 그 현상을 조리 있게 설명해주었다.

"돈황은 오아시스 도시입니다. 오아시스는 사막에서 발견되는 샘이나 하천을 말합니다. 월아천(月牙泉)이라는 '샘 오아시스'와 당하(黨河), 대천하(大泉河)라는 '하천 오아시스'가 돈황을 실크로드의 주요 도시로 만들었습니다.

월아천은 이러한 모래바다와 같은 사구들 사이에 위치하는데, 놀랍게도 1천 년 이상이나 모양을 유지하며 물이 마르지 않고 모래로 매몰되지 않은 샘입니다. 모래사막의 사구 지대에서는 시도 때도 없이 모래가 바람에 이동하여 이리 우뚝, 저리 우뚝하며 사구의 모양이 변하는데, 그 사이에 있는 샘인 월아천이 모래에 의해 매립되지 않고 오랫동안 존속된 이유는 명사산의 강한 암반형 산체가 방패 역할을 해주기 때문입니다.

월아천이 생긴 것은 4.5킬로미터 떨어져 있는 당하와 6.5킬로미터 거리에 위치한 대천하가 크게 범람하면서 충적지가 형성되어 초승달 모양의 못이 된 것이라고 알려져 있습니다. 실제로 월아천 인근에서 단단한 각을 이루는 점토퇴적층과 모래퇴적층이 교대로 나타납니다. 이러한 단단한 각을 이루는 층은 물이 스며들지 않아 그 위에 물이 고일 수 있는 여건을 조성하여 이른바 '주수(宙水)'의 형태로 샘이 존재하는 것입니다. 이러한 주수가 유지될 수 있는 까닭은 돈황 시내로부터 사구 내부를 통한 지하수맥을 통해 물이 공급되기 때문입니다.

그런데 최근 당하에 댐을 만들어 물을 가두면서 월아천의 수위가

| **명사산과 돈황 시내** | 명사산 아래 있는 오아시스 도시인 돈황에는 만년설이 녹아 흐르는 당하와 대천하가 있고 '샘 오아시스'인 월아천도 있다. 명사산과 돈황 시내가 명확한 경계를 이루어 오아시스 도시의 전형을 보여준다.

급속히 낮아지고 있습니다. 월아천의 깊이가 과거 5미터에서 최근 1.5미터로 낮아졌다는 것은 1년에 약 20~30센티미터씩 낮아지고 있는 셈입니다. 하천으로부터 스며드는 물이 안정적으로 공급되지 않아 지하수의 절대적 수량이 줄어드는 것입니다. 지금 월아천 북서쪽에 인공 못을 만들어 물을 공급하고 있다지만 아무리 중국 정부가 물을 공급하는 노력을 한다고 하더라도 월아천의 미래는 어둡습니다.

최근 타클라마칸사막의 동쪽에서 발견된 소하묘(小河墓) 유적이 이를 잘 설명해주는 증거입니다. 소하묘 유적은 지금으로부터 4천여 년 전에는 풍요로운 숲과 하천이 있었던 오아시스 지역이었으나 지금은 메마른 사막이 되어 있습니다.

　한번 만들어진 오아시스는 그 자리에 계속 남아 있지 못합니다. 자연의 힘은 심술을 부려 지하에 흐르는 물길을 계속 변화시킵니다. 이는 지하로 유입된 지하수가 지표로 드러나는 지점이 유입되는 물의 양과 바람에 의하여 일어나는 사구의 이동에 따라 달라지기 때문입니다."

　오아시스 도시의 생명줄인 물을 마구 사용하고 인공 댐을 만드는 등 인간의 간섭으로 월아천도 언젠가는 소하묘 같은 운명을 맞을지 모른다고 하니 생각만으로도 막막할 따름이다.

돈황 사람들의 생활 기반

돈황을 얘기할 때면 대개 실크로드의 관문으로 돈황을 오간 대상과 승려, 그리고 성지로서 막고굴 이야기만 하고 끝난다. 그러나 언제나 그러했듯이 나는 그곳 사람들의 일상적인 삶을 궁금해한다. '에브리바디'(everybody)의 '에브리데이 라이프'(everyday life)가 그곳 답사의 첫 번째 관점이다. 그러나 이에 대한 자료는 항시 드물다. 다행히 유진보의 『돈황학이란 무엇인가』(전인초 옮김, 아카넷 2003)가 있어 큰 도움을 얻었다. 여기에 그 내용을 정리해본다.

수나라 이전 돈황 사람들은 주로 목축업에 종사했다고 한다. 강수량은 연간 37밀리미터인데 증발량은 2,500밀리미터라 농업이 불가능했다. 그러다 당나라 초기에 수리(水利) 사업이 이루어지면서 농업에 종사할 수 있게 되었다고 한다. 돈황문서 중 「수부식(水部式)」에 따르면 물 대는 순서, 방죽 건설, 수문 개폐 등을 법령으로 정해 현(縣)의 책임자가 전적으로 관리하게 했다. 그리고 향(鄉)마다 '거두(渠頭)'를 한 명 이상 두어 수리 관계 일을 맡았다. 「당인사권(唐人寫卷)」에는 '이 땅의 물은 사람의 혈맥과 같다'고 했다.

돈황에는 당하를 비롯하여 세 줄기 강물이 있고, 월아천을 비롯하여 6개의 담수천과 동염지(東鹽池), 북염지(北鹽池)를 비롯한 알카리성 염호가 5개 있었다고 한다. 이것을 유기적으로 연결하여 '간(幹), 지(支), 자(子)' 수로로 갈라 결국 크고 작은 물줄기 90여 개와 못 20여 개가 만들어졌다. 그 시절에 서북 변방의 오지에 이처럼 수로가 만들어진 것은 놀라운 일이었고, 이를 토대로 조·보리 등 곡식 농업이 이루어지게 되어 인구 6만 명의 도시가 되었다.

그러다 군대가 들어와 둔전을 시행하면서 인구가 부쩍 늘었다. 『구당서(舊唐書)』에는 백제의 장수로 부흥운동에 실패하여 당나라에 끌려와 벼슬을 한 흑치상지(黑齒常之)에 대해 다음과 같이 기록되어 있다. 680년 그의 벼슬은 하원군 경략사(河源軍 經略使)였다.

하원군으로서 적의 요충지를 막기 위해 병사를 늘려 지키고자 하였으나 운수 조달의 비용을 걱정하여 마침내 멀리까지 봉수대 70여 소를 설치하고 경작을 실시하여 5천 경(頃)을 개간하였다.

1경(頃)은 100무(畝, 이랑)로 약 1만 제곱미터이다. 전국의 군대 둔전 중 가장 많았다고 한다. 이리하여 오아시스 도시 돈황은 서남쪽에서 동북쪽을 향해 부채꼴 모양으로 펼쳐지고 7세기 측천무후 때가 되면 보리와 콩을 재배하는 면적이 486경 8무에 이른다. 그래서 당나라 시인 잠삼(岑參)은 "태수가 다다르니 산에는 샘이 솟고, 황사더미에서 사람들은 밭에 씨를 뿌리네"라고 읊었다.

그리고 이리하여 돈황은 토지가 비옥하고 물과 풀이 풍부하여 농업뿐 아니라 목축업도 발달하여 기련산맥의 초원에서 양과 말과 소를 사육하여 당나라 때 기록에 암소·수소 합쳐 3천 마리가 있었고, 국마(國馬) 40만 필이 돈황을 비롯한 하농(河隴)지역에 있었다고 한다. 돈황 막고굴 벽화에 농사짓고 목축하는 장면이 많이 나오는 것은 돈황의 실풍경이었던 것이다.

돈황 사람들의 삶

돈황은 실크로드의 요충지로서 대상들의 상업과 오아시스 도시국
가들의 조공 사절로 항시 성시를 이루었다고 한다. 오호십육국 시대
에는 축법호를 비롯한 서역승들이 불교를 전파하였고 또 한편으로는
중원의 전란을 피해 이곳으로 피난 오는 문사들도 적지 않아 불교가
융성하고 인문도 활짝 피었다. 돈황문서에서 수많은 시와 글과 춤, 노
래, 의약에 관한 자료가 쏟아져나온 것은 돈황 사람들의 이런 풍요의
소산이었다.

그러다 토번의 약탈에 재산을 잃고 토번왕의 지배하에서는 모두 노
예생활을 하는 아픔을 겪었다. 한 문인은 이렇게 증언했다.

털가죽 옷에 헝클어진 머리로 담장 틈을 엿보았다. 어떤 이들은
가슴을 치며 눈물을 떨구고 어떤 이들은 동쪽을 향하여 절을 하며
몰래 상소문을 건네주며 토번의 허실을 말하고 당나라 군사가 올해
안에 올 수 있기를 바랐다.

『돈황 당인 시집 잔권(敦煌唐人詩集殘卷)』에는 무명씨가 감옥에서
지은 시가 실려 있다.

슬프도다 생사의 고통 헤아리기 어렵고/함께 낯선 타향에서 떠

도니 한스럽기 짝이 없네/한평생 굉음이 촉박함을 탄식할 만한데/
죽음의 길 떠도는 밤은 어찌 이리 긴가/공연한 마음으로 대나무숲
꺾어버리며/매번 내 영혼 위수 북쪽 땅을 그리워하네

결국 돈황 백성을 구한 것은 장의조 귀의군이었다. 돈황 사람들은
이런 풍요와 전란을 반복적으로 겪으며 역사를 살아갔다.

돈황의 노래

이수웅의 『돈황문학과 예술』(건국대학교출판부 1990)에는 돈황문서에
나온 문학작품의 많은 명작과 함께 문학사적 의의가 상세히 소개되
어 있다. 돈황의 문학에서 특히 주목되는 것은 이른바 돈황변문(變文)
이라는 것이다. 이는 당나라 때 민간의 강창(講唱)문학으로 정형에서
벗어난 신흥문체이다. 이 변문은 언어가 통속적이고 구어에 가까우며
운문과 산문이 결합되어 훗날 엄격한 율격의 당시가 송나라 때 사(詞)
로 넘어가는 모태가 되었다고 한다. 마치 조선시대 시조가 사설시조
로 풀어지는 것, 판소리가 소설로 정착되는 장르 변화의 과정과 비슷
하다.

돈황변문 중에서 내가 재미있게 읽은 것은 「백세편(百歲篇)」이었
다. 이는 사람의 일생을 100세로 보고, 10년을 단위로 하여 노래한 민
간곡사이다. 그 내용을 보면, 주로 승려·남자·여인의 세 종류 작품이
있다. 「치문 백세편(緇門百歲篇)」은 출가한 사람이 경건한 마음으로
부처를 섬기는 것을 「백세편」 곡조를 빌려서 쓴 불곡(佛曲)이다. 「장

| **막고굴 제61굴 남벽 벽화(부분)** | 막고굴 벽화에서는 돈황 사람들이 농사짓는 모습을 엿볼 수 있다.

부 백세편(丈夫百歲篇)」은 사내의 삶의 역정을 그린 것이고, 「여인 백세편(女人百歲篇)」은 여인의 일생을 그린 것이다. 어떤 '백세편'이든 모두 10장의 가사를 이용하여 노래 불렀는데, 그중 「장부 백세편」(유진보 『돈황학이란 무엇인가』, 전인초 옮김, 아카넷 2003)을 옮겨본다.

열 살, 향기로운 바람에 연꽃이 피어난다. 형제들은 모두 옥 같아 부모님들 자랑하네. 새벽녘에 친구들과 공 차러 나가서, 황혼이 되도록 돌아올 생각 않네.

스무 살, 옥 같은 얼굴, 말 타고 집을 나서 동서로 치달렸지. 종일토록 말을 탄 채로 의식(衣食)을 걱정하지 않는다. 비단옷은 발밑의

| 막고굴 제85굴 벽화(부분) | 악기를 연주하고 노래를 부르는 승려와 여인의 모습이 그려져 있다.

진흙처럼 여긴다오.

서른 살, 당당하게 육예(六藝)를 완벽하게 익히고, 친한 벗이 아니어도 모두 가까이 지낸다오. 보랏빛 등나무꽃 아래서 술잔을 기울이며, 취하여 생황 불며 미소년을 노래하네.

마흔 살, 둘러보니 인생의 내리막길, 근래의 친구들 반이나 사라졌네. 이내 근심 풀어줄 사람 없으니, 봄빛이 얼마 안 남았음을 알겠네.

쉰 살, 억지로 애써서 몇 가지 일을 했지만, 이내 몸 앞길이야 어찌 생각할 수 있으랴. 젊었던 얼굴은 어느덧 근심 속에 변했고, 거울 속 백발을 어찌 감당할꼬.

예순 살, 그래도 이리저리 바삐 움직여보지만, 어느 시절에나 잠

| 막고굴 제62굴 동벽 공양인과 우차 | 우차를 타고 공양드리러 가는 여인들의 행렬도이다.

시 여유를 얻을 수 있을까. 아들 손자 점점 분부를 감당할 수 있고, 쓸데없는 근심 걱정은 하지 않아도 되나 저절로 슬퍼지네.

일흔 살, 삼경에도 잠은 오지 않고, 쓸데없는 일 아직도 포기 못하고 근심하네. 뜻밖에도 늙어감이 웃음거리만 될 뿐, 병과 늙음이 계속 이어져 띠풀이 자라나듯.

　여든 살, 누가 이내 몸 걱정해주랴. 옛것은 잊어버리고 앞날은 생각지도 못하고 정신은 가물가물. 문 앞의 저승사자 죽을 때가 된 귀신 아니냐 묻고, 꿈에선 옛 친구를 만나누나.

　아흔 살, 남은 여생 실로 가련하구나. 말을 하려 해도 눈물이 먼저 흐르고, 이내 혼백은 지금 어디 있는고, 귓가에서 천둥이 쳐도 듣지를 못하네.

백 살, 근원으로 돌아가려 해도 할 수가 없고, 저무는 바람이 눈을 쓸어내니 바위와 소나무가 슬퍼하네. 인생은 허무한 것, 허튼 계획 세우지 마라, 만고에 남은 것은 흙 한더미뿐이라.

마치 우리나라 판소리 단가(短歌)「이 산 저 산」의 돈황편 같다. 그런데 우리는 낙천적이고 돈황은 비애가 서린 것이 다르다. 돈황문서 중에는 많은 당시가 발견되었다. 그중엔 무명씨의 작품도 많지만『전당시(全唐詩)』에 실리지 않은 위장(韋莊, 836~910)이라는 시인의「진부음(秦婦吟)」이라는 시가 전해지고 있어 중국문학사에서 주목되고 있다. 진부란 진(秦)땅의 아낙네라는 뜻으로 총 1,600여 자에 달하는 장시인데, 황소의 난을 겪을 때 상황이 생생히 그려져 있다. 특히 그 첫 수에는 애잔한 삶의 서정이 일어난다.

중화 계묘년(883) 봄 삼월에
낙양성 밖 꽃들은 눈같이 날려
동서남북에 길 가는 이 끊어지고
녹양은 소리 없고 향진은 사라져
길가에 꽃같이 고운 사람
홀로 녹양 그늘 아래 쉬고 있네
아름다운 머리는 비껴 드리우고
붉은 연지 푸른 눈썹 수심이 가득하네

"아가씨는 어디서 오는 길이오?"

말하려 하지만 먼저 목이 메네

고개를 돌리고 옷소매 여미며 나에게 인사하고

"난리 통의 표백생활을 이루 다 말씀드릴 수 있습니까?"

삼 년 동안 적중에 빠져 진(秦) 땅에 있었으니

진 땅의 일 어렴풋이 기억합니다

그때 저를 위하여 말의 안장을 푸신다면

저도 역시 그대 위해 발길을 멈추겠습니다

— 「진부음」 제1수 (이수웅 『돈황문학과 예술』)

이처럼 돈황 사람들은 다른 지역 사람과 마찬가지로 세파에 시달리며 희로애락 속에 삶을 영위했다. 그것이 인생인 걸 어쩌겠는가.

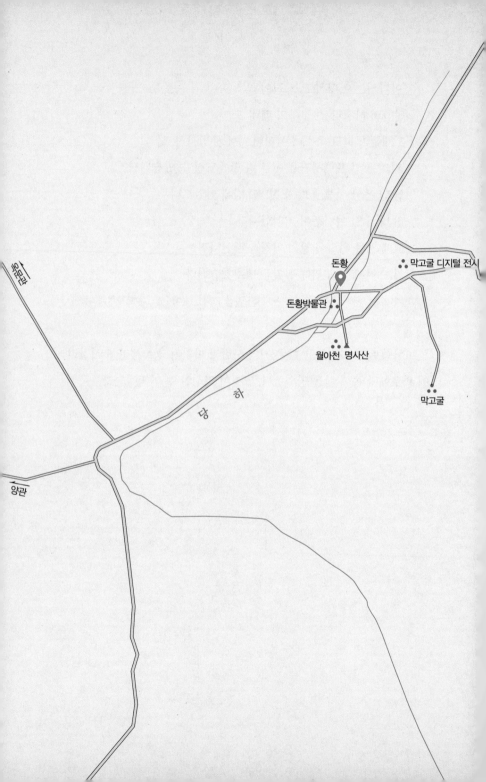

명사산은 명불허전

막고굴 천불동 / 소설 『돈황』 / 막고굴 불상 양식의 변천 /
당하 / 명사산과 월아천

막고굴 천불동의 시작

가욕관을 떠나 250킬로미터를 3시간 반 동안 달려 과주(안서)까지
왔건만 여기서 돈황까지는 또 100킬로미터나 남아 있다. 그래서 안
서 유림굴을 외면하고 돈황으로 곧장 가는 것이지만 아직도 1시간 반
을 버스로 달려야 했다. 차창 밖으로 보이는 풍광이라고는 거친 모래
무지에 듬성듬성 낙타풀이 무리지어 있는 막막하고 지루한 고비사막
뿐이다. 나는 말없이 주어진 일정대로 따라갈 뿐인데 누군가 "유교수
님한테 돈황 벽화 강의 좀 들읍시다"라고 청한다. 사실 나는 남의 답사
에 끼어가는 품으로 회원들에게 들려주기 위해, 또 내 답사기를 위해

막고굴의 개요를 둥근 부채에 메모해 왔다. 나는 마지못해 하는 척 부채를 들고 앞으로 나가 마이크를 잡았다. 늘 내가 답사 때 차중 강의를 하듯 버스 앞쪽에서 뒤로 돌아 회원들의 얼굴을 보면서 돈황 막고굴의 역사를 '수다체'로 풀어갔다.

"드디어 돈황입니다. 돈황은 중국에서 서역으로 나아가는 출발점입니다. 타클라마칸사막을 우회하는 길은 세 갈래인데 남쪽 곤륜산맥을 따라가는 서역남로와 북쪽의 천산산맥을 남북으로 돌아가는 천산남로와 천산북로가 있습니다. 어느 쪽으로 오든 길은 돈황에서 만납니다. 그 옛날 실크로드를 오가던 대상과 구법승들은 사막의 검은 모래 폭풍을 뚫고 험준한 산맥을 넘고 넘어 돈황에 이르면 비로소 안도의 가슴을 쓸어내리며 편안히 잠들 수 있었습니다. 그래서 이 도시는 두터울 돈(敦)자, 빛날 황(煌)자, 사막 속에 빛나는 도시라는 이름을 갖게 되었습니다.

돈황 시내에서 서남쪽으로 15킬로미터 떨어진 곳에는 아름다운 모래언덕으로 이루어진 명사산이 있습니다. 명사산 동쪽에는 월아천이라는 초승달처럼 생긴 오아시스가 있습니다. 내일 우리는 명사산 월아천부터 가기로 되어 있습니다. 그리고 월아천 반대편인 명사산 서쪽엔 대천하(大泉河)라는 강이 흐르고 그 강가에는 높고 긴 절벽이 있는데 4세기부터 여기에 석굴사원이 굴착되기 시작했습니다. 그래서 사막 막(漠)자, 높을 고(高)자 막고굴이라는 이름을 갖게 되었습니다. 이 막고굴에 석굴이 계속 조영되면서 점차 성스러운 곳이 되자 사막막(漠)자가 고요할 막(莫)자로 바뀌어 한없이 고귀한 석굴이라는 뜻으로 불리게 되었습니다. 이 명사산 막고굴에 석굴이 언제부터 굴착되었는지에 대해서는 펠리오의 돈황문서 제2551호에 「막고굴기」(865)가 붉은 글씨로 다음과 같이 쓰여 있다고 합니다."

나는 부채에 쓰여 있는 메모를 보며 읽어나갔다.

"(전진시대인) 366년 돈황에는 낙준(樂尊)이라는 승려가 있었다. 그는 계행이 깨끗하고 명리를 탐내지 않으며 조용하고 평온했다. 숲과 들을 찾아다니며 여행하기를 즐겼던 그는 때마침 삼위산(三危山)에 올라갔다가 명사산 쪽에서 홀연히 금빛이 일어나는 것을 보고 천불이 있는 게 아닐까 직감했다. 그래서 이곳에 석굴(감실)을 조영했다. 이어서 법량(法良)이 동방에서 이곳을 찾아왔다. 그 또한 낙준의 굴 옆에 석굴을 조영했다. 이곳에 석굴이 만들어진 것은 이 두 승려에서부터 시작된 것이다. (…) 후에 이곳 주민들도 협력하여 석굴을 조영했다. 이곳은 진정 신비하고 뛰어나며 그윽한 석굴이면서 신령스럽고 기이한 정토인 것이다.'

막고굴 중 낙준 스님이 굴착한 석굴이 어느 굴인지는 아직 확인되지 않았다고 합니다. 다만 4세기에 조영된 초기 석굴 7곳 중 하나인 제267굴일 것으로 추정되고 있습니다. 이때부터 돈황의 역사는 막고굴의 역사와 함께하게 되었으며 이후 14세기 원나라 때까지 1천 년간 무수한 석굴이 조영되어 천불동(千佛洞)이라 불리게 되었습니다. 현재 막고굴에는 492기의 석굴이 확인되고 있습니다."

여기까지 마치고 나는 자리로 들어가려고 했는데 누군가가 엊그제 민현식의 야오둥 얘기를 더 듣고 싶어 내가 했던 것처럼 소리쳤다.

"그래서요!"

나는 다시 부채를 보면서 계속 이야기체로 이어갔다.

막고굴 천불동의 역사

"전진이 멸망하고 뒤이어 이곳을 지배한 것은 흉노계 유목민족이 세운 북량(北涼, 397~439)이었습니다. 북량은 비록 3대에 걸쳐 약 40년 간 지속된 단명 왕조였지만 불교를 적극 받아들여 막고굴에 석굴 7곳을 열었습니다. 제275굴은 북량시대의 대표적인 석굴로 두 다리를 교차시키고 앉아 있는 이 미륵보살 교각상으로 유명합니다. 불교미술사 책에 이 불상이 나오지 않으면 그 책은 부실한 책입니다. 이 불상은 조각 자체도 뛰어나지만 초기 중국 불교에서 서역풍이 강하게 반영되어 있기 때문에 더 유명한 것입니다. 이 시절의 벽화 또한 서역풍이 강합니다.

439년 북량이 북위에게 멸망함으로써 오호십육국시대는 끝나고 남북조시대로 들어갑니다. 북위시대에 막고굴에는 23개의 석굴이 굴착

| 막고굴 제275굴 미륵보살 교각상 | 북량시대의 대표적 석굴인 제275굴에 있는 미륵보살 교각상은 그 조각 자체도 뛰어나지만 초기 중국 불교에서 서역풍이 강하게 반영되어 있어 더 유명하다.

되었습니다. 북위시대 불상은 우리가 천수 맥적산석굴에서 많이 보았죠. 신체는 호리호리하고 엷은 미소를 띠고 있는 맑은 모습이었죠. 이를 뭐라고 했는지 기억하세요?"

"수골청상(秀骨淸像)요!"

큰 소리로 자신있게 정확히 대답한 사람은 내 팀의 미술사학도였다. 나는 그를 위해 메모에 없는 얘기를 덧붙여 미술사적 사항을 기억시켜주었다.

| 제432굴 서위시대 보살상(왼쪽)과 제45굴 당나라 시대 보살상(오른쪽) | 북위·서위시대 보살상은 어린아이의 신체 비례로 앳된 모습의 수골청상을 특징으로 하며, 당나라 시대 보살상은 사실적이고 육감적인 아름다움을 보여준다.

"북위의 황제는 불교를 국가의 확실한 이데올로기로 삼고자 돈황에 있던 스님인 담요(曇曜)를 초청하여 수도인 대동에 거대한 운강석굴을 조영하게 했습니다. 그때가 460년 무렵입니다. 운강석굴의 초기 5개 석굴은 모두 담요가 조성한 것으로 돈황 막고굴과 깊은 친연성을 갖고 있습니다. 중국의 3대 석굴을 꼽을 때 운강석굴을 가장 먼저 꼽

는 것은 이 때문입니다.

북위가 망하고 그 뒤를 이은 서위, 서위의 뒤를 이은 북주시대에도 막고굴에는 계속 석굴이 조영되었습니다. 그리고 중국을 다시 통일한 수나라는 불과 30년밖에 지속되지 못했지만 97개의 석굴을 굴착했습니다. 1년에 2개꼴이었습니다. 이어 당나라 시대로 들어오면 무려 225기가 조영되면서 막고굴이 전성기를 맞이합니다. 막고굴의 4분의 3이 수당시대 석굴입니다. 양만 많은 것이 아니라 불상과 벽화의 예술적 수준에서도 절정을 보여줍니다.

그중에서도 가장 아름다운 불상은 제45굴의 보살상입니다. 나는 세상에서 가장 아름다운 여신, 이상적인 미인상으로 이 보살상을 꼽습니다. 서양에 밀로의 비너스가 있다면 동양엔 막고굴의 제45굴 보살상이 있다고 말하고 있습니다. 난주 병령사석굴에서 우리는 당나라 불상이 황하석림에 늘어서 있는 것을 보았죠. 당나라 불상의 특징이 무어라고 했죠?"

"삼굴의 자세, 물에 젖은 옷주름요!"
"Tribhaṅga, Wet drapery!"

이번에 큰 소리로 대답한 사람은 '열아일기' 팀의 남자들이었다.

"755년에 안사의 난으로 당나라가 혼란에 빠진 틈을 타 티베트의 토번(吐蕃)이 약 70년간 돈황을 지배했습니다. 토번도 불교국가였기 때문에 막고굴은 훼손되지 않고 오히려 석굴이 더 굴착되었습니다. 그러다 848년 돈황의 한인 토호인 장의조가 토번으로부터 돈황을 되찾아 황제에게 바쳤습니다. 황제는 그를 '귀의군(歸議軍) 절도사'로 임명하여 돈황이 사실상 그의 통치하에 들어가며 장씨가 절도사를 세습하게 되었습니다. 장씨 귀의군 시절에도 막고굴엔 계속 석굴이 굴착되어 제156굴 벽화에는 「장의조 출행도」가 그려져 있습니다.

당나라가 망하고 오대의 혼란을 거쳐 송나라로 왕조가 바뀔 때 돈황은 여전히 장씨 귀의군 시대로 이어졌습니다. 그러다 920년 귀의군 절도사는 조의금의 조씨로 바뀝니다. 그는 서역의 오아시스 국가들과 통혼을 하며 적극 친교를 맺었습니다. 그의 왕비는 위구르 공주였고 그의 딸은 호탄으로 시집갔습니다. 제98굴은 조의금의 딸을 맞이한 호탄 왕이 기진한 석굴로 이곳 벽화 중에는 「유마경변상도」 아래에 호탄 왕과 왕비의 모습이 그려져 있습니다. 호탄은 옥(玉)의 산지로 유명한데 조씨 귀의군은 이 옥을 송나라와 요나라에 중개무역하면서 큰 이익을 챙겼습니다."

이때 누군가가 뒤에서 "아. 그게 귀의군 시대라는 거구나. 난 귀의군이라고 해서 부처님께 귀의했다는 줄 알았는데 그게 아니었네"라고 하는 것이 내 귀에까지 들렸다. 원욱 스님이었다.

"귀의군 시대는 무려 190년간 이어졌습니다. 그러니까 귀의군 시대 돈황은 지방자치국인 셈이었죠. 귀의군 시대의 대표적인 석굴이 막고

| 막고굴 제61굴의 내부 모습 | 제61굴은 막고굴석굴 중에서 가장 큰 규모로 복두형 천장을 하고 있으며 벽화가 화려하게 장식되어 있다.

굴 중에서도 가장 규모가 큰 제61굴입니다. 귀의군 시대는 탕구트의 서하가 돈황을 지배하면서 끝났습니다. 서하는 막강한 나라였습니다. 송나라는 해마다 비단과 차를 조공으로 바쳤습니다. 서하는 이 조공품을 서역에 파는 무역으로 막대한 부를 챙겼다고 합니다. 서하는 불교국가였기 때문에 막고굴에는 석굴 64기가 조영되었습니다. 서하의 석굴사원은 막고굴보다 지금 우리가 아쉽게도 그냥 지나가고 있는 안서 유림굴에 더 멋진 것이 남아 있습니다.

장경동(藏經洞)이라 불리는 제17굴에 감추어진 돈황문서는 한동안 송나라와 서하가 한판 붙는 전란 중에서 누군가가 불경을 비롯한 3만

점의 문서를 숨겨두고 막아버린 것으로 추정되기도 했습니다."

이때 이건용이 내 말을 막고 나섰다.

"잠깐만요. 이 돈황문서가 밀봉되는 과정을 소설로 추적한 것이 이노우에 야스시의 『돈황』입니다. 나는 20년 전에 이 소설을 읽고 하도 깊은 감동을 받아 주인공 조행덕이 떠돌다 돈황에 다다르는 하서주랑 일대를 꼭 가보고 싶었습니다. 그러나 나 혼자서는 여기에 올 자신이 없어서 민현식에게 더 늙기 전에 데려가달라고 부탁하여 온 것이 이번 '열아일기' 답사의 계기입니다. 미안합니다. 계속하세요."

그러자 누군가가 유교수 강의 끝나고 나면 이건용 선생에게 소설 『돈황』얘기를 듣자고 강의를 예약했다. 나는 이에 동의하고 이야기를 마무리했다.

"그러죠. 내 얘기는 다 끝나갑니다. 1227년 서하는 몽골의 칭기즈칸에게 처참하게 최후를 맞이합니다. 칭기즈칸은 서하와의 전쟁 때 말에서 떨어져 죽으면서 서하인을 모조리 멸살하라고 유언하여 엄청난 인종청소로 오늘날 서하인의 후손은 남아 있지 않다고 합니다.

원나라 때 막고굴에는 7기 석굴이 추가되었지만 그때의 돈황 사정은 명확히 밝혀지지 않고 있습니다. 이 무렵 실크로드를 따라 중국으로 들어온 마르코 폴로는 돈황에 왔을 때 이 지역 주민들은 상업에 의

| 제409굴 「서하왕공양상」 | 서하 왕이 공양드리는 모습을 그린 것이 다. 귀의군 시대 이후 탕구트의 서하 가 돈황을 지배했고 서하시대에도 막 고굴에는 많은 석굴이 열렸다.

존하지 않고 농사로 생계를 유지하고 있었다면서, 많은 사원에 온갖 우상이 비좁게 안치되어 있었다고 말했다고 합니다. 우리는 이말로 당시 돈황과 막고굴의 모습을 겨우 짐작할 수 있을 따름입니다.

명나라는 우리가 오늘 아침에 보았듯이 가욕관의 만리장성을 국경 으로 삼으면서 돈황 지역의 백성들을 하서주랑 안쪽으로 이주시켰습 니다. 그래서 15세기 돈황은 위구르 왕국의 지배하에 들어갔습니다. 이후에 지리상의 발견으로 바닷길이 열리면서 동서무역의 요충지로 서 실크로드의 역할이 사실상 끝났고 위구르는 이슬람으로 개종했기 때문에 막고굴에는 더 이상 석굴이 굴착되지 않았습니다. 그러는 사이 막고굴은 모래무지에 묻혀 폐허가 되었습니다.

　돈황이 다시 중국의 영토로 회복된 것은 1723년 청나라 강희제가 신강 땅을 차지하고부터입니다. 그러다 1900년 무렵, 왕원록이라는 어리숙한 자칭 도사가 막고굴 제16굴에서 북쪽벽 감실 안에 3만 점의 돈황문서를 발견했습니다. 이것이 장경동이라고도 불리는 제17굴입니다. 20세기 초에 제국주의 물결을 타고 영국의 오렐 스타인, 프랑스의 폴 펠리오, 러시아의 올덴부르크, 일본의 오타니 탐험대, 미국의 랭던 워너 등이 다투어 돈황문서를 헐값에 매입해 가고 벽화를 떼어가고 불상을 들고 가는 사실상의 약탈을 자행하면서 돈황이 세상에 다시 알려지게 됩니다. 중국에서는 이들을 보물을 도적질해간 자라고 해서 '도보자(盜寶者)'라고 부릅니다. 혜초의 『왕오천축국전』 필사본은 펠리오가 가져간 돈황문서에 있었습니다. 이상입니다. 본의 아니게 강의를 길게 해서 미안합니다."

　나는 우레 같은 박수를 받으며 자리로 돌아왔다. 들어오면서 회원들의 모습을 보니 모두 돈황 가기 전에 알긴 알고 가야겠으나 미처 공부하지 못해 찜찜함이 있었는데 이제는 머릿속이 개운한듯 기뻐하는 표정이었다. 본래 안다는 것은 지적 희열을 동반한다. 안다는 것도 전혀 모르던 것을 새로 알게 될 때보다 대충 알던 것을 확실히 알게 되었을 때 더 기쁘고, 꼭 알 필요가 있는 것을 알게 되었을 때는 숙제를 끝낸 것 같은 후련함이 있다. 이럴 때면 공부보다 재미있는 것은 없다.

소설 『돈황』

그렇게 긴 강의를 마치자 회원들은 예약한 대로 이건용에게 이노우에 야스시(井上靖)의 소설 『돈황』 얘기를 듣자고 했다. 이건용은 앞자리에 앉아 마이크를 들고 돈황에 오기 전에 다시 한번 읽었고 또 영화로 만든 것도 보았다며 기억나는 대로 그 줄거리를 요약해 들려주었다. 이를 내가 다시 요약하면 다음과 같다.

송나라 선비 조행덕은 과거시험 1, 2차에 모두 합격하고 면접시험에서 '서하의 대책을 논하라'는 시험문제를 받는 꿈을 꾸며 졸다가 시간을 놓쳐 낙방하고 만다. 망연자실하며 저잣거리를 거닐던 중, 인신매매를 당한 나체의 위구르 여자가 난도질당할 처지에 있는 것이 불쌍해서 몸값을 주고 구해주었다. 여인은 어떤 대가도 바라지 않는 조행덕에게 서하로 들어갈 수 있는 통행증을 준다. 조행덕은 이 낯선 문자에 끌려 서하로 갔다가 졸지에 서하의 한족 병사가 되어 전장으로 나간다. 한족 무장 주왕례는 이 백면서생을 불굴의 용사로 탈바꿈시킨다.

장액 전투에서 조행덕은 숨어 있는 위구르 왕족 여인을 발견해 그녀를 숨겨주면서 결국 연인이 되었고 여인은 정표로 귀한 목걸이를 준다. 조행덕이 군대 일로 잠시 떠났다. 얼마 후 돌아와보니 여인은 발각되고 서하 왕 이원호의 첩이 되어 있었다.

다시 돌아온 조행덕을 멀리서 본 여인은 사랑을 지키기 위해 그가 보는 성벽에서 떨어져 자살한다. 조행덕은 여인의 비극적인 죽음 이후 점점 불교에 귀의한다. 글을 읽을 줄 알아 상관 주왕례의 눈에 들어 서하문자를 익힐 수 있는 기회를 얻은 그는 불경을 서하문자로 번역하는 일에 몰두한다.

이후 각지를 전전하다 마침내 돈황에 이르렀을 때 불사신처럼 보였던 백전노장 주왕례는 전쟁터에서 죽는다. 조만간 돈황은 불바다가 된다. 조행덕은 죽은 연인을 위해 공양하려고 번역하던 불교 경전을 안전하게 보관할 방법을 찾아 동분서주한다. 돈황성에서 40리 떨어진 막고굴에서 숨길 만한 장소를 찾았지만 이를 옮길 말과 인력을 동원할 방법이 없었다.

마침 조행덕이 왕족 여인에게 받은 목걸이를 탐내던 대상 위지광도 200마리의 낙타에 싣고 다니던 재물이 다 불에 탈 위기였다. 조행덕은 위지광에게 일단 그의 재물을 막고굴에 숨겨둘 수 있다고 꼬드겨 그의 인력과 말로 이를 옮기게 하면서 자신이 번역한 불경과 그 원본들을 막고굴의 작은 감실에 넣어두고 굳게 막아버렸다. 그리고 돈황의 격렬한 전투 속에 조행덕은 세상을 떠났고 재물을 찾으러 다시 돌아온 위지광도 벼락을 맞아 죽는다. 이것이 20세기 초 세상을 놀라게 한 돈황문서가 막고굴 제17굴에 근 1천 년간 매장된 내력이라는 것이다.

이노우에 야스시는 『돈황』을 쓰기 전에 돈황에 와본 적이 없었다고 한다. 그럼에도 지리적 풍광까지 아주 생생하게 묘사하고 있는 것은 철저히 역사·지리에 대한 정확한 자료에 입각했기 때문이다. 그는 1943년에 출간된 마쓰오카 유즈루(松岡讓)의 『돈황 이야기』를 읽고

| **서하 전돌** | 서하시대의 연화문 전돌은 아주 단순하고 소박하지만 능히 서하의 독자적인 문화를 느낄 수 있는 유물이다. 나는 이 전돌의 탁본을 구입하여 내가 돈황에 와볼 수 있게 해준 벗에게 선물했다.

감동을 받은 뒤 관심을 갖고 있었으나 그때는 중국과 일본이 전쟁중이었고 결국은 돈황에 갈 수 없을지도 모른다는 생각이 들어 와보지 않은 상태에서 1959년에 소설 『돈황』을 썼다고 한다. 그리고 그는 『돈황』을 펴낸 지 20년이 지나 1978년 여름에야 비로소 돈황에 왔다. 그럼에도 이처럼 실감있게 풍광을 묘사하고 지리적 상황을 정확히 표현했다는 것이 놀랍다.

경북대 이광률 교수는 2017년 「소설 '둔황'의 이야기 공간에 대한 자연지리학적 분석」(『한국사진지리학회지』 27권)이라는 흥미로운 논문을 발표했다. 이광률 교수 또한 이노우에 못지않게 철저한 탐구자인 듯 조행덕의 이동거리, 풍광 묘사, 심지어는 그때 비가 왔을 확률 등 날씨의 설정까지 검증하고 고증하며 맞추어보았다. 그리고 그가 내린 결론은 '거의 다 맞았다'였다.

그리고 뒷얘기 하나를 덧붙인다. 이건용은 나에게 따로 말하기를 이 소설을 읽고 서하라는 나라의 존재에 막연한 동경이 생겼다며 언제 서하의 수도였던 영하회족자치주의 은천에 있는 서하왕릉이나 고비사막의 서하시대 성채인 흑성(黑城)을 답사하게 되면 꼭 데려가달라고 했다.

막고굴 답사 때 나는 소설 『돈황』의 모티브가 된 제17굴에 깔려 있는 서하시대의 연화문 전돌을 보았다. 아주 단순하고 소박하지만 능히 서하의 문화를 느낄 수 있는 유물이었다. 막고굴 답사 후 기념품 가게에 갔더니 상품 진열대에 이 서하시대 전돌 탁본을 팔고 있었다. 나는 이것을 사서 귀국 후 표구해 답사 뒤풀이 자리에서 우리가 돈황을 답사할 수 있는 계기를 열어준 이건용에게 감사의 뜻으로 선물했다. 그는 이 서하시대 전돌 탁본을 자기 집 피아노 옆 벽에 걸어놓고는 사진으로 찍어 내게 보냈다.

오아시스 도시 돈황과 당하

돈황이 가까워오자 길고 지루한 고비에 비스듬한 언덕 위로 무덤들이 나타났다. 봉분이 아니라 무덤을 표시하는 나무 표지만 줄지어 꽂혀 있었다. 보고 있노라니 그것은 누군가가 말했듯이 '인간의 삶과 죽음이란 결국 자연의 편린'이라는 것을 보여주는 설치미술 같았다. 그리고 얼마 안 가서 돈황공항의 관제탑이 보이기 시작했다. 여기서 시내까지는 25킬로미터, 멀리 명사산 자락도 보이기 시작했다. 명사산은 비록 모래 더미로 낮게 이어져 있을 뿐이지만 각이 진 명확한 능선을 갖고 있었다. 명사산이 점점 크게 보이면서 건물들이 나타나기 시작했고 우리의 버스는 이내 시내로 들어섰다.

돈황 시내는 매우 깔끔했다. 너무 깔끔해서 과연 여기가 돈황 맞나 싶을 정도였다. 도로도 반듯하게 정비됐고 건물들의 높이도 적당하고 모양도 다양하며 건물과 건물 사이의 간격도 좋다. 백양나무 가로수도 잘 심겨 있다. 25년 전에 여기에 다녀간 민현식에게 그때는 어땠냐고 물으니 지금 눈에 보이는 건물은 하나도 없었고 그냥 허허벌판이었다고 하며 망연자실하는 표정을 짓는다.

가이드에게 돈황이 언제부터 이렇게 깔끔해졌느냐고 물어보니 도시계획에 일가견 있는 시장이 와서 이렇게 잘 정비해놓았고 그 시장은 영전을 해서 올라가고 지금은 다른 시장이 왔다고 한다. 계획된 도시라는 얘기로 들리는데 어찌 보면 잘 가꿔진 유럽의 지방도시를 흉내 낸 것 같은 인상을 줄 뿐 책을 보면서 머릿속에 그린 돈황의 향기는 없다.

돈황 신시가지에서 비록 옛 정취를 느낄 수 없는 것이 서운했지만 어쩌면 이는 돈황이 그 옛날의 영광을 되찾은 것이라고 해야 할지도 모르겠다. 5세기 초 서역승 쿠마라지바가 중국으로 끌려가면서 이곳을 지날 때 돈황의 인구는 1만 6천명이고 그중 승려가 1천 명이었다고 하니 그때는 돈황이 불교의 성지였고 지금은 관광도시로 다시 성시를 이루게 된 셈이다.

우리의 버스가 큰길로 시내를 통과하는데 갑자기 다리가 나온다. 말로만 듣던 당하(黨河)다. 당하는 강이라기에는 작고 그렇다고 시내라기에는 큰데 물빛이 하늘빛으로 맑다. 돈황 남쪽의 곤륜산맥의 만년설이 여름이면 녹아내려 사막 속 지하로 흐르다가 저지대에 와서는 이렇게 모습을 드러내고 다시 사막 속으로 사라진다. 그 길이가

| **돈황 시내** | 돈황 시내는 매우 깔끔하게 정비되어 있다. 너무 깔끔해서 머릿속에 그려온 돈황의 향기가 없다. 그 옛날의 불교 성지가 오늘날은 관광도시로 바뀐 것이다.

390킬로미터에 달하는데 돈황은 당하의 하류에 위치해 있다고 한다.

　돈황을 사막의 오아시스 도시라고 부르는 것이 말로만으로는 사실 잘 이해되지 않았다. 오아시스라고 하면 사막 어디에선가 솟아나는 샘물 같은 것으로만 생각했기 때문이다. 물론 이런 오아시스도 있다. 내일 우리가 답사할 명사산 월아천이 전형적인 오아시스 못이다. 그러나 오아시스 도시에는 이런 냇물이 흐르기 때문에 농사도 지을 수 있고, 사람이 모여 살면서 도시를 형성할 수 있었던 것이다.

　오아시스 도시의 강은 모두 고산지대의 만년설이 여름에 녹아 흘러내린 것이다. 하서주랑의 무위·장액·주천, 가욕관 등은 기련산맥의 만년설이 흘러내린 오아시스 도시에 생겨난 도시이고, 천산산맥의 만년

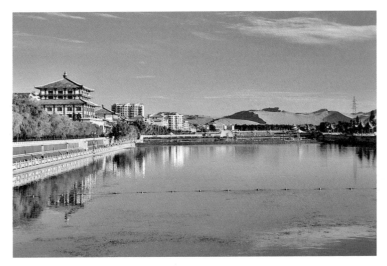

| 당하 | 돈황을 관통하는 당하는 돈황 남쪽 곤륜산맥의 만년설이 녹아 흘러내린 것이다. 만년설이 있어서 사막이 살아 있고, 사막엔 돈황 같은 오아시스 도시도 생겨났다.

설은 투르판과 쿠차라는 오아시스 도시를 만들어내고 타클라마칸사막 지하 어디론가 사라져간다. 이 만년설이 있어서 사막은 살아 있고, 돈황 같은 사막의 오아시스 도시가 생겨난 것이다.

드디어 우리는 돈황에서 묵을 호텔에 도착하여 저녁식사를 마치고 여장을 풀었다. 내일 아침이면 대망의 명사산과 막고굴을 답사하게 된다. 이날 이 순간을 위해 나흘 밤낮을 달려왔다. 나는 부푼 꿈을 안고 잠자리에 들었다.

명사산으로 들어가며

답사 닷새째 되는 날 아침이 밝았다. 가이드 하는 말이 오전에 명

| **명사산 전경** | 돈황시 남쪽에 있는 명사산은 모래의 울음소리가 들리는 곳이라 하여 얻은 이름이다. 겹겹이 펼쳐지는 능선이 아주 아름답다.

사산 월아천에 가고 오후에 막고굴을 답사한다고 한다. 막고굴은 동향이니 아침에 가는 것이 좋을 것 같은데 막고굴 답사가 오후에 예약되어 있고 또 해가 뜨겁기 전에 월아천으로 가는 것이 유리할 수도 있단다.

명사산(鳴沙山)은 돈황시에서 남쪽 방향으로 5킬로미터 정도 떨어진 곳에 있다. 그 너머 절벽에 막고굴이 있다. 명사산은 모래와 암반으로 이루어진 산으로 그 크기는 동서 40킬로미터 남북 20킬로미터라고 한다. 해발 높이는 평균 1,600미터이고 가장 높은 서남봉은 1,715미터라지만 월아천에서 바라보는 명사산은 지표에서 불과 60미터 남짓 된다고 한다.

| **낙타 행렬** | 명사산 대문 안으로 들어서자 산 아랫자락으로 수많은 낙타가 긴 행렬을 이루며 관광객을 태워 가는 모습이 먼저 눈에 들어왔다. 실로 장대한 낙타 행렬이다.

산 밑부분은 자갈이 깔려 있고 자갈 위에 모래가 쌓여 겹겹이 산봉우리를 형성하고 있다. '명사(鳴沙)'라는 이름은 발밑으로 모래가 미끄러지면서 내는 소리가 마치 모래가 우는 소리처럼 들린다고 하여 얻었다고도 하고, 또 산언덕의 모래들이 바람에 날리며 굴러다니는 소리가 마치 울음소리 같다는 데에서 나왔다고도 한다. 어찌 됐든 모래의 울음소리가 들리는 산이다.

명사산에 당도하니 초입에 있는 관람객 안내소 건물 회랑에서 입장객 모두에게 산에 오를 때 쓰라고 주황색 천으로 만든 긴 덧신을 나누어준다. 바로 앞 광장 안쪽으로 '명사산 월아천'이라는 현판을 단 전통 양식의 거대한 세 칸 대문이 있고 그 뒤편으로 명사산 산자락이 아름다운 곡선을 그리며 맵시를 한껏 자랑하면서 어서 안으로 들어오라고 손짓하는 것 같았다. 달려가듯이 다가가 대문 안으로 들어서자 명사산보다 먼저 눈에 들어오는 것은 명사산 아랫자락으로 길게 늘어선 관광객의 낙타 행렬이었다.

아니! 이 많은 낙타가 어디에 있었으며, 이 관광객들은 어디서 쏟아져나왔는지 어안이 벙벙하고 눈이 휘둥그레질 뿐이다. 낙타의 행렬은 언제 떠났는지 벌써 명사산 왼쪽 자락 너머로 돌아가고 있었다. 그 옛날 대상의 행렬도 이럴 수 없었고, 서하군의 보급 부대도 이 정도는 아니었지 싶다. 그 수가 얼마나 될까? 주최측 추산 방식이라 치면 족히 수천 마리, 경찰측 추산이라 해도 수백 마리는 되어 보였다. 명사산의 관광용 낙타는 1천 마리이며, 명사산의 하루 입장객 수는 2017년 7월 26일에 2만 명을 돌파하며 역대 최고치를 기록했다고 한다.

명사산 월아천

낙타 행렬이 다 끝날 때까지 기다릴 수 없어 틈새를 비집고 명사산 앞으로 바짝 다가가니 그제야 넘실거리는 명사산의 곡선이 눈에 들어왔다. 하나의 산자락이 다음 산자락에 덮이고 또 그 너머로 또 다른 산자락이 겹쳐서 나타난다. 산의 형태는 날이 바짝 선 낫 모양으로 휘어져 산등성이는 날카롭고 둥글게 돌아간다. 그렇게 반복적으로 예리한 선과 부드러운 선이 이어진다. 그래서 명사산을 예찬하여 이르기를 멀리서 보면 용이 하늘로 날아오르는 것 같고 가까이서 보면 거대한 비단 폭이 사막에 펼쳐진 것 같다고 했다.

| **월아천** | 월아천은 초승달 모양의 못이라는 뜻이다. 사막 한가운데에 있는 전형적인 오아시스인 월아천은 돈황 시내로 흐르는 당하에서 한 갈래 뻗어나와 샘으로 솟아난 것이다.

거기에다 빛깔이 오로지 모랫빛 단색 톤으로만 되어 있기 때문에 아무런 생각 없이 한없이 바라보며 무념무상(無念無想)에 들게 한다. 거룩한 대자연이 내 마음을 다스리며 모든 잡생각을 일순간에 없애버린다. 제주도에서 처음으로 황무지에 덩그러니 솟아오른 다랑쉬오름을 보았을 때 받은 감동과 비슷했다.

우리보다 앞서 온 많은 관광객들이 명사산을 오르고 있었다. 밧줄 사다리가 놓여 있는 중턱까지 오르는 데 대략 15분 걸린다고 한다. 나는 주황색 덧신을 신고 일행들과 함께 명사산을 오르기 시작했다. 어느만큼 올라가다 뒤돌아보니 발아래로 멀리 월아천이 모래언덕에 감싸여 안온히 깃들어 있다. 그 환상적인 아름다움에 발을 멈추고 거기에서 눈을 뗄 수가 없었다.

월아천(月牙泉)은 초승달 모양의 못이라는 뜻으로 길이 150미터, 폭 50미터 정도이며 못 안쪽으로는 풀과 나무의 푸르름에 묻힌 전각이 솟아 있다. 사막의 한가운데 있는 전형적인 오아시스다. 이 월아천은 돈황 시내로 흐르는 당하에서 한 갈래 뻗어나와 샘으로 솟아난 것으로 지금은 많이 낮아졌지만 예전엔 깊은 곳은 5미터에 이르렀다고 한다. 그래서 물빛은 비췻빛으로 빛난다.

더 빨리 올라가 더 높은 곳에서 월아천을 내려다보고 싶었다. 앞 사람이 오르면 올라가고, 쉬어가면 나도 쉬면서 마침내 밧줄 사다리가 끝나는 곳에서 한쪽으로 비켜 앉아 내려다보니 월아천을 감싸안은 모래언덕 능선 너머로 멀리 지평선까지 초원이 전개되고 있다. 이런 광활한 들판 끝자락에 사막의 오아시스가 있다는 것이 놀라울 뿐이다. 과연 유네스코 세계유산으로 지정될 만하다.

나는 월아천이 오직 모래언덕의 능선에 감싸일 때까지 다시 조금씩 내려갔다. 이윽고 모래언덕의 유연한 곡선들이 빈 하늘과 길게 맞닿은 자리에 앉아 월아천을 하염없이 바라보았다. 이 평온한 아름다움을 무어라 표현해야 할까. 일행들이 어디에 있나 찾아보니 모두 나처럼 외따로 앉아 월아천을 바라보고 있었다. 누구 하나 말을 걸지 않았고 누구 하나 내려가자는 말을 하지 않았다. 이대로 계속 앉아만 있고 싶을 따름이라는 자세였다.

| **월천각** | 월천각은 유래도 불명확하고 건물도 콘크리트여서 건물 자체는 별 감흥을 주지 않는다. 그러나 이 월천각이 있어 월아천의 아름다운 오아시스의 풍광이 완성된다.

명사산 명불허전

자리에서 일어나 이제 그만 내려가고자 월아천을 향하여 발걸음을 옮기니 모래를 디딜 때마다 발이 깊숙이 빠지면서 사각사각 명사(鳴沙) 소리를 낸다. 그렇게 걸음걸음 소리를 들으며 내려가다가 갑자기 장난기가 발동하여 판소리 사설대로 "아나 옛다 모르겠다" 하고 내리달리니 불과 2분 만에 다 내려왔다.

옷에 범벅이 된 모래를 털고 덧신도 벗어 들고 인도를 따라 월아천 가까이 다가갔다. 못가에서 자라는 갈대처럼 생긴 풀은 여기에서만 자생하는 칠성초(七星草)로 불로장생의 약초라고 한다. 못가에서 명사산을 올려다보니 한쪽으로 그늘이 지면서 모래언덕의 능선이 예리하게 휘어져 돌아가는 곡선이 더욱 선명히 드러난다. 명사산에서 보면 월아천이 아름답고 월아천에서 보면 명사산이 아름답다.

신기하게도 명사산에 바람이 불면 아래쪽에서 치고 올라오는 모래가 능선 너머로 쌓이면서 능선이 조금씩 이동한다고 한다. 그럼에도 월아천은 천년을 두고 어떤 광풍에도 모래에 덮이지 않았단다. 그러나 근래의 기상 이변으로 월아천으로 연결되었던 당하의 물줄기가 끊겨 지금은 인공으로 못물을 대고 있다니 안타깝기만 하다.

월아천 옆에는 3층 누각인 월천각(月泉閣)을 중심으로 하여 여러 건물이 회랑으로 유기적으로 연결되어 있다. 사람들은 당연히 이 건물이 옛날에 사찰이었을 것으로 생각하곤 한다. 그러나 사전에 내가 조사한 바에 의하면 여기엔 도교의 도관이 있어 불교의 막고굴과 맞상대했다고 한다. 월아천의 전설도 도교의 색채를 띠고 있다. 돈황이 어느 날 갑자기 캄캄한 사막으로 변하자 이곳에 살고 있던 어여쁜 선녀가 슬퍼하며 흘린 눈물 한 방울이 샘이 되었고 여기에 초승달을 집어넣어 빛이 다시 들게 한 것이 월아천이라는 전설이다.

나는 이렇게 도교의 도관인 줄로 알고 건물 안으로 들어갔는데 입구에 있는 안내판을 보니 '명월각(鳴月閣) 배치도'라고 하고는 기념품 판매소, 다실, 화장실 같은 표시만 있고 어디에도 이 건물의 유래에 대한 설명은 찾아볼 수 없다. 다만 100년 전부터 10년 단위로 월아천 옛 사진을 나열해놓고 지금과 같은 구조의 건물이 있었다는 것만 보여준다. 지금의 명월각은 이를 근거로 콘크리트로 목조건물 흉내를 낸 것이었다. 중국은 목조건축을 콘크리트로 복원하는 것을 이처럼 전혀

| **월천각 현판** | 월천각 현판에는 '명사산 명불허전(鳴沙山 鳴不虛傳)'이라고 쓰면서 이름 명(名)자를 울릴 명(鳴)자로 바꾸었다. 그래서 명사산의 울림은 헛되이 울리는 것이 아니라는 뜻이 되었다.

괘념치 않는다.

유래도 불명확하고 건물도 콘크리트여서 별 흥미 없이 대충 한 바퀴 돌고 나오기로 했다. 발걸음을 옮길 때마다 명사산과 월아천을 바라보다가 나오니 월천각에서 아무런 의미를 찾지 못해 씁쓸했다. 그런데 내 친구 광호가 옷에 묻은 모래를 털면서 나를 보자 구경 한번 잘했다고 하고는 느린 어조로 "봤어?"라고 묻는 것이었다. "무얼?" 하고 되묻자 월천각에 걸려 있는 현판 글씨를 보았느냐는 것이다. 내가 "'명사산 명불허전' 말고 또 있었어?"라고 되묻자 빙그레 웃으며 "다시 가봐"라고 하는 것이었다. 아차, 싶었다.

그는 허튼 말을 하는 법이 없는지라 현판에 무언가 좋은 글귀가 있음에 틀림없었다. 나는 발길을 돌려 다시 월천각으로 갔다. 가보니 누각 2층에 '명사산 명불허전(鳴沙山 名不虛傳)', 풀이하자면 '명사산의 명성은 헛되이 전하는 것이 아니다'라고 쓰인 현판이 있었다. 그러나 이 정도의 글귀를 갖고 내게 "봤어?"라고 했을 광호가 아니다. 그래서 다시 자세히 살펴보니 이름 명(名)자를 울릴 명(鳴)자로 바꾸어놓은 것이었다.

"명사산 명불허전(鳴沙山 鳴不虛傳)"

'명사산의 울림은 헛되이 울리는 것이 아니다'가 된다. 글자 하나를 바꿈으로써 그 감동의 진폭이 이렇게 더 고양된다. 이를 놓치지 않고 다시 와보게 해준 내 친구 광호가 너무 고마웠다.

덧신을 반납하러 입구의 광장으로 나와 다시 명사산을 바라보며 떠나는 아쉬움을 달래는데 명월광장의 이름도 밝을 명(明)자가 아니라 울릴 명(鳴)자를 쓴 '명월(鳴月)광장'이었다. 명사산에서는 모든 것이 울리고 또 울릴 뿐이다.

떠나기 싫은 발걸음을 무겁게 옮기면서 가다가는 뒤돌아 명사산의 아름다운 능선을 바라보고 또 가다가는 멀어져가는 산줄기를 바라보면서 모두들 오늘 밤 달이 뜰 때 여기에 와서 술 한잔 걸치면 우리 마음을 또 어떻게 울릴[鳴] 것인가라고 헛기분을 내며 주차장에 다다랐다. 버스에 오르려다 근처의 가로등 기둥에 시구가 쓰여 있어 다가가보니 이렇게 쓰여 있었다.

| **겨울의 월아천** | 다시 찾은 월아천은 꽁꽁 언 얼음장 위로 흰 눈을 수북이 이고 있어 명확히 초승달 모양을 그리며 명사산 자락에 포근히 안겨 있었다.

취와명사 월천측(醉臥鳴沙 月泉側)

천사만천 무안색(千沙萬泉 無顔色)

(술에 취해 명사산에 누워 월아천을 곁에 두고 있으니

천 가지 모래, 만 가지 연못이 다 무색해지는구나)

버스에 올라 늦게 오는 회원을 기다리면서 듬뿍 사온 기념엽서를 하나씩 넘겨보니 명사산은 노을이 천하의 절경이라고 하고, 달이 뜰 때 깃드는 고요가 일품이라고 하고, 월아천은 특히 눈 덮인 겨울날이 환상적이라고 자랑하고 있다. 그때 나는 명사산 월아천을 다시 찾는

| **겨울의 명사산** | 한겨울에 다시 찾아왔을 때 명사산 산자락에는 흰 눈이 하얗게 덮여 있었다. 기온이 영하 14도였지만 나는 일행들과 낙타를 타고 눈 덮인 명사산을 한껏 즐겼다.

다면 그날은 아마도 눈 덮인 겨울날이 될 것이라고 속으로 생각했다.

그리고 6개월 뒤인 2019년 1월, 한겨울에 다시 찾은 명사산 산자락에는 흰 눈이 그렇게 하얗게 덮여 있었다. 그날 기온이 영하 14도였지만 나는 일행들과 낙타를 타고 1시간 동안 눈 덮인 명사산을 한껏 즐겼다. 그때 월아천은 꽁꽁 언 얼음장 위로 흰 눈을 수북이 이고 있어 명확히 초승달 모양을 그리며 명사산 자락에 포근히 안겨 있었다. 그림 같고 꿈결 같은 아름다움이었다. 역시 명사산은 명불허전이었다.

부록

답사 일정표
중국 역대 왕조·유목민족 연표
주요 인명·지명 표기 일람

이 책을 길잡이로 직접 답사하실 독자를 위하여 실제 현장답사를 토대로 작성한 일정표를 실었습니다. 시간표는 여러 여건에 따라 차이가 있을 수 있습니다. 이어서 본문의 이해를 돕기 위해 중국 역대 왕조와 유목민족 연표, 주요 인명과 지명의 표기 일람을 수록했습니다.

하서주랑·돈황·실크로드 8박 9일

2018년 6월 말 필자가 다녀온 답사 일정표

첫째날

09:15 인천국제공항 출발
11:45 서안함양국제공항 도착
12:00 중식
12:30 출발
17:30 천수(天水) 도착
18:30 석식
20:00 출발
20:30 천수 숙소 도착

둘째날

08:00 천수 숙소 출발
09:30 맥적산석굴
12:00 중식
13:00 출발
18:00 난주(蘭州) 도착
18:30 석식
19:40 출발
20:00 난주 숙소 도착

셋째날

08:00 난주 숙소 출발
09:30 유가협 댐·황하석림
12:00 중식
13:30 병령사석굴
18:00 석식

19:30 출발
21:40 난주역 도착
21:55 가욕관행 야간열차 탑승

넷째날

06:20 가욕관역 도착
06:30 조식
07:30 출발
08:00 가욕관·장성박물관
12:00 중식
13:00 출발
18:00 돈황(敦煌) 도착
18:30 사주야시장에서 석식
20:30 출발
21:00 돈황 숙소 도착

다섯째날

08:00 돈황 숙소 출발
08:15 돈황박물관·명사산·월아천
12:00 중식
13:00 막고굴
18:00 석식
19:30 출발
22:30 유원역 도착
23:00 투르판행 야간열차 탑승

여섯째날

06:00　선선역 도착

06:30　조식

07:30　출발

07:50　쿰타크사막

09:00　출발

10:30　투르판 도착

　　　　화염산

12:30　중식

13:30　베제클리크석굴·고창고성

15:30　출발

16:20　카레즈·소공탑·포도 농가

18:30　출발

19:20　석식

20:30　출발

21:00　투르판 숙소 도착

일곱째날

08:00　투르판 숙소 출발

10:00　염호

12:00　우루무치 도착

12:30　중식

13:30　출발

13:40　신강위구르박물관·

　　　　전통 위구르족 시장

17:30　석식

　　　　위구르족 공연 관람

19:30　출발

19:50　우루무치 숙소 도착

여덟째날

06:20　우루무치 숙소 출발

07:00　우루무치국제공항 도착

08:55　출발

12:10　서안함양국제공항 도착

12:30　중식

13:30　출발

14:30　병마용·홍문연 유적지·

　　　　회족거리

18:00　출발

18:40　서안 숙소 도착

19:00　석식

아홉째날

08:10　서안 숙소 출발

08:30　대안탑

09:40　출발

10:40　서안함양국제공항 도착

12:40　출발

16:50　인천국제공항 도착

돈황 4박 5일

2019년 1월 말 필자가 다녀온 답사 일정표

첫째날

09:15   인천국제공항 출발
11:45   서안함양국제공항 도착
12:40   중식
14:00   출발
18:50   가욕관공항 도착
19:15   출발
19:45   석식
20:45   출발
21:00   가욕관 숙소 도착

둘째날

08:00   가욕관 숙소 출발
12:00   과주현 도착, 중식
13:00   출발
13:40   안서 유림굴
16:00   출발
17:30   돈황 도착
18:00   석식
19:30   출발
19:40   돈황 숙소 도착

셋째날

08:30   막고굴(특굴 제45, 221, 275굴)
14:00   중식
15:00   옥문관
16:00   출발
17:00   양관
19:00   석식
20:30   돈황 숙소 도착

넷째날

09:00   돈황 숙소 출발
09:30   명사산·월아천·낙타 체험
13:00   중식
14:15   출발
14:50   돈황공항 도착
15:50   출발
18:10   서안함양국제공항 도착
19:00   출발
20:00   석식
21:40   종고루 광장·회족거리
22:40   출발
23:00   서안 숙소 도착

다섯째날

09:00 서안 숙소 출발
09:40 사로군조상
10:00 출발
10:50 서안함양국제공항 도착
12:40 출발
16:50 인천국제공항 도착

중국 역대 왕조·유목민족 연표

중국 역대 왕조			연도	유목민족			
하(夏) 기원전 2070~기원전 1600			기원전 2000				
상(商/은殷) 기원전 1600~기원전 1046			기원전 1500				
주(周)	서주(西周) 기원전 1046~기원전 771		기원전 1000				
	동주(東周) 기원전 771~기원전 256	춘추시대 기원전 770~기원전 403	기원전 500				[월지] 월지 기원전 3세기~기원전 176
		전국시대 기원전 403~기원전 221					
진(秦) 기원전 221~기원전 206				[흉노] 흉노제국 기원전 2세기~기원전 58			
한(漢)	전한(前漢) 기원전 202~8		1	서흉노 기원전 58~기원전 36	동흉노 기원전 58~기원전 31		
	신(新) 8~23			흉노제국(재통일) 기원전 31~46			
	후한(後漢) 23~220			북흉노 46~87	남흉노 48~216		
삼국(三國)시대	위(魏) 220~265	촉(蜀) 221~263 / 오(吳) 229~280	250				
서진(西晉) 265~316							
오호십육국(五胡十六國)시대* 304~420				[흉노·선비·저·갈·강] 오호십육국시대 304~420			[선비] 유연 4세기 전반~552
남북조(南北朝)시대* 420~589			500				
수(隋) 589~618					[돌궐(투르크)] 돌궐제국	동돌궐 552~630	
						서돌궐 583~657	
당(唐) 618~907			750	[토번(티베트)] 토번왕국 617~846	[위구르] 오르콘 위구르 제국 744~840		
					천산 위구르 857~1209	하서 위구르 860~1028	
오대십국(五代十國)시대* 907~979							

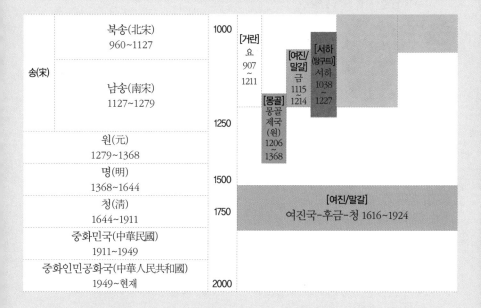

	북송(北宋) 960~1127	1000	[거란] 요 907 ~ 1211		[여진/ 말갈] 금 1115 ~ 1214	[서하 (탕구트)] 서하 1038 ~ 1227	
송(宋)	남송(南宋) 1127~1279			[몽골] 몽골 제국 (원) 1206 ~ 1368			
	원(元) 1279~1368	1250					
	명(明) 1368~1644	1500					
	청(淸) 1644~1911	1750	[여진/말갈] 여진국-후금-청 1616~1924				
	중화민국(中華民國) 1911~1949						
	중화인민공화국(中華人民共和國) 1949~현재	2000					

* 오호십육국(五胡十六國)시대의 국가들

전조(前趙) 304~329 / 후조(後趙) 319~351 / 전진(前秦) 351~394 / 후진(後秦) 384~417
서진(西秦) 385~431 / 성한(成漢) 304~347 / 하(夏) 407~431 / 전연(前燕) 337~370
후연(後燕) 384~407 / 남연(南燕) 398~410 / 북연(北燕) 407~436 / 전량(前涼) 317~376
후량(後涼) 386~403 / 남량(南涼) 397~414 / 북량(北涼) 397~439 / 서량(西涼) 400~421

* 남북조(南北朝)시대의 국가들

북조 북위(北魏) 386~534 / 동위(東魏) 534~550 / 서위(西魏) 535~557 /
　　북제(北齊) 550~577 / 북주(北周) 557~581
남조 동진(東晉) 317~420 / 유송(劉宋) 420~479 / 남제(南齊) 479~502
　　양(梁) 502~557 / 진(陣) 557~589

* 오대십국(五代十國)시대의 국가들

오대 후량(後梁) 907~923 / 후당(後唐) 923~936 / 후진(後晉) 936~946
　　후한(後漢) 947~951 / 후주(後周) 951~960
십국 오(吳) 902~937 / 오월(吳越) 907~978 / 초(楚) 907~951 / 형남(荊南) 907~963
　　민(閩) 909~945 / 전촉(前蜀) 903~925 / 후촉(後蜀) 934~965 / 남당(南唐) 937~975
　　남한(南漢) 917~971 / 북한(北漢) 951~979

주요 인명·지명 표기 일람

아래의 일람에서 괄호 안에 한자 번체와 간체, 국립국어원 외래어 표기법에 따르는 중국어 표기, 필요한 경우에 한해 로마자 표기를 밝혀둔다.(편집자)

ㄱ

가욕관(嘉峪關, 嘉峪关, 자위관)
가흥(嘉興, 嘉兴, 자싱)
감숙성(甘肅省, 甘肃省, 간쑤성)
강소성(江蘇省, 江苏省, 장쑤성)
개봉(開封, 开封, 카이펑)
계림(桂林, 구이린)
곤륜산맥(崑崙山脈, 昆仑山脉, 쿤룬산맥)
과주(瓜州, 과저우)
곽말약(郭沫若, 궈모뤄)
광동성(廣東省, 广东省, 광둥성)
광서장족자치구(廣西壯族自治區, 广西壮
　　族自治区, 광시좡족자치구)
구안천(九眼泉, 주옌취안)
구준산(九峻山, 주준산)
기련산맥(祁連山脈, 祁连山脉, 치롄산맥)
기산(岐山, 岐山, 치산)
길림성(吉林省, 지린성)

ㄴ

낙양(洛陽, 洛阳, 뤄양)
난주(蘭州, 兰州, 란저우)

남경(南京, 난징)
내몽골자치구(內蒙古自治區, 內蒙古自治区,
　　네이멍구자치구)
농산(隴山, 陇山, 룽산)
농서(隴西, 陇西, 룽시)
누란(楼蘭, 楼兰, 러우란)

ㄷ

단동(丹東, 단둥)
당양(當陽, 当阳, 당양)
당하(黨河, 党河, 당허)
대사구(大寺溝, 大寺沟, 다쓰거우)
대산관(大散關, 大散关, 다싼관)
대천하(大泉河, 다취안허)
돈황(敦煌, 둔황)
동정호(洞庭湖, 둥팅후)
등소평(鄧小平, 邓小平, 덩샤오핑)

ㅁ

마종산(馬鬃山, 마쫑산)
막고굴(莫高窟, 모가오쿠)
맥적산(麥積山, 麦积山, 마이지산)

명사산(鳴沙山, 鸣沙山, 밍사산)
모택동(毛澤東, 毛泽东, 마오쩌둥)
무관(武關, 武关, 우관)
무릉(茂陵, 마오링)
무위(武威, 우웨이)
무이구곡(武夷九曲, 우이주취)
미란(Miran, 米蘭, 米兰, 미란)
미현(眉縣, 眉县, 메이셴)

ㅂ

병령사(炳靈寺, 炳灵寺, 빙링쓰)
보계(寶鷄, 바오지)
복삼(濮森, 푸썬)
봉상(鳳翔, 凤翔, 평샹)
부풍(扶風, 푸펑)
북경(北京, 베이징)
북대하(北大河, 베이다허)

ㅅ

사주지로(絲綢之路, 丝绸之路, 쓰처우
　　즈루)
사천성(四川省, 쓰촨성)
산서성(山西省, 산시성)
산해관(山海關, 山海关, 산하이관)
삼위산(三危山, 싼웨이산)
상해(上海, 상하이)
서봉주(西鳳酒, 西凤酒, 시펑주)
서안(西安, 시안)
섬서성(陝西省, 陕西省, 산시성)

성도(成都, 청두)
소관(蕭關, 萧关, 샤오관)
소농산(小隴山, 小陇山, 샤오룽산)
소릉(昭陵, 자오링)
소적석산(小積石山, 小积石山, 샤오지스산)
소주(蘇州, 쑤저우)
소하묘(小河墓, 샤오허무)
시진핑 → 습근평
신강위구르자치구(新疆維吾爾自治區,
　　新疆维吾尔自治区, 신장웨이우얼자
　　치구)
스타인, 마르크 오렐(Stein, Marc Aurel.,
　　斯坦因·馬爾剋·奧萊爾, 斯坦因·马尔
　　克·奥莱尔)
습근평(習近平, 习近平, 시진핑)
승덕(承德, 청더)

ㅇ

안서(安西, 안시)
안양(安陽, 安阳, 안양)
야르칸드(Yarkand, 莎車, 莎车, 사처)
야오둥 → 요동
양관(陽關, 阳关, 양관)
양주(揚州, 扬州, 양저우)
역양(櫟陽, 栎阳, 웨양)
연변조선족자치주(延邊朝鮮族自治州,
　　延边朝鲜族自治州, 옌볜차오샨족자
　　치주)
연안(延安, 옌안)
영하회족자치구(寧夏回族自治區, 宁夏回

族自治区, 닝샤후이족자치구)

오작인(吳作人, 吴作人, 우쭤어런)

오장원(五丈原, 五丈原, 우장위안)

오초령(烏鞘嶺, 乌鞘岭, 우챠오링)

옥문관(玉門關, 玉门关, 위먼관)

왕원록(王圓籙, 王圆箓, 왕위안루)

요동(窯洞, 窑洞, 야오둥)

요령성(遼寧省, 辽宁省, 랴오닝성),

용문석굴(龍門石窟, 龙门石窟, 룽먼석굴)

용수산(龍首山, 龙首山, 룽서우산)

우루무치(Ürümqi, 烏魯木齊, 乌鲁木齐,
　　우루무치)

운강석굴(雲崗石窟, 云冈石窟, 윈강석굴)

운남성(雲南省, 云南省, 윈난성)

월아천(月牙泉, 웨야취안)

위하(渭河, 웨이허)

유가협(劉家峽, 刘家峡, 류자샤)

유림굴(楡林窟, 위린쿠)

유진보(劉進寶, 刘进宝, 류진바오)

육반산(六盤山, 六盘山, 류판산)

은천(銀川, 银川, 인촨)

이신(李新, 리신)

이녕(伊寧, 伊宁, 이닝)

ㅈ
────────────────────────

잠양돌마(Jamyang Dolma, 降央卓瑪,
　　降央卓玛, 장양줘마)

장가계(張家界, 장자제)

장경동(藏經洞, 藏经洞, 짱징둥)

장릉(長陵, 长陵, 창링)

장액(張掖, 张掖, 장예)

정주(鄭州, 郑州, 정저우)

종남산(終南山, 终南山, 중난산)

주원(周原, 저우위안)

주천(酒泉, 주취안)

중경(重慶, 重庆, 충칭)

중산교(中山橋, 中山桥, 중산챠오)

지천(芝川, 즈촨)

진령산맥(秦嶺山脈, 秦岭山脉, 친링산맥)

진인각(陳寅恪, 陈寅恪, 천인커)

집안(集安, 지안)

ㅊ
────────────────────────

천산산맥(天山山脈, 天山山脉, 톈산산맥)

천수(天水, 톈수이)

청총(青塚, 칭중)

청해성(青海省, 칭하이성)

칠채산(七彩山, 치차이산)

ㅋ
────────────────────────

카라샤르(Karashahr, 焉耆, 옌치)

카슈가르(Kashgar, 喀什, 카스)

쿠차(Kucha, 庫車, 库车, 쿠처)

쿰타크사막(Kumtaq Desert, 庫木塔格沙
　　漠, 库木塔格沙漠, 쿠무타거사막)

ㅌ
────────────────────────

타클라마칸사막(Taklamakan Desert,
　　塔剋拉瑪幹沙漠, 塔克拉玛干沙漠,

타커라마간사막)

태산(泰山, 타이산)

태원(太原, 타이위안)

투르판(Turfan, 吐魯番, 투루판)

티베트고원(Tibetan Plateau, 青藏高原,
    칭짱가오위안)

티베트자치구(西藏自治區, 西藏自治区,
    시짱자치구)

황산(黃山, 황산)

황토고원(黃土高原, 황투가오위안)

황하석림(黃河石林, 황허스린)

황하(黃河, 황허)

회하(淮河, 화이허)

흑룡강성(黑龍江省, 黑龙江省, 헤이룽장성)

흑산(黑山, 헤이산)

희황고리(義皇故里, 시황구리)

ㅍ

팔달령(八達嶺, 八达岭, 바다링)

평요(平遙, 平遥, 핑야오)

펠리오, 폴(Pelliot, Paul., 伯希和·保羅,
    伯希和·保罗)

ㅎ

하남성(河南省, 허난성)

하서주랑(河西走廊, 허시저우랑)

하서회랑(河西回廊, 허시후이랑)

한중(漢中, 汉中, 한중)

함곡관(函谷關, 函谷关, 한구관)

함양(咸陽, 咸阳, 셴양)

합려산(合黎山, 허리산)

항주(杭州, 항저우)

해남도(海南島, 海南岛, 하이난다오)

형주(荊州, 荆州, 징저우)

호남성(湖南省, 후난성)

호탄(Khotan, 和田, 허톈)

화산(華山, 华山, 화산)

나의 문화유산답사기

중국편1 돈황과 하서주랑

명사산 명불허전

초판 1쇄 발행 2019년 4월 25일

지은이 / 유홍준
펴낸이 / 강일우
책임편집 / 박주용 최지수 홍지연
디자인 / 디자인 비따 김지선 노혜지
펴낸곳 / (주)창비
등록 / 1986년 8월 5일 제85호
주소 / 10881 경기도 파주시 회동길 184
전화 / 031-955-3333
팩시밀리 / 영업 031-955-3399 편집 031-955-3400
홈페이지 / www.changbi.com
전자우편 / nonfic@changbi.com

© 유홍준 2019
ISBN 978-89-364-7712-7   03800